Les chemins du désir

DIANA PALMER

Les chemins du désir

*éditions*Harlequin

Titre original : ONCE IN PARIS

Traduction française de SOPHIE PERTUS

HARLEQUIN®
est une marque déposée par le Groupe Harlequin
PRÉLUD'®
est une marque déposée par Harlequin S.A.

Photos de couverture
Femme : © DANA EDMUNDS / GETTY IMAGES
Oiseaux : © PHOTOGRAPHER'S CHOICE RF / GETTY IMAGES
Ciel : © GULFIMAGES / GETTY IMAGES

© 1998, Diana Palmer. © 2007, Harlequin S.A.
83/85 boulevard Vincent Auriol 75646 PARIS CEDEX 13.
Service Lectrices — Tél. : 01 45 82 47 47
ISBN 978-2-2801-5713-1

Chapitre 1

Assise sur la banquette centrale de la galerie — le meilleur poste d'observation qui fût —, Brianne Martin se délectait en souriant du spectacle des visiteurs. Comme chaque fois qu'elle venait au Louvre, le ballet des touristes et des gardiens lui paraissait au moins aussi passionnant que les œuvres d'art exposées tout autour d'elle.

En ce moment, par exemple, une jeune femme blonde, très chic, vêtue de rouge, se tenait devant le portrait de la Joconde et l'homme qui l'accompagnait riait à ses commentaires. Le couple semblait prendre plaisir à s'attarder mais, derrière, une longue file de touristes piétinait et manifestait ostensiblement son impatience. Parmi ces visiteurs, un homme sortit son appareil photo et visa le tableau, aussitôt réprimé par le gardien.

Quant à elle… En T-shirt et pantalon, son sac à dos jeté en bandoulière sur l'épaule, avec ses blonds cheveux nattés et ses grands yeux verts, elle avait tout à fait l'allure de ce qu'elle était : une jeune étrangère, étudiante à Paris, âgée de presque dix-neuf ans.

Fraîchement arrivée à Paris, Brianne était inscrite dans

une institution pour jeunes filles, qu'elle fuyait chaque fois que possible pour aller au Louvre et éviter ses compagnes d'école. Nouer des amitiés n'allait pas de soi, pour elle, dans son internat. Comment en aurait-il été autrement, d'ailleurs : l'histoire familiale de Brianne était si différente de celles de ses camarades de classe… Toutes ces filles venaient de ces milieux huppés où l'on naît avec une fortune, un nom prestigieux et du pouvoir. Brianne, elle, était née d'un père issu de la classe moyenne américaine ; c'était son beau-père qui avait de l'argent, l'homme que sa mère, Eve, avait épousé en secondes noces. Il répondait au nom Kurt Brauer — un businessman international, versé dans la finance et le pétrole.

Ce mariage brillant avait ouvert à Brianne les portes du grand monde. En contrepartie, il lui avait presque fermé les portes de sa maison. Car, à peine marié et sitôt Eve enceinte, son beau-père — qui ne portait pas la moindre affection à Brianne — n'avait plus songé qu'à se débarrasser d'elle. Une école chic, à Paris, n'était-ce pas la solution idéale pour qu'elle lui laisse rapidement le champ libre ?…

Eve n'avait pas émis la moindre protestation, au contraire :

— Tu vas adorer Paris, chérie, lui avait-elle affirmé avec un sourire rayonnant. Et avec tout cet argent que tu pourras dépenser, ta vie va complètement changer ! Ton père n'a jamais été capable de gagner plus que son petit salaire. Il n'avait aucun désir de se faire une place.

Brianne avait toujours souffert de la froideur de sa mère, et ce genre de commentaires grinçants aggravaient encore les relations. Eve était une femme absolument magnifique mais sa beauté n'avait d'égale que son égoïsme et son arrivisme. Après la mort de son mari, elle s'était lancée à la conquête du riche et puissant Kurt Brauer à la manière d'une guerrière, armée et forte d'une stratégie imparable. Et, ainsi, elle s'était retrouvée mariée — et enceinte — en moins de cinq mois d'un deuil expédié…

Brianne ne se remettait pas que son père adoré ait été si vite oublié. Il avait fallu quitter le joli appartement d'Atlanta, petit mais plein de souvenirs, se déraciner et emménager dans la luxueuse villa des Bahamas, à Nassau…

Kurt était immensément riche. En plus de la villa de Nassau, il possédait des maisons sur la Costa Brava, à Barcelone, et sur la Côte d'Azur. Il se déplaçait de l'un à l'autre sur son yacht privé, roulait en limousine avec chauffeur et dépensait un argent fou en réceptions et restaurants. D'où provenait une telle fortune ? Jusque-là, Brianne n'en avait pas identifié exactement la source. Tout ce qu'elle savait, c'est qu'il s'occupait de prospection pétrolière — mais il semblait aussi fréquenter des hommes aux allures inquiétantes, qui passaient souvent à son bureau.

Elle était bien la seule à se poser des questions. Riche pour la première fois de sa vie, Eve se sentait tout à fait dans son élément et évoluait dans le luxe comme un poisson dans l'eau. Brianne, elle, n'avait jamais été aussi triste. Si bien que Kurt l'avait très vite considérée comme une menace pour son couple et, craignant qu'elle ne se mette en travers de son chemin, il l'avait éloignée.

Ses pensées revinrent au présent. Elle adorait venir, comme aujourd'hui, faire un tour au Louvre. Depuis qu'elle était arrivée à Paris, le musée était même devenu son refuge favori. Elle ne se lassait pas d'admirer les bâtiments récemment restaurés de l'ancien palais, qui avait fait l'objet d'un grand chantier juste bouclé. Seule la grande pyramide de verre, érigée face aux Tuileries et d'une architecture moderne, heurtait ses goûts. Mais quel bonheur de venir visiter les expositions ! Elle manquait de culture, certes, mais elle compensait largement son inexpérience par l'enthousiasme qu'elle n'hésitait pas à manifester, comme l'y autorisait sa jeunesse. Découvrir de nouveaux lieux, faire ce qu'elle n'avait encore jamais fait, elle adorait cela.

Soudain, un homme retint son attention. Il contemplait l'œuvre d'un peintre italien mais d'un regard éteint, comme si cela ne l'intéressait pas. En fait, il semblait ne pas même voir le tableau. Il avait des yeux noirs et le visage marqué de quelqu'un qui souffre. Etait-ce le cas ?

Brianne l'observa mieux. L'impression de familiarité qu'elle éprouvait, devant ce visiteur, l'intriguait. L'avait-elle déjà croisé ? Où avait-elle vu cet homme grand, solidement bâti et aux épais cheveux noirs qu'éclairaient quelques fils d'argent ? Il tenait un cigare, remarqua-t-elle, mais il ne l'avait pas allumé. Peut-être ne pouvait-il pas s'en passer, même au milieu de tous ces trésors où il y avait bien mieux à faire que de songer à fumer. Une espèce de manie, comme celle qui la poussait elle-même à se mordiller les ongles, parfois, quand elle se sentait nerveuse. Qui sait si cet inconnu ne fumait pas pour éviter de se ronger les ongles…

Cette pensée la fit sourire, tandis qu'elle poursuivait son observation. L'homme avait l'air socialement à l'aise, très à l'aise, en dépit de sa tenue décontractée — pantalon beige, veste, polo, pas de cravate. D'ailleurs, il portait une montre en or au poignet droit. Gaucher ? Sans doute, puisqu'il tenait son cigare de l'autre main.

Il portait aussi une alliance.

A cet instant, il se tourna et lui présenta son visage. Bouche ferme, lèvres généreuses. Nez aquilin. Menton fendu d'une fossette. Sourcils virilement dessinés. Regard sombre. Il était réellement fascinant… Et cette impression de familiarité qui persistait… Où, quand l'avait-elle vu ?

Et soudain, elle sut. La réception ! Juste après le mariage, Kurt avait donné une réception à l'intention de ses partenaires en affaires et l'inconnu était présent ! Hutton. Voilà, elle le remettait : L. Pierce Hutton. Il pesait très lourd dans l'industrie. En fait, il dirigeait la Hutton Construction Corporation, spécialisée dans la construction de plates-formes pétrolières, l'installation d'équipements hautement spécialisés de forage en mer et toutes sortes de chantiers très pointus. Ses sympathies écologistes lui valaient l'hostilité des milieux conservateurs et des politiciens qui, contrairement à lui, ne s'embarrassaient pas de scrupules en matière de respect de l'environnement. Oui, c'était bien L. Pierce Hutton, là, devant elle, au Louvre. Tout lui revenait maintenant. A l'époque de la réception, il venait de perdre sa femme, décédée trois mois plus tôt. Manifestement, ce deuil l'avait détruit : il ne semblait pas vraiment plus en forme aujourd'hui qu'au mariage…

Attirée malgré elle, Brianne se leva et s'approcha de lui. Il fixait le tableau, comme s'il avait voulu fusionner avec lui.

— C'est une œuvre très célèbre. Vous aimez ?

Elle avait dû lever les yeux pour lui poser la question. Décidément, il était grand — plus qu'elle n'avait cru… Elle lui arrivait à peine à l'épaule, alors qu'elle n'était pas petite.

Il la regarda avec froideur et répondit d'une voix glaciale :

— Je ne comprends pas votre langue.

— Oh, mais si, rétorqua-t-elle sans se laisser intimider. Vous ne vous souvenez sans doute pas de moi mais, moi, je me rappelle vous avoir vu à la réception de Kurt Brauer, le jour de son mariage avec ma mère. C'était à Nassau et vous parliez parfaitement notre langue…

— Vous présenterez mes condoléances à votre mère, répondit-il à son tour, avant de préciser : Pour avoir épousé Kurt Brauer.

Puis il ajouta sèchement :

— Que puis-je pour vous ?

Elle soutint courageusement son regard.

— Je voulais vous dire combien je suis désolée. J'ai appris, pour votre femme. Personne n'a parlé d'elle à la réception, pas un mot, même pas son nom. J'imagine qu'ils n'ont pas eu le cran. Les gens ont peur de ceux qui sont dans la peine, j'ai remarqué ça. Ils font comme si tout était normal, enfin, ils essaient, ou alors ils rougissent d'embarras et bredouillent.

Elle se rembrunit alors. Les souvenirs l'envahirent.

— C'est ce qui s'est passé quand mon père est mort. Moi, tout ce que je voulais, c'est que quelqu'un me prenne dans ses bras, et me laisse pleurer sur son épaule.

Un sourire forcé flotta sur ses lèvres comme elle concluait :

— Je n'ai pas eu cette chance. Je suppose que peu de gens l'ont.

Tandis qu'elle parlait, L. Pierce Hutton n'avait pas quitté son attitude glaciale. Il la dévisagea, s'attarda sur son nez qu'elle avait droit et piqué de taches de rousseur.

— Qu'est-ce que vous faites en France ? Brauer est en affaires à Paris, en ce moment ?

Elle secoua la tête et expliqua :

— Ma mère attendait un enfant de lui. Je les gêne. Alors, ils m'ont mise à l'école ici.

— Eh bien, vous devriez y être, dans ce cas, non ? lui fit-il remarquer avec une expression sévère.

A quoi elle répondit par une grimace, avant d'avouer :

— Je sèche le cours d'économie ménagère. Ça ne m'intéresse pas de savoir comment on recoud un bouton ni d'apprendre à faire des housses de coussin... Moi, ce sont les chiffres qui m'intéressent.

— A votre âge ? s'étonna-t-il.

— Je vais avoir dix-neuf ans, tout de même, figurez-vous, et je suis excellente en mathématique. Pas une note en dessous de 18. Vous verrez, poursuivit-elle en lui souriant, un jour, je viendrai frapper à la porte de votre bureau et je vous réclamerai un job. Je ne plaisante pas, croyez-moi. J'aurai décroché tous mes diplômes. Oui, je vous assure que je vais m'évader de cette école prison où je deviens folle, et aller à la fac.

Enfin, il sourit. Son premier sourire, même s'il ne s'agissait encore que d'une esquisse.

— Alors, bonne chance…

Brianne regarda du côté de Mona Lisa. La foule se pressait toujours aussi dense autour du tableau, bruissante de rumeurs et de commentaires.

— Ils piaffent d'impatience à l'idée de la voir, dit-elle, et quand ils sont devant ils s'étonnent qu'elle soit si petite et si protégée. J'ai les oreilles qui traînent, quand je viens ici, et je les entends tous dire la même chose : ils s'attendent à une toile de grandes dimensions ! J'ai l'impression que ça les déçoit d'avoir attendu si longtemps et de découvrir que Mona Lisa ne couvre pas tout un mur.

— La vie n'est faite que de déceptions.

A l'amertume qui perçait dans ces paroles, Brianne chercha le regard de Hutton et précisa :

— Vous savez, j'étais sincère, tout à l'heure, à propos de votre femme ; je suis réellement désolée, monsieur Hutton. On m'a dit que vous étiez mariés depuis dix ans, elle et vous, et que vous vous adoriez. Vous devez vivre l'enfer.

Pierce Hutton se ferma aussitôt. Sans doute Brianne s'était-elle montrée trop familière car il la remit à sa place.

— Restons-en aux généralités, je vous prie, dit-il froidement, je ne…

Mais elle ne le laissa pas l'intimider.

— Je sais ce que vous éprouvez, affirma-t-elle. Il faut du temps, c'est tout. Et ne pas rester seul. Elle n'aurait pas voulu que vous restiez seul.

Les traits de Pierce Hutton se durcirent davantage. Visiblement, il prenait sur lui pour garder le contrôle et ne rien laisser paraître de ses sentiments.

— Ecoutez, mademoiselle…, commença-t-il. Mademoiselle, comment ?

— Martin. Brianne Martin.

— Ecoutez, mademoiselle Martin, avec l'expérience, vous apprendrez qu'il vaut mieux ne pas se montrer si directe avec les étrangers.

— Je sais cela aussi. Je fonce toujours tête baissée là où les anges ont peur de mettre les pieds, admit-elle en regardant Pierce Hutton de ses grands yeux verts et tendres. Vous êtes un type exceptionnel — il faut l'être pour arriver là où vous êtes à juste quarante ans. Alors, dites-vous que tout le monde a ses moments de déprime. Simplement, il ne faut jamais perdre de vue la petite lumière au bout du tunnel. Il y en a toujours une, vous savez, même quand on se croit en pleine obscurité.

Il voulut l'interrompre à son tour, mais elle leva la main pour lui faire savoir qu'elle en avait fini.

— Ne vous inquiétez pas, assura-t-elle, j'ai dit ce que je voulais dire. Dites, vous pensez qu'il est correctement proportionné ? demanda-t-elle alors, songeuse.

Et elle désigna du menton la peinture impudique que regardait Hutton avant qu'elle ne l'aborde. Un homme et une femme enlacés.

— Je le trouve un peu… rabougri de là où vous savez, vu sa corpulence, expliqua-t-elle. Elle, évidemment, elle est bien trop en formes, mais l'artiste devait aimer les corps comme le sien, pour ses nus.

Elle soupira longuement, puis confessa :

— Personnellement, je donnerais cher pour avoir des seins pareils. Moi, je crois que je vais rester plate comme une limande toute ma vie.

Sur ce, Brianne consulta sa montre, sans prêter attention au regard insistant que Pierce Hutton posait sur elle, sur sa longue tresse, ses jambes fines. Elle était un peu dégingandée et manquait d'élégance mais il la trouvait délicieusement divertissante.

— Mon Dieu ! s'écria-t-elle tandis qu'elle prenait conscience de l'heure. Je vais arriver en retard au cours de maths ! Juste celui que je ne veux pas sécher. Je dois vous dire au revoir, monsieur Hutton.

Et sans plus de formalités, elle s'éclipsa.

Pierce la regarda disparaître dans l'escalier qui menait au rez-de-chaussée et, malgré lui, un sourire vint flotter sur ses lèvres. Cette toute jeune femme armée d'optimisme avait-elle seulement soupçonné à quel point il se sentait mal, aujourd'hui, avant de la rencontrer, et ce qu'il avait en tête en venant au Louvre ? Elle lui avait trouvé une expression dégoûtée, alors qu'il regardait le tableau ; mais ce n'était pas l'œuvre qui le dégoûtait, c'était la vie tout entière. A tel point que, ce matin, il songeait sérieusement à noyer dans la Seine ce néant qu'était devenue son existence.

Cette nausée datait de la mort de Margo. Il avait beau essayer et essayer encore, il ne réussissait plus à vivre et encore moins à envisager l'avenir sans elle. Comment accepter qu'il ne verrait plus jamais ses beaux yeux lumineux et rieurs, qu'il n'entendrait plus sa voix douce, et ce petit accent français délicieux ? Qu'elle ne le taquinerait plus jamais à propos de son travail ? Et qu'il ne sentirait plus jamais son corps souple frémir de plaisir dans la pénombre de leur chambre, n'entendrait plus ses plaintes, ne sentirait plus la griffure de ses ongles tandis qu'il la ferait jouir encore et encore ? Son cœur était comme troué, à présent.

Il chassa les larmes qui lui montaient aux yeux à l'évocation de ces souvenirs. Personne n'avait plus osé l'approcher depuis les funérailles. Lui-même interdisait que l'on prononce le prénom de Margo dans la demeure vide et silencieuse de Nassau. Au bureau, s'assommant de travail, il se comportait comme un chien avec ses collaborateurs. Son entourage faisait preuve de compréhension… Et pourtant, il était seul, désespérément seul.

Qui l'aurait consolé ? Il n'avait ni famille ni enfant — le grand malheur de Margo, peut-être le pire, avait été de ne plus pouvoir lui donner d'enfant, après sa tragique fausse couche. Il avait assumé. Ça n'avait jamais eu de véritable importance, entre eux. Bien sûr, avoir des enfants auraient été merveilleux mais ni lui ni elle n'en faisaient une obsession.

Parce que Margo était tout pour lui et qu'il était tout pour elle, ils se suffisaient l'un à l'autre.

Alors, jusqu'à la fin, jusqu'au tout dernier jour, ils avaient vécu leur vie et leur amour à cent pour cent, main dans la main.

Il se rappela sa femme — qu'il voyait avec angoisse devenir sous ses yeux un être pâle, squelettique, dévasté par la maladie —, désespérément généreuse. Même là, sur son lit d'agonie, c'est encore de lui qu'elle se souciait. Est-ce qu'il se nourrissait correctement ? Est-ce qu'il dormait suffisamment ? Elle se tracassait même pour la suite, quand elle ne serait plus là pour prendre soin de lui...

— Tu ne penses jamais à mettre ton manteau quand il neige, lui disait-elle sur un ton de doux reproche. Ni à prendre ton parapluie quand il pleut. Et tu ne changes pas de chaussettes si tes pieds sont trempés. Oh, mon chéri, je me fais tellement de souci.

Inlassablement, il promettait de faire attention à lui, puis s'effondrait, et elle le berçait contre son corps décharné, ses seins tout petits, et le serrait aussi fort qu'elle pouvait lorsqu'il pleurait, oublieux de toute dignité, là, dans cette chambre qu'ils avaient toujours partagée.

Absorbé par son chagrin, Pierce avait dû jurer tout haut sans s'en rendre compte car un groupe de touristes le regarda bizarrement. Revenant à la réalité, il secoua ses souvenirs, puis emprunta l'escalier de sortie.

Dehors, Paris se chauffait au soleil. La cacophonie familière de la circulation, des coups de Klaxon et des conversations l'aidèrent à reprendre pied dans la réalité présente. Le bruit et la pollution rendaient les gens plus nerveux que d'habitude, ces temps-ci. Il glissa les mains dans ses poches, se détendit et chercha son briquet fétiche. Quand il le sentit sous sa main, il l'attrapa, le regarda, là, sur les marches de pierre qui menaient au trottoir. Ce briquet, Margo lui en avait fait cadeau pour leur dixième anniversaire de mariage. C'était un briquet en or, gravé à ses initiales, dont il ne se séparait jamais. Il le caressa du pouce et, comme chaque fois qu'il faisait ce geste, la douleur revint le frapper en plein cœur.

Il alluma son cigare, tira une bouffée, sentit la fumée le brûler, d'abord, puis lui apporter une sorte de soulagement. Autour de lui, dans les volutes du cigare, les touristes continuaient d'affluer vers le Louvre, heureux et souriants. « Ils s'amusent, ils sont en vacances », songea-t-il. Mais lui, il souffrait de tout son être.

Pourtant, il y avait bien eu ce moment ensoleillé, tout à l'heure, quand il avait rencontré cette toute jeune femme — Brianne. Comme c'était étrange, d'être ainsi abordé par une fille surgie de nulle part et capable de lire en vous à livre ouvert sans vous avoir jamais parlé…

Cette pensée lui arracha un sourire. Elle était gentille, cette gamine. Il aurait dû se montrer moins brusque avec elle. Surtout compte tenu de l'épreuve qui l'avait chassée de chez elle et envoyée à Paris — le remariage de sa mère avec Brauer, le bébé en route, et la perte de son père qui semblait l'avoir d'autant plus affectée que sa mère s'était vite consolée… Elle savait ce que c'était d'avoir mal. Elle savait ce que c'était de se sentir de trop, gênante, jetée dehors.

Pierce secoua la tête : sur cette terre, apparemment, personne n'était épargné, tout le monde souffrait de quelque chose. C'était ça, la vie.

Il jeta un coup d'œil à sa montre avec un triste sourire. Il lui restait une demi-heure pour se rendre à son rendez-vous et, vu la densité de la circulation à cette heure-ci en ville, ce serait une chance s'il arrivait avec moins de trente minutes de retard. Résigné, il héla un taxi. Ces messieurs du cabinet ministériel allaient devoir patienter.

Brianne entra furtivement dans l'école puis se glissa en classe. Pas assez discrètement, cependant, pour passer tout à fait inaperçue : Emily Jarvis l'avait remarquée et se penchait maintenant vers ses voisines en murmurant. Décidément, Brianne n'avait réussi à se faire que des ennemies, parmi les chipies qui fréquentaient son école. Emily était la pire. Dieu merci, dans un mois, Brianne quitterait l'établissement et on l'inscrirait ailleurs. A l'université, avec un peu de chance. Mais en attendant, il fallait supporter et l'école et les petits airs snobs d'Emily et ses copines.

Elle ouvrit son livre de math et se concentra sur le cours d'algèbre. Voilà au moins un cours qui l'intéressait vraiment. Elle n'entendait peut-être rien à la couture, mais les équations n'avaient pas de secrets pour elle.

Une heure plus tard, le cours se terminait. Emily Jarvis attendait dans le couloir, prête à l'attaque, flanquée de ses deux comparses. Elle appartenait à une grande famille britannique, des aristocrates dont l'arbre généalogique remontait aux Tudor. Belle, blonde, habillée chic et cher, elle était une parfaite langue de vipère et la personne la plus froide que Brianne ait jamais rencontrée.

— Alors, tu as séché ? Et si je te dénonçais à Mme Dubonne ? railla-t-elle avec un sourire venimeux.

Brianne lui rendit son sourire et rétorqua :

— Essaie un peu, Emily, et je lui dis ce que tu fais avec le professeur de dessin, le mardi après la classe. Tu sais, derrière l'écran d'ombres chinoises…

Sous le choc, l'arrogant visage d'Emily se décomposa et,

avant qu'elle ne reprenne contenance et réplique, Brianne la gratifia d'une grimace puis fila. Les élèves de l'école semblaient toujours stupéfaites de constater que Brianne cachait une forte personnalité, un formidable tempérament sous son apparence vulnérable et fragile. Celles qui s'imaginaient avoir le dessus déchantaient aussitôt.

Cela dit, Brianne n'avait pas bluffé : l'imprudente liaison d'Emily Jarvis avec le professeur de dessin était connue de bien des élèves, qui n'appréciaient pas franchement ce manque de discrétion. Car non seulement l'écran d'ombres chinoises ne dissimulait rien de leurs ébats mais en plus on les entendait prendre leur plaisir.

Ce même jour, comme par hasard, on annonça que le professeur de dessin serait absent pour un long congé maladie. Quant à Emily, elle ne parut pas en classe le lendemain matin. Une fille raconta qu'elle l'avait vue monter dans la limousine de son père, avec tous ses bagages, juste après le petit déjeuner.

La vie de Brianne s'en trouva transformée. L'école ne fut plus un terrain de cross. Conscientes qu'en perdant leur reine elles avaient du même coup perdu de leur influence sur les élèves, les dauphines d'Emily se comportèrent aimablement. Brianne devint même l'amie intime d'une jolie rousse qui venait de fêter ses dix-huit ans, Cara Harvey. Paris ne manquait pas de galeries et de musées, et elles en profitèrent ensemble chaque fois qu'elles avaient du temps libre.

Si on le lui avait demandé, Brianne n'aurait jamais voulu admettre que, secrètement, elle espérait croiser Pierce

Hutton, un jour, au détour d'une salle d'exposition. Et pourtant, c'était bien ce qu'elle souhaitait.

Il l'avait fascinée. Parce qu'il était terriblement seul ? Peut-être. En tout cas, elle ne s'était jamais sentie aussi proche de quelqu'un. Et même si cela lui paraissait un peu surprenant, elle ne cherchait pas à savoir pourquoi. Pas encore.

Dix-neuf ans, aujourd'hui.

Brianne avait dix-neuf ans et personne n'avait pensé à elle.

Son anniversaire était passé tout à fait inaperçu. Seule Cara s'était manifestée en lui envoyant une carte. Sa mère, quant à elle, l'avait ignorée, comme d'habitude.

Si au moins son père avait encore été de ce monde… ! Il lui aurait fait envoyer des fleurs, lui, ou un cadeau. Seulement, voilà, il était mort. Mon Dieu, aussi loin que remontent ses souvenirs, Brianne n'avait jamais connu anniversaire aussi déprimant que celui-ci. Elle se sentait vide.

En fin d'après-midi, elle se rendit seule au Louvre pour se réfugier devant le tableau qui lui rappelait sa rencontre avec Pierce Hutton. Mais, contrairement aux autres fois, les beautés du musée demeurèrent impuissantes à dissiper sa tristesse. Sans se soucier des touristes, elle se mit à tourner doucement sur elle-même, faisant gonfler les plis de sa jupe, qui lui arrivait presque à la cheville — une jolie jupe verte de la couleur de ses yeux. Elle la portait avec un simple T-shirt de coton blanc et des ballerines. Ses cheveux flottaient librement — des cheveux exaspérants, épais et raides qui lui tombaient droit jusqu'aux reins, alors qu'elle aurait tant voulu avoir une belle tignasse de boucles souples. Tiens, elle allait couper tout ça, un jour !

Elle regarda par l'une des grandes fenêtres de la salle, qui donnaient sur la cour Carrée. Dehors, l'obscurité était tombée, et il allait falloir regagner l'école… Brianne se retrouva donc bientôt dans la rue, à chercher un taxi. D'habitude, elle rentrait en taxi, surtout la nuit, encore qu'elle se sentît parfaitement en sécurité à Paris. Mais, ce soir, elle se sentait si lasse et découragée qu'elle éprouvait le besoin de marcher avant de prendre pour de bon le chemin de l'institution.

Ses pas la menèrent au hasard. Et soudain, un bistro attira son attention. Pourquoi n'irait-elle pas siroter un verre de vin ? Elle ne s'en était pas rendu compte jusque-là, mais elle avait envie de boire quelque chose. Et puis, le jour de ses dix-neuf ans, entrer seule dans un bar lui donnerait le sentiment d'avoir franchi une étape, d'être devenu adulte.

Elle traversa donc la rue et poussa la porte du bar. La salle était peu éclairée et bondée. Mais en fait de bistro, comprit-elle, il s'agissait plutôt d'une sorte de *lounge*, beaucoup plus sélect que ce qu'elle avait cru. Quelque chose qui n'était sûrement pas dans ses moyens, songea-t-elle alors, et d'autant moins qu'elle avait très peu d'argent sur elle.

Embarrassée, elle s'apprêtait donc à se faufiler vers la sortie quand une main d'homme se referma sur son poignet.

Elle se tourna, surprise, et resta sans voix. Ces yeux, ces yeux qui la fixaient, étaient ceux de Pierce Hutton.

— Mademoiselle est de sortie ? demanda-t-il d'une voix qu'elle ne lui connaissait pas. Depuis quand as-tu l'âge de boire ?

Le timbre de Pierce Hutton était rauque, sourd, un peu altéré. Une mèche de cheveux lui barrait le front et il semblait chercher son souffle. Visiblement, il avait trop bu et ses manières policées s'étaient évanouies dans l'ivresse.

— J'ai dix-neuf ans aujourd'hui, répondit-elle sans lui souligner qu'il l'avait tutoyée. L'âge de boire de l'alcool.

— Et celle du permis de conduire. Formidable. Tu vas pouvoir me ramener. Allez, en route.

— Vous ramener ? Je n'ai pas de voiture, moi, objecta-t-elle.

— Tu me fais penser que moi non plus… Bon, dans ce cas, on peut continuer à boire. Viens.

Sur ces mots, il la poussa sans méangement dans un angle du bar, et la fit asseoir à une table. Il y avait là une bouteille de whisky déjà à moitié vide et deux verres, dont l'un contenait sans doute du soda. A côté, un cigare fumait dans un cendrier qui voisinait avec de l'eau de Seltz. Il ne fallait pas être très futé pour comprendre qu'il était arrivé depuis un bon moment et n'en était pas à son premier verre.

— J'imagine que tu détestes l'odeur du cigare ? murmura-t-il tout en s'efforçant de s'asseoir sans perdre l'équilibre.

— Quand on est dehors, ça va encore, répondit-elle. C'est juste que je ne supporte pas bien le tabac. J'ai fait une pneumonie, cet hiver, et je ne suis pas absolument rétablie.

Il soupira lourdement.

— Moi non plus, je ne suis pas rétabli. C'est censé aller mieux avec le temps — c'est bien ce que tu m'as dit, l'autre jour, n'est-ce pas ? Eh bien, tu es une sale petite menteuse. Ça ne va pas mieux. Ça me dévore comme un cancer. Je ne supporte pas son absence.

Son visage se tordit, il frappa du poing sur la table puis joignit les mains.

— Oh, mon Dieu, elle me manque tellement !

Brianne se glissa près de lui. Ils se trouvaient un peu en retrait, dans un box discret où les autres clients ne pouvaient pas les voir. Doucement, elle l'entoura de ses bras et, presque tout de suite, sans qu'elle ait même eu besoin de l'apprivoiser, de le mettre en confiance, il l'enlaça et enfouit la tête dans le creux de son épaule. Il la pressait contre lui, frissonnait, dans son cou elle sentait couler les larmes qu'il versait. Pendant ce temps, elle l'étreignait comme elle pouvait, faisant de son mieux, lui murmurant des paroles de réconfort — « ça va aller, ça va aller, vous verrez. »

Mais quand elle sentit qu'il commençait à se détendre, elle éprouva de l'embarras et de la gêne. Qui sait comment il allait réagir, maintenant ? Cela ne lui plairait sans doute pas, de s'être ainsi laissé aller, d'avoir paru si vulnérable devant elle…

Pourtant, non. Apparemment, il se moquait pas mal de l'image qu'il offrait ce soir. Il leva la tête, posa les mains sur les épaules de Brianne et la regarda sans honte et sans chercher à cacher ses larmes.

— Ça te choque ? demanda-t-il avec un sourire amer. Je sais, dans ton pays, un homme, ça ne pleure pas, ça enterre ses émotions ! Mais moi, j'ai du sang grec dans les veines, et ça ne me gêne pas de montrer ce que je ressens. Si je suis heureux, je ris, et je pleure quand je suis au fond du trou.

Tout en l'écoutant, elle sortit un mouchoir de sa poche, sourit puis lui essuya les yeux.

— Alors, nous sommes pareils, dit-elle. J'aime vos yeux. Je comprends pourquoi ils sont si noirs, maintenant que je sais que vous avez des origines grecques.

— Ce sont les yeux de mon père et de mon grand-père. Ils avaient des bateaux. Pour transporter le pétrole.

Il se pencha vers elle.

— Je les ai vendus et j'ai acheté des bulldozers et des grues.

Cela la fit rire.

— Pourquoi ? Vous n'aimiez pas les bateaux ?

— Ce que je n'aime pas, répondit-il avec dégoût, c'est les dégâts que cause le matériel d'exploitation du pétrole, le mauvais matériel qui pollue l'environnement. Alors, j'ai décidé de me lancer dans la construction de plates-formes pétrolières propres et sécurisées. Pas mal, non ?

Il prit son verre, but une gorgée de whisky. Puis, après une hésitation, il le tendit à Brianne ;

— Goûte. C'est un vieux whisky écossais qui arrive tout droit d'Edimbourg.

— Je ne préfère pas. Je n'ai jamais bu d'alcool fort, moi, fit-elle remarquer prudemment.

— Il y a une première fois à toute chose, répondit-il.

— Dans ce cas… Haut les cœurs.

Elle avala une généreuse gorgée — puis resta figée comme une statue, les yeux fixes, tandis que l'alcool la foudroyait. Dès qu'elle put, elle prit une grande bouffée d'air et regarda le liquide, au fond de son verre, avant de s'exclamer :

— Nom d'un chien ! Mais c'est du carburant pour fusée, ce truc-là !

Pierce eut l'air indigné et cria au sacrilège. Du carburant, un whisky aussi coûteux… C'était bien l'opinion d'une gamine.

— Je ne suis plus une gamine, lui rétorqua-t-elle. Je fête mes dix-neuf ans aujourd'hui, je vous l'ai dit.

Puis elle avala une autre gorgée, et annonça que, finalement, ce n'était pas si mauvais. Mais Pierce lui confisqua son verre. Elle avait assez bu, à présent, affirma-t-il, il ne voulait surtout pas qu'on l'accuse d'avoir entraîné une mineure dans la débauche.

— Et si je vous demandais de me débaucher, au contraire ? lui dit-elle avec un grand sourire. Personne ne m'a jamais — enfin, vous voyez ce que je veux dire —, et je suis très curieuse de savoir pourquoi les femmes se déshabillent pour les hommes. La contemplation des œuvres du Louvre n'est pas exactement ce qu'on a inventé de mieux en matière d'éducation sexuelle. Et puis, entre nous, Mme Dubonne, la directrice de mon école, a l'air de croire que les bébés naissent dans les choux.

A ces mots, Pierce Hutton haussa les sourcils.

— Mais tu n'as aucune morale ! conclut-il.

— J'espère bien ! J'ai travaillé dur, pour en arriver là.

Elle le dévisagea, chercha à interpréter son expression.

— Vous vous sentez mieux ?

— Je ne suis pas encore assez ivre pour ça, mais j'en prends le chemin.

Amusée, attendrie, elle lui prit la main — une main chaude, forte, virile, avec des ongles d'homme soigné — et la caressa, fascinée. En retour, il observa ses longs doigts fins.

— Pas de vernis, murmura-t-il, songeur. Et les ongles de tes orteils ?

— J'ai de vilains pieds. D'ailleurs, je n'aime pas mes mains non plus. J'ai des pieds et des mains utiles, un point c'est tout.

Il pressa sa main puis lui dit avec une brusquerie qui laissait penser que ses mots-là lui coûtaient :

— Merci.

Brianne n'eut pas besoin de le faire préciser, elle avait compris de quoi il lui savait gré.

— Quelquefois, lui dit-elle en souriant, on a juste besoin d'un petit peu de réconfort. On est tous pareils, vous savez, vous n'êtes pas plus faible qu'un autre. Vous vous en sortirez.

— Peut-être.

— Non, c'est certain, affirma-t-elle fermement. Bon, vous ne croyez pas qu'il serait temps de rentrer, maintenant ? ajouta-t-elle. Il y a une blonde platine, là-bas, qui a autant bu que vous et, vu les regards qu'elle vous lance, je suis sûre qu'elle ne demanderait pas mieux que de vous ramener, de vous faire l'amour, et de soulager votre portefeuille.

Il se pencha vers elle et lui confia à l'oreille :

— Je ne suis pas en mesure de faire l'amour. Je suis bien trop ivre.

— Elle s'en fiche, à mon avis.

— Et toi ? demanda-t-il alors paresseusement dans un sourire. Suppose que tu rentres avec moi, et qu'on fasse des étincelles ensemble…

— Alors que vous êtes dans cet état ? Merci bien ! répondit-elle. Je veux bien faire des étincelles, pour ma première fois, mais il faut que ce soit un véritable feu d'artifices, une explosion d'étoiles, une ouverture d'opéra. Comment pourrais-je espérer ça d'un homme complètement soûl ?

Pierce Hutton rejeta la tête en arrière et partit d'un grand rire. C'était un rire chaud, langoureux, très masculin, que Brianne adora. Pierce était-il aussi généreux dans tout ce qu'il faisait — le chagrin, le bonheur, la passion, qui sait ?

— N'en parlons plus et ramène-moi, lui dit-il quand il eut repris son sérieux. Avec toi, je ne cours pas de risques.

Il jeta des billets sur la table, puis il marqua une hésitation, comme si quelque chose auquel il n'avait encore pas pensé venait de lui traverser l'esprit.

— Tu ne chercheras pas à me débaucher, au moins, toi non plus ?

— Promis, répondit-elle, la main sur le cœur.

— Alors, ça marche.

Il se leva, pas très solide sur ses jambes, vaguement soucieux.

— Je ne me rappelle même pas être entré ici. Bon sang, je crois que je suis parti au beau milieu des négociations, pour me chercher un hôtel ailleurs !

— Eh bien, vous raccrocherez les wagons demain matin, répliqua-t-elle en pouffant. Je suis sûre que vos partenaires n'auront pas bougé de place. Et maintenant, monsieur Hutton, sortons et cherchons un taxi.

Chapitre 2

Pierce Hutton avait pris une chambre dans un des hôtels les plus luxueux de Paris. Il pêcha la clé dans sa poche puis la donna à Brianne tandis qu'ils passaient devant le comptoir de la réception. Les regards soupçonneux du personnel les accompagnèrent jusqu'à l'ascenseur. Là, un portier, tout aussi soupçonneux, les aborda.

— Est-ce que tout va bien, monsieur Hutton ? lui demanda-t-il discrétement en évaluant la mise de Brianne.

— Parfaitement bien, Henri. Je suis tout à fait soûl, répondit Pierce Hutton en s'appuyant sur le bras de Brianne. Vous ai-je présenté cette jeune femme ? C'est Brianne, la belle-fille d'un de mes associés. Elle fait ses études ici. Brianne m'a trouvé Chez Georges et elle me ramène à la maison.

Il fit la grimace et ajouta à mi-voix :

— Elle m'a sauvé des griffes d'une blonde qui avait des vues sur mon portefeuille.

— Je vois, fit Henri en adressant un sourire entendu à Brianne. Mademoiselle désire-t-elle de l'aide ?

— Eh bien, j'avoue qu'il est lourd mais je crois que je

peux m'en arranger. Aurez-vous la gentillesse de revenir un peu plus tard, au cas où ?

A voir l'expression de Henri, Brianne comprit que ses derniers doutes sur sa moralité s'évanouissaient.

— Bien sûr, mademoiselle, répondit-il.

Elle le remercia d'un sourire timide et lui dit combien elle lui savait gré de s'adresser à elle en anglais.

— J'ai encore très peu de vocabulaire, expliqua-t-elle. Dieu sait pourtant si la directrice de mon école, Mme Dubonne, s'efforce de me mettre au français…

— Une institution bien connue, l'école de Mme Dubonne, souligna henri. Une de mes cousines y travaille.

Il mentionna un nom que Brianne avait vaguement entendu. C'était celui d'une femme brune, qui ne se séparait jamais de son gilet ridicule.

— Exactement, s'écria Henri. Ma cousine est très frileuse. Ah, voici la cabine, ajouta-t-il comme l'ascenseur arrivait au rez-de-chaussée. Laissez-moi vous aider à faire entrer Monsieur, mademoiselle.

Par chance, il n'y avait personne dans la cabine — le garçon d'ascenseur mis à part — et ils purent lui expliquer en deux mots la situation. Il fallait s'empresser d'amener M. Hutton à sa chambre.

— Ce jeune homme va vous assister, assura Henri. Et je promets à Mademoiselle que nous prendrons tout particulièrement soin de Monsieur.

Brianne le gratifia d'un autre sourire.

— Me voici rassurée, dans ce cas.

Il acquiesça, eut l'air d'un homme qui la trouvait tout

à fait charmante et d'une exquise blondeur. Puis il laissa le garçon d'ascenseur faire son office.

La cabine les monta à l'étage voulu. Bientôt, Pierce fut allongé dans sa chambre, immense, sur son lit, immense aussi. Là, il ouvrit les yeux et s'étira.

— Je me sens dans un drôle d'état, murmura-t-il.

— Ça, j'ai vu, répondit-elle, amusée, tandis qu'elle remerciait le garçon d'ascenseur et fermait la porte derrière lui.

Pierce la chercha du regard et demanda :

— Tu m'aides à me déshabiller ?

Le déshabiller ? Avait-elle bien entendu ? La requête la fit rougir et elle ne put que bredouiller un « Mais, je… ». Alors, Pierce lui rappela de nouveau qu'il y avait une première fois à toute chose.

Tout de même… Elle hésita, puis raisonna. Il avait tellement bu qu'il n'était en mesure ni de se déshabiller tout seul ni de se rappeler quoi que ce soit demain matin. Peut-être ne se souviendrait-il même pas d'elle. Alors, que risquait-elle à faire ce qu'il lui demandait ?

Rassurée, elle commença par lui délacer ses chaussures, qu'elle lui ôta. Elle lui trouva de beaux pieds, élégants. Cette découverte la fit sourire, tandis qu'elle contournait le lit pour faire asseoir Pierce, si tant est que cela fût encore possible. Quand elle eut réussi, elle le débarrassa de sa veste, commença à déboutonner sa chemise. Il sentait bon. Au fur et à mesure que les boutons cédaient, les pans de la chemise s'écartaient sur son torse — un torse large, hâlé, couvert d'une toison brune qu'elle frôla par inadvertance. Vivement, elle retira sa main.

— Margo était vierge, dit-il très bas. J'ai dû la déshabiller tout doucement, très lentement. Elle était folle de moi et pourtant elle m'a résisté. Je lui ai fait un peu mal.

Il caressa la joue de Brianne, qui l'écoutait avec gêne.

— Tu crois qu'il y a encore des vierges, de nos jours ? demanda-t-il. Margo et moi, on n'était pas comme tout le monde. Elle, elle était vierge ; et moi, j'ai attendu notre nuit de noces pour lui faire l'amour.

— Est-ce que vous pourriez… bouger votre bras ? Voilà, comme ça.

Brianne aurait préféré ne rien entendre mais elle n'avait pas le choix, elle était en quelque sorte la confidente obligée de Pierce Hutton, sa prisonnière.

Cependant, le rôle avait ses avantages. Ainsi, elle en était à lui enlever sa chemise, à présent, et elle ne pouvait pas s'empêcher d'admirer ce qu'elle voyait. Décidément, cet homme n'avait rien de quelqu'un qui passe le plus gros de son temps assis derrière un bureau : il était musclé, bronzé comme ceux qui travaillent dehors et de leurs mains.

— Tu vois, poursuivit-il, si tu étais plus âgée, je crois que je t'aurais fait l'amour. Tu es très jolie, tu sais ça ? Tes cheveux, surtout, m'excitent. Ils sont si longs, il y en a une telle masse.

Il y plongea les deux mains, les empoigna.

— Vraiment très excitants.

— Eh bien, dit-elle, juste pour entretenir la conversation, j'aime aussi vos cheveux. Et maintenant, je crois qu'il vaudrait mieux que ce soit vous qui défaisiez votre pantalon…

Baissant les yeux, elle désigna la ceinture, au-dessus de laquelle ses mains hésitaient.

— Non, toi, répondit-il avec le plus grand calme.

Il lui prit les mains, les lui posa sur le ceinturon et les y maintint, guidant ses gestes, ne la quittant jamais des yeux tandis qu'elle défaisait maladroitement la boucle. Puis il lui fit défaire aussi la fermeture Eclair et placer les mains de part et d'autre de l'ouverture.

— Maintenant, tu tires vers toi, ordonna-t-il en se soulevant pour l'aider.

L'instant d'après, il était nu. Totalement nu. Brianne sentit monter en elle une bouffée de fièvre, et toute sorte de pensées délicieuses, indécentes et dérangeantes se bousculèrent dans son esprit. Quel corps magnifique il avait ! Rien à voir avec l'homme du couple enlacé, dans le tableau du Louvre. Encore que. Il était une véritable œuvre d'art. Parfaitement dessiné. Et sans une once de graisse où que ce soit. Elle ne pouvait même plus détacher de lui son regard — surtout quand elle baissait les yeux sur cette partie de lui, entre les cuisses, offerte dans l'ombre de la toison, et qui lui faisait battre le cœur à cent à l'heure.

De son côté, malgré les brumes dans lesquelles l'alcool l'avait plongé, Pierce se félicitait d'être soûl. Car s'il avait été sobre et lucide, l'expression de Brianne aurait provoqué en lui une violente montée de désir dont elle aurait eu l'immédiate preuve physique. Mais il était bien trop assommé pour vouloir une femme, ce soir, et cela valait bien mieux pour Brianne.

« N'empêche », un sourire flotta sur ses lèvres quand il imagina la tête qu'elle aurait fait.

Mais ça n'arriverait jamais, songea-t-il aussitôt. Jamais plus. Margo était morte et, lui, il était mort avec elle. L'étincelle qui s'était un instant rallumée à l'intérieur de lui s'éteignit et il se cala contre les oreillers en soupirant.

— Pourquoi faut-il que les gens meurent ? murmura-t-il avec lassitude. Pourquoi ne peut-on pas vivre toujours ?

Ces paroles ramenèrent Brianne à la réalité et elle rabattit la couverture sur le corps nu de Pierce, s'épargnant ainsi toute gêne.

— J'aimerais connaître la réponse, avoua-t-elle en s'asseyant au bord du lit.

Elle posa la main sur la sienne et il la tint contre sa poitrine.

— Essayez de dormir, à présent, lui dit-elle. Ce serait mieux, dans votre état.

Il ouvrit les yeux, soudain hagard et hanté par les questions.

— Elle n'avait que trente-cinq ans. De nos jours, trente-cinq ans, c'est si jeune…

— Je sais…

Il lui serra la main plus fort et elle sentit sous ses doigts la douce toison de son torse nu.

— Il y a des chevaliers blancs en jupon, j'ai l'impression, dit-il d'une voix somnolente. Où avez-vous laissé votre armure et votre lance, belle Dame ?

— J'ai tout dans la poche, murmura Brianne. Vous voulez voir ?

Il sourit.

— Tu me fais du bien. Tu chasses les nuages. Mais moi, poursuivit-il en l'observant, je ne te fais pas de bien. Je te fais faire de vilaines choses…

— De vilaines choses ? Une petite gorgée de whisky de rien du tout ?

— Et un strip-tease, ajouta-t-il, amusé. Je te fais mes excuses. Si j'avais été moins soûl, je ne t'aurais pas mise dans une situation si embarrassante pour toi.

— Oh, j'ai vu bien pire, rappelez-vous, répliqua-t-elle.

Elle s'éclaircit la gorge et précisa :

— Vous savez, cette peinture, au Louvres. L'homme n'était pas très… Enfin, c'était tout petit, chez lui, non ?

Pierce rit de bon cœur. Décidément, elle était délicieuse.

— Pardon, dit-elle aussitôt. Je dis des obscénités.

Puis elle retira sa main et se leva.

— Je vais partir. Puis-je encore faire quelque chose pour vous, avant cela ?

Il refusa d'un signe de tête. Son crâne commençait à lui faire drôlement mal, en dépit de l'état de torpeur dans lequel il était.

— Ça va aller, dit-il à mi-voix. Tu ferais bien de rentrer à l'internat, maintenant. Au fait, est-ce que tu as eu des ennuis pour avoir séché ce cours, l'autre fois ?

Elle rit à son tour.

— Pas du tout. Et dans un mois, j'en aurai terminé avec cette école !

— Où iras-tu ?

Son regard se voila de tristesse mais elle se reprit très vite.

— Nassau, j'imagine. Au moins pour l'été. Mais à l'automne, ils pourront bien dire tout ce qu'ils veulent, je commencerai l'université, même s'il faut pour ça que je paie de mes propres deniers ! J'ai déjà un an de retard, et il n'est pas question que j'attende plus longtemps.

— C'est moi, qui paierai tes études, si eux ne le font pas, affirma-t-il, au grand étonnement de Brianne. Tu me rembourseras lorsque tu seras diplômée.

— Vous feriez ça ? releva-t-elle. Pour une fille que vous ne connaissez même pas, une parfaite étrangère ?

Il fronça les sourcils et demanda d'un air entendu :

— Une parfaite étrangère, vraiment ? Alors que tu m'as vu nu ?

Prise de court, Brianne fut incapable de trouver une réponse. Pierce poursuivit.

— Il faut que tu aies eu un sacré talent, tu sais. Jusqu'à ce que tu poses les mains sur moi, seule Margo avait le droit de me déshabiller.

De nouveau, ses yeux se voilèrent. Il tressaillit. Brianne posa la main sur sa joue pour le réconforter.

— Quelle chance elle a eue, murmura-t-elle avec sincérité. Je l'envie, d'avoir été aimée aussi fort. On n'a besoin de rien d'autre, quand on est aimée comme ça.

— C'était réciproque, murmura-t-il au prix d'un effort.

Brianne soupira.

— Je comprends. J'aimerais tellement soulager votre chagrin…

— Mais tu n'imagines même pas combien tu m'as aidé. Tu sais quoi ? Le jour où tu m'as abordé, au Louvre, je cherchais comment la rejoindre. Tu ne t'en es pas doutée ?

Elle fit non de la tête.

— Tout ce que j'ai senti, répondit-elle, c'est que vous étiez terriblement seul et dégoûté de tout.

— Exactement. Ce jour-là, tu as été comme un rayon de soleil. Et aujourd'hui, j'étais au fond du trou et tu m'en as sorti.

Il chercha son regard.

— Je n'oublierai jamais que tu m'as ramené de l'enfer. Tu m'entends ? Si tu as besoin de quelque chose — n'importe quoi — je serai là pour toi. Moi aussi, j'ai une villa à Nassau, pas très loin de celle de Brauer. N'attends pas que la vie devienne intenable pour toi : passe me rendre visite.

— Merci de me dire ça. Ça me fait du bien de savoir qu'il y aura une présence amicale à Nassau, avoua-t-elle.

— Moi, je n'ai pas d'ami. Enfin, jusqu'à maintenant, je n'en avais pas, dit-il dans un rire. Tu es un drôle d'ami, pour un type de quarante ans dans mon genre.

Elle sourit.

— J'allais justement dire que vous êtes un drôle d'ami, pour une fille de dix-neuf ans… dans mon genre.

— Les gens vont raconter n'importe quoi, sur toi et moi. Il faudra les laisser parler, d'accord ?

Pierce lui prit la main, la porta à sa bouche. Ses lèvres étaient fermes, chaudes, douces.

— On se reverra, Brianne.

— Bien sûr…

Elle se leva et son regard glissa sur le beau visage de Pierce.

— Allez de l'avant, maintenant, lui dit-elle doucement. Un jour, vous vous réveillerez, et la vie vous semblera moins cruelle. Je suis certaine qu'il vous reste des tas de choses à faire — des projets, des rêves que vous n'avez pas encore réalisés. C'est le moment d'essayer.

Pierce s'étira douloureusement.

— Ces deux dernières années, j'ai vu le cancer dévorer Margo vivante. Je lui ai consacré tout mon temps. Alors, je ne sais vraiment plus comment on fait pour vivre pour soi-même, comment on vit autrement qu'en prenant soin de quelqu'un d'autre…

— Eh bien, si par hasard vous pensiez à moi, sachez je n'ai pas besoin que vous preniez soin de moi. Je me suffis à moi-même.

— Toi, tu es une sorte de miracle, répondit-il tandis que ses yeux s'assombrissaient. Peut-être que les anges existent, après tout, et tu es le mien. Choisis ton université, celle que tu veux, et je te jure que je t'y ferai entrer, même si c'est Oxford. J'ai des relations partout dans le monde.

Abasourdie, Brianne répliqua :

— Quand on vous voit, comme ça, vous n'avez pourtant rien d'un bon Samaritain, monsieur Hutton.

— Un homme peut en cacher un autre. Une femme aussi. Tiens, avant toi, je ne m'étais jamais confessé à un prêtre aux longs cheveux blonds.

Brianne éclata de rire.

— Assez de bêtises, dit-elle. Cette fois, il faut que je vous quitte.

— Alors, vas-y. Et merci…

— Il ne faut pas me remercier. Vous valez la peine d'être sauvé de vous-même.

Brianne gagna la porte de la chambre, fit une pause sur le seuil puis se tourna, un peu inquiète.

— Vous… vous ne feriez rien de…, commença-t-elle. Enfin, je veux dire, vous n'allez pas vous faire du mal, n'est-ce pas ?

Il se redressa et s'appuya sur un coude.

— Je te le promets, assura-t-il. Tu peux partir tranquille.

Elle eut un petit geste maladroit de la main, et murmura, pas très sûre d'elle :

— Prenez soin de vous.

— Toi aussi, répondit-il.

Elle ouvrit la porte, hésita encore.

— Je sais, Brianne, lui dit Pierce Hutton d'une voix à la fois profonde et sèche. Je sais que tu n'as pas envie de rentrer. Mais tu vas le faire.

Brianne le regarda sans comprendre, de nouveau inquiète. Que voulait-il dire ?

— On a beaucoup appris l'un sur l'autre en très peu de temps, expliqua-t-il. On s'est dit beaucoup plus de choses que les gens ne s'en disent d'habitude en deux rencontres. Moi non plus, je n'avais pas fait l'expérience de ce genre de lien, avant de te connaître.

Il marqua un temps et sourit.

— Ne te casse pas la tête à essayer de comprendre pourquoi. Il nous est arrivé quelque chose de rare et de précieux. Il faut juste… accepter.

— D'accord, murmura-t-elle dans un sourire. D'accord.

— Encore une minute. Passe-moi mon pantalon.

— Vous venez avec moi, finalement ? demanda-t-elle, songeuse, en s'exécutant.

— C'est malin…, grommela-t-il sombrement. Je ne pourrais même pas aller jusqu'à l'ascenseur, dans l'état où je suis. Non, je veux seulement te donner quelque chose, avant que tu me quittes.

— Pas de l'argent, j'espère ! s'écria-t-elle alors en le foudroyant du regard.

— Ma parole, si tes yeux étaient des revolvers, je serais mort ! Ne me regarde donc pas comme ça, dit-il en sortant une carte de visite de son portefeuille.

Il jeta la carte sur le lit.

— Voilà ce que je voulais te donner : mon numéro personnel, ici, à l'hôtel. Si ça ne va pas, si tu as besoin de moi, appelle.

Brianne prit la carte, y jeta un coup d'œil.

— Merci. Et pardon de m'être méprise… J'ai été idiote.

— Oui, idiote, c'est le mot. Parce que je ne vois pas très bien pour quel service je t'aurais payée, objecta-t-il avec irritation. Les femmes qu'on paie en font un peu plus que toi, quand elles ôtent son pantalon à un homme, figure-toi. Et maintenant, dehors, lui dit-il. Dégage, avec ton esprit mal tourné, espèce de sale gosse.

Brianne en resta bouche bée. Jamais elle n'avait encore rencontré quelqu'un qui souffle ainsi le chaud et le froid sans vraie raison valable. Qu'avait-elle fait de si offensant, pour que Pierce devienne agressif ? Elle s'était juste trompée sur ses intentions.

— Mais qu'est-ce qui vous prend, tout d'un coup ? s'écria-t-elle. Pourquoi m'insultez-vous ? Je me suis méprise, est-ce que ça mérite de…

— Dehors…

Puisqu'il insistait… Brianne glissa la carte dans la poche de sa jupe et sourit à Pierce.

— Si vous recouvrez de votre mordant, lui souligna-t-elle, c'est que vous devez vous sentir mieux. Allez, cette fois, c'est la bonne, je vous laisse.

— Oui, ça vaut mieux, si tu n'as plus rien d'autre à m'offrir que tes soupçons.

Elle se posta sur le seuil, et le dévisagea.

— Dites, puisque je vous vois un peu plus en forme, lança-t-elle avec ironie, ça vous dirait que je retourne Chez Georges, chercher cette femme qui vous regardait, tout à l'heure, histoire qu'elle visite votre portefeuille ? Je suis sûre qu'elle sait très bien quoi faire à un homme, quand elle lui ôte son pantalon, *elle*.

— Tu n'as aucune pudeur.

— Et un jour, j'en aurai encore moins : parce que moi aussi, j'aurai appris ce qu'il faut faire à un homme. Alors, tenez-vous prêt.

— Arrête, Brianne. Ne plaisante pas avec ça.

— Et pourquoi pas !

Il avait un air très sérieux, très solennel, à présent.

— Fais attention à tous ceux qui voudraient jouer les professeurs dans ce domaine. Fais très attention.

Elle secoua la tête, repoussa ses cheveux, et rétorqua d'un petit air mystérieux :

— Vous n'avez pas à vous inquiéter. Parce que je sais déjà qui sera mon professeur.

— Qu'est-ce que tu racontes ? De qui parles-tu ? s'enquit-il séchement.

Brianne passa la porte. Mais avant de disparaître dans le couloir, elle lança :

— Je parle de vous ! Je suis sûre que ça vaut la peine de vous attendre, Pierce Hutton.

Et sur ces mots, elle ferma la porte, laissant Pierce Hutton sous le choc.

On était au plus fort de la saison. Le flot des touristes roulait le long de la côte, depuis les récents développements immobiliers de Coral Bay jusqu'à Nassau même. Des bus colorés roulaient à vive allure entre les voitures, évitant de justesse mobylettes et piétons. Brianne flânait dans les allées du marché de Prince George Wharf, admirant les paniers d'osier coloré, les poupées, les chapeaux…

Elle en choisit un, puis sourit en payant la marchande avant de s'éloigner pour observer un paquebot américain qui manœuvrait pour quitter la baie. Si elle était bien certaine d'une chose, c'était de ne jamais se lasser de ces grands bateaux qui entraient et sortaient du port.

Souvent, le port abritait aussi des navires de guerre, comme ce destroyer américain, amarré au bout de la jetée en ce moment. Des marins se frayaient un chemin dans la foule des touristes, se retournaient sur les filles — comme la petite brune qui, à cet instant, embarquait à bord d'un de ces bateaux de promenade à fond transparent.

L'heure du déjeuner de midi approchait mais Brianne ne se sentait pas le cœur de rentrer chez elle. Chez elle… La villa de Kurt n'était vraiment pas la sienne ! A peine était-elle celle de sa mère et de son demi-frère, Nicholas, maintenant âgé d'un an, et qui comptait plus que tout au monde pour Eve.

Si bien que Brianne passait le moins de temps possible à la villa. Surtout que les affaires y retenaient Kurt, en ce moment, et qu'il recevait très souvent un de ses partenaires les plus influents, un homme originaire du Moyen-Orient, qui devait avoir l'âge de Pierce.

Celui-ci était grand, mince, la peau mate et une cicatrice à la joue lui donnait l'air inquiétant. Il n'était entré que très récemment dans l'entourage immédiat de Kurt, mais Brianne aurait préféré qu'il n'ait jamais passé le seuil de la villa. Non, jamais. Car on racontait sur Philippe Sabon — tel était son nom — toutes sortes d'histoires, et notamment qu'il cultivait un goût obsessionnel et pervers pour les très jeunes filles, les vierges.

Mais, au fond, se rappela-t-elle, on savait très peu de choses à son sujet sinon qu'il était né d'une mère arabe et d'un père franco-turc, qu'il était riche dans un pays pauvre, et qu'il occupait un poste à haute responsabilité dans ce pays arabe en voie de développement.

Ce qui intriguait Brianne, c'était que, malgré sa fortune, il parlait des petits voleurs et des mendiants des souks de Bagdad aussi bien que s'il avait partagé leur vie… Et, sans le passé trouble qu'on lui prêtait et la sulfureuse réputation qui le précédait, Brianne aurait pu apprécier sa conversation et sa compagnie.

Bref, elle préférait faire le mur quand il était là. Et comme Kurt essayait sans cesse de la laisser en tête à tête avec Sabon, elle se défilait d'autant plus. C'était à croire que son beau-père cherchait à la jeter dans les bras de cet homme ! Certes, au cours de leurs entrevues, Sabon se montrait fort agréable ; cependant, la manière dont il la regardait la rendait très nerveuse.

Et elle avait des raisons objectives de s'inquiéter. Sabon ne fréquentait la villa de Nassau pas par amitié pour Kurt. Il poursuivait un but : amener Kurt à investir dans un important projet pour le Qawi, son pays natal, une bande de terre enclavée entre plusieurs autres nations du Golfe Persique. A ce jour, le Qawi était la seule nation de la région à ne pas avoir exploité ses richesses pétrolières. Son Cheikh, un vieil homme, maintenant, s'y refusait, parce qu'il avait connu la domination européenne et répugnait à retomber sous le même joug. Cependant, Sabon avait réussi à le convaincre qu'il ne pouvait pas fermer plus longtemps les yeux sur l'odieuse pauvreté de son pays. Lui-même vivait là-bas — mais sur une île dont il était propriétaire et qui portait le beau nom de Jameel — « Belle », avait-il expliqué à Brianne.

De ce qu'en savait Brianne, Sabon s'était entretenu avec Kurt de la possibilité d'approcher un consortium pétrolier, et d'investir dans le projet de développement et d'exploitation des richesses du Qawi. En tant que haut responsable de cette nation — une autre rumeur disait qu'il avait acheté sa charge ministérielle —, Sabon détenait désormais tous les pouvoirs ou presque pour traiter n'importe quel contrat sur le sol et les sous-sols du Qawi.

Ainsi, il contrôlait déjà les mines dont il avait donné des parts à Kurt Brauer. En retour, Kurt avait envoyé sur place une équipe de géologues et d'ingénieurs afin d'étudier le potentiel pétrolifère des territoires inexploités. Une excellente opération, puisque les techniciens avaient ainsi découvert dans les déserts une véritable petite fortune de gaz et de pétrole.

Il ne manquait plus que l'argent nécessaire à l'achat d'un équipement approprié, car la compagnie pétrolière ne désirait pas s'engager pour la totalité du capital requis. Quant au trésor national du Qawi, il ne pouvait à lui seul suffire à couvrir les frais énormes d'une telle entreprise.

Kurt et Sabon avaient donc unis leurs forces. Puis avaient convaincu un consortium pétrolier de les rejoindre. Kurt avait investi presque toute sa fortune, avec l'espoir d'être bientôt payé de retour et projeté dans la cour des grands. Néanmoins, pour réussir son coup, il lui fallait tenir solidement Sabon. Or, celui-ci lui avait déjà laissé entendre que, en cas de défection, il ne manquait pas de remplaçants : il avait notamment parmi ses amis un Oriental fort riche qui n'attendait que de prendre la place de Kurt...

Kurt ne pouvait pas lâcher l'affaire. Il avait désormais engagé beaucoup trop d'argent pour songer à faire machine arrière ou courir le risque d'être déboulonné. A l'affût de tout ce qui pourrait servir ses intérêts, il avait très vite remarqué la fascination que Brianne exerçait sur Sabon : alors, avec ou sans l'assentiment de sa jeune belle-fille, s'il pouvait l'utiliser pour aimanter Sabon et se l'assujettir, il ne s'en priverait pas, Brianne le savait.

Voilà pourquoi elle fuyait la villa. Des rumeurs terrifiantes couraient dans Nassau sur les appétits sexuels particuliers de Sabon. Quand on les avait présentés l'un à l'autre, la manière dont il avait regardé Brianne lui avait donné l'impression qu'il la déshabillait, la touchait... Et loin de le dissuader, la froideur qu'elle lui avait opposée semblait agir sur lui comme un excitant, un défi à relever.

Il l'impressionnait. La déconcertait. Sa personnalité lui échappait. Qui était-il, exactement ? On disait de lui qu'il était pervers, certes, pourtant, il se montrait irré-prochable, impeccablement courtois et charmant — si bien que ce qui émanait de lui démentait sa réputation. Toujours à distance des autres, seul, en quelque sorte, il sondait Brianne et l'observait intensément, mais toujours avec sérénité, et sans jamais commettre la moindre faute de goût ni s'autoriser le moindre geste familier.

Si bien qu'elle ne savait que penser. Elle le trouvait indéfinissable, difficile à cerner et ne pouvait pas mieux comparer sa mystérieuse personnalité qu'à un iceberg : il ne montrait que très peu de lui-même ; l'essentiel, il le cachait soigneusement derrière des trésors de réserve.

Mais peut-être son inexpérience de très jeune femme ne lui permettait-elle pas de voir clair dans le jeu d'un homme aussi subtil que Sabon ?

Brianne avait aussi entendu dire que Sabon et Pierce Hutton se haïssaient. Leur hostilité réciproque, et récente, datait du jour où Hutton avait publiquement dénoncé le soutien apporté par Sabon à une nation constamment condamnée par la communauté internationale pour sa politique agressive, et frappée de toute sorte de sanction. Selon Pierce, seul l'argent intéressait Sabon. L'argent et le pouvoir. Peu lui importaient les moyens.

En cela, il rejoignait Kurt, songea Brianne. Kurt non plus ne connaissait ni limite ni sens moral, dans sa quête effrénée de réussite. Et il y avait des zones d'ombre dans sa vie. Concernant ses sources de revenus, par exemple. En fait, il donnait l'impression de n'exercer aucun métier spécifique bien qu'il soit en contact constant avec les pétroliers. Seulement, les hommes qui lui rendaient visite n'avaient franchement pas l'air de pétroliers, eux non plus. Selon Brianne, ils ressemblaient plutôt à... eh bien, à des tueurs.

La présence trop fréquente de Philippe Sabon à la villa et l'insistance qu'il mettait à la regarder intensément rendaient donc Brianne très nerveuse, et l'incitait à s'échapper de la villa chaque fois qu'elle le pouvait. Sa mère trouvait sa réaction bien excessive ; quant à Kurt...

Kurt se fichait pas mal de protéger sa belle-fille, tant qu'il retirait avantage et profit. En somme, Brianne n'avait aucun allié dans l'élégante maison de la baie — aucun.

A part Pierce Hutton.

Celui-ci était revenu aux Bahamas trois mois plus tôt. Hélas, Brianne ne l'avait vu qu'une fois — la veille, en fait, lors d'une soirée où Eve et son beau-père l'avaient traînée. Il continuait de mener ses affaires aussi durement que d'autres ourdissent une vengeance. Certes, il avait l'air mieux, mais une triste lueur hantait encore son regard.

Surtout, à la grande déception de Brianne qui s'attendait à de jolies retrouvailles, il avait paru très mal à l'aise en l'apercevant.

Elle se rappela le moment où elle était allée à sa rencontre, tout sourire. En retour, elle n'avait reçu qu'un regard étrangement froid, avant que Hutton ne lui tourne carrément le dos.

Elle en avait souffert, davantage que de n'importe laquelle des humiliations subies ces derniers mois. Fallait-il donc qu'il soit ivre, pour donner son amitié ?... Elle avait accusé le coup, retenu la leçon et évité Pierce tout le reste de la soirée. Ils n'avaient pas échangé un mot. Sans doute était-ce le mieux, finalement, puisque Sabon détestait Hutton et que Kurt n'aurait rien admis de sa belle-fille qui puisse contrarier, voire irriter l'Oriental...

D'ailleurs, tant que Sabon résiderait à la villa, Pierce ne recevrait aucune invitation de la part des Brauer...

Comme elle circulait dans le marché de Prince George Wharf, elle se rendit compte que les souvenirs désagréables de cette soirée l'avaient tenue éveillée une partie de la nuit. Quelle idiote elle avait été, de s'imaginer qu'il y avait une once de sincérité dans les paroles de Pierce Hutton, ce fameux soir, à Paris, où il était imbibé d'un demi-litre de whisky ! Pour une fille qui venait de fêter ses vingt ans, elle se montrait encore d'une naïveté consternante...

Elle se rappelait parfaitement son précédent anniversaire — elle l'avait passé à Paris, avec Pierce, Chez George puis à l'hôtel. Ses vingt ans avaient été beaucoup moins exotiques, hélas. Ils étaient même passés inaperçus ou presque : Eve et Kurt lui avaient offert un collier de perles, et Cara, chère Cara, lui avait écrit du Portugal. Elle y passait l'été avec ses parents et vivait une passion mouvementée avec un aristocrate jaloux, persuadé qu'elle cherchait à séduire son jeune frère.

Seul Sabon avait pris une initiative : il lui avait proposé de donner une surprise-partie en son honneur sur son yacht privé. Evidemment, elle s'était empressée de raconter qu'elle devait filer en ville ce soir-là, imaginant le pire : et s'il allait profiter de sa présence sur le bateau pour l'enlever et faire d'elle son esclave sexuelle… ? Elle avait entendu tant d'histoires à son sujet qu'elle se racontait n'importe quoi, n'excluait rien, pas même un kidnapping.

Le vent joua dans ses cheveux libres qui lui caressaient les épaules. Aujourd'hui, elle portait un bermuda blanc, des tongues et un petit haut rose. Plutôt que de s'encombrer d'un sac, elle n'avait pris avec elle qu'un petit porte-monnaie au cas où une tentation se présenterait. Elle se sentait portée par toute l'énergie de sa jeunesse, et si sa situation avait été plus heureuse, Nassau lui serait apparu comme le paradis absolu. C'était si merveilleux, ici…

Tandis qu'elle regardait le grand paquebot blanc hallé par les remorqueurs dans la baie qui, soudain, semblait bien trop petite pour une manœuvre de cette envergure, elle eut le sentiment que quelqu'un se tenait derrière elle. Quelqu'un dont le regard insistant pesait sur ses épaules. Elle se tourna, et…

Pierce Hutton était là.

Les mains dans les poches de son pantalon, la prunelle sombre, comme à son habitude… Néanmoins, son visage n'exprimait pas d'hostilité. Plutôt une étrange intention.

— Quelle surprise… Bonjour, monsieur Hutton, dit-elle avec un sourire distant.

A son tour, il regarda le bateau manœuvrer puis déclara comme s'il voulait justifier quelque chose :

— J'ai été très occupé, ces temps-ci. Un homme d'affaires américain à promener et à divertir. Il vient juste de partir. Il a embarqué sur ce bateau, là-bas.

Elle ne sut que répondre et se contenta d'un signe de tête, tourna les talons avant de repartir vers la jetée, cheveux au vent. Pourquoi serait-elle restée ? Pierce et elle n'avaient rien à faire ensemble. Il le lui avait clairement signifié à cette horrible soirée, la veille, et elle entendait bien lui donner satisfaction. Pourtant…

— Arrêtez-vous donc, petite idiote, entendit-elle pourtant dans son dos.

Elle se figea mais l'orgueil la retint de se retourner.

— Pourquoi je ferais ça ? répliqua-t-elle.

Tout autour d'eux, les touristes passaient, gesticulaient, parlaient fort. Un marin chantait un air des Antilles dans l'espoir d'attirer du monde sur son bateau de promenade. Mais Brianne entendait à peine. Son cœur cognait si fort que les battements sourds couvraient tous les bruits, tous les sons, et la secouaient de la tête aux pieds.

Soudain, elle sentit que Pierce Hutton s'était approché, si près qu'il lui communiquait sa chaleur.

— J'ai essayé d'oublier Paris, dit-il après un long silence.

— Vous ne seriez pas le premier. Humphrey Bogart a essayé aussi, répondit-elle séchement.

— Très drôle… je vois que vous êtes d'humeur facétieuse, aujourd'hui.

Cette fois, elle se retourna vivement et fit front.

— Ecoutez, monsieur Hutton, si vous vous sentez des obligations à mon égard, je vais vous en guérir tout de suite : vous ne me devez rien, je ne réclame ni récompense ni attention particulière de votre part pour ce qui s'est passé à Paris. Tout va bien pour moi, merci : Kurt ne rêve que de m'envoyer au collège pour que je lui vide les lieux.

Pierce Hutton plissa les yeux.

— J'ai entendu une tout autre version…, affirma-t-il. On dit qu'il rêve surtout de vous fiancer à l'un de ces nouveaux partenaire en affaires. Une « fusion », en quelque sorte.

Brianne perdit ses couleurs mais ne cilla pas.

— Dois-je vous croire ?

— Vous n'avez pas le choix, rétorqua-t-il avec irritation. Rien de ce qui se trame à Nassau n'échappe à mes informateurs. Je suis au courant de tout.

Elle sentit son sang se glacer. Des fiançailles ? Kurt ne lui avait encore pas touché mot de ce projet, pourtant. Néanmoins, si la rumeur se répandait déjà dans Nassau, il fallait la prendre au sérieux. Mais Brianne se sentait capable de prendre soin d'elle seule. Elle se redressa et lança :

— Je n'ai pas besoin de votre aide. Ni de celle de personne.

Pierce Hutton accueillit sa réponse avec ironie :

— A dix-neuf ans ?

— Vingt, maintenant, corrigea-t-elle. Je les eus cette semaine.

Il soupira.

— Eh bien, soit. Peut-être n'êtes-vous plus tout à fait une gosse, après tout, et peut-être savez-vous prendre soin de vous-même…

Il ajouta :

— Face à des adversaires de votre catégorie. Mais Brauer et Sabon sont d'une autre envergure : ils vont vous dévorer toute crue, ma belle.

— Vous parlez d'expérience ?

Pierce haussa les sourcils et sourit. Il n'allait certainement pas raconter à quelle occasion il s'était frotté à ces deux hommes. Cela remontait à un certain temps. Il avait trempé avec eux dans une trouble affaire de ventes d'armes à des terroristes. En fait, il s'agissait plus exactement d'un deal : en échange d'armes, le groupe terroriste se faisait fort de couler la flotille du pétrolier concurrent. Ultra secrète, cette information n'avait été communiquée qu'à son chef de la sécurité, Tate Winthrop, un ancien agent du gouvernement, qui avait ruiné les plans de Brauer. Winthrop était un Sioux au passé mystérieux. Il avait des relations très haut placées à Washington, DC. Des contacts que même lui, Pierce, n'avait pas.

Il sourit à Brianne.

— Non, je ne parle pas d'expérience, reprit-il en précisant : Enfin, pas au sens où Kurt et Sabon m'auraient écrasé. J'ai juste dit que c'est vous qui pourriez l'être, pas moi. Alors, dites-moi où vous couriez si vite, avant que je ne vous rappelle ?

— Je comptais passer mon maillot de bain et aller me faire dorer sur la plage. Vous devez savoir que le Britanny

Bay Hotel appartient à Kurt ? J'y ai mon casier et je peux profiter de toutes les prestations offertes sur place.

— Venez plutôt chez moi. J'ai ma plage privée. Vous pourrez nager là-bas aussi.

A ces mots, elle se rappela l'attitude qu'il avait adoptée la veille avec elle, et elle hésita.

— Pourquoi est-ce que je viendrais ? Vous ne me donniez pas l'impression de rechercher ma compagnie, hier soir…

— C'est vrai, admit-il aussitôt. Je ne la recherche pas. Seulement, vous allez bientôt avoir besoin d'un appui. Et je suis le seul que vous ayez sous la main, pour l'instant, convenez-en.

Blessée dans son orgueil, Brianne rougit violemment.

— Présenté comme ça, rétorqua-t-elle, c'est non ! Merci !

— Ne faites pas l'enfant, ordonna Pierce Hutton.

Puis il l'observa d'un regard d'où toute dureté s'était évanouie, avant d'insister :

— Vous n'avez que moi.

Cette fois, Brianne se sentit pétrifiée par la justesse de la sentence. Quel homme étonnant… Il surgissait au moment le plus inattendu pour dire les mots les plus justes et les plus profondes vérités.

— Comme je vous l'ai dit, poursuivit-il, je suis tout à fait seul dans la vie. Pas de famille. Mes parents n'ont eu que moi, et Margo n'a pas pu avoir d'enfant après sa fausse couche. Si je mets de côté les quelques cousins éloignés que je compte encore en France, en Grèce et en Argentine, je n'ai personne. Pas non plus d'amis qui me soient chers.

Les mains dans les poches, il marqua une pause. De nouveau, son regard se perdit sur la surface turquoise de la baie.

— Si vous n'aviez pas été là, cette nuit, à Paris, où j'étais ivre, personne ne se serait inquiété de mon sort. J'aurais pu crever sur le trottoir, devant ce bar, personne ne m'aurait pleuré.

— Si. Moi, j'aurais pleuré, murmura-t-elle.

— Je sais cela, justement. Et ça ne me rend pas les choses plus faciles, figurez-vous. Vous êtes tellement jeune...

— Et vous êtes tellement vieux..., rétorqua-t-elle en souriant avant d'ajouter : Franchement, est-ce que ça compte ?

De ses yeux noirs, Pierce Hutton la sonda, amusé.

— Eh bien, dit-il, je suppose que non. Dans ce cas, en route. Je suis en voiture.

Chapitre 3

On entrait dans la villa de Pierce par un haut portail de fer forgé, dont l'ouverture se commandait depuis la Mercedes qu'il utilisait lorsqu'il séjournait sur l'île. Puis on s'engageait sur une magnifique allée pavée, bordée de pins, de flamboyants en pleine floraison, d'hibiscus et d'extravagantes plantes aux feuilles rondes qui avaient, disait-on, servi d'assiettes aux esclaves du temps des bateaux pirates.

Comme la voiture approchait de la maison, Brianne remarqua deux énormes bergers allemands qui tournaient dans leur chenil.

— Je vous présente King et Tartar, déclara Pierce en désignant les chiens, au moment où la Mercedes passait devant l'enclos soigneusement cadenassé. On les libère le soir, dans l'enceinte de la propriété. Personnellement, je n'aimerais pas les rencontrer la nuit...

Brianne sourit.

— J'imagine que lorsqu'on est aussi riche que vous, on ne peut pas se permettre de prendre des risques.

— Je n'en prends pas, en effet. A côté de mon chef

de la sécurité, celui de la Maison Blanche n'est qu'un débutant. Il faudra que je vous le présente, ajouta-t-il en la regardant. Il est Sioux.

— Un Indien ? fit-elle, surprise.

— Absolument. Cent pour cent. Il parle couramment cinq langues et il est diplômé en droit. Sans compter tout ce que je ne sais pas sur lui, puisqu'il ne travaille pour moi que depuis trois ans.

Il freina, se gara devant la maison, puis descendit de voiture. Comme il aidait Brianne à descendre à son tour, un homme d'une quarantaine d'années s'avança, de type méditerranéen, souriant. Pierce lui tendit les clés de la voiture.

— Voici Arthur, expliqua Pierce tandis que l'homme s'éloignait dans la Mercedes. Mon chauffeur. Il va se charger de mettre la voiture au garage… Et voici Mary, ajouta-t-il en adressant un sourire à la femme noire qui ouvrait la porte de la demeure. Elle travaillait ici avant que j'achète la villa. Personne, non, personne, ne cuisine les fruits de mer comme elle !

— Personne, sauf ma mère, renchérit Mary. Bienvenue, mademoiselle.

— Merci, et contente de faire votre connaissance, répondit Brianne, tout sourire.

— Des appels pour moi ? s'enquit Pierce.

— Un seul, de la part de M. Winthrop, mais il a dit que ce n'était pas urgent.

— Très bien, Mary. Nous serons à la piscine.

— C'est entendu, monsieur.

Mary referma l'imposante porte de bois, puis Pierce

guida Brianne à travers le jardin luxuriant et odorant qui entourait la maison. Bientôt, ils passèrent sous une belle arche de pierre et, au détour d'un buisson, l'étendue bleue d'une immense piscine surplombant la mer apparut.

C'était un véritablement enchantement, songea Brianne. Elle mit sa main en visière pour se protéger des reflets aveuglants de la piscine, puis regarda le paysage alentour. Là-bas, une saillie rocheuse où des pins se balançaient doucement dans la brise. Au pied du promontoire, deux voiliers amarrés.

— C'est incroyablement paisible, ici…, murmura-t-elle, émerveillée.

— Oui. Voilà pourquoi j'aime tant cet endroit.

Elle se tourna vers Pierce, qui lui avança l'une des chaises de jardin en fer forgé disposées autour d'une table ombragée par un grand parasol.

— Je vous en prie…, lui dit-il. Asseyez-vous.

Elle prit place comme il le lui suggérait puis demanda :

— Cette piscine somptueuse… Vous aimez nager ?

— Pas passionnément. J'aime surtout m'allonger au soleil, ça m'aide à réfléchir, à résoudre des problèmes.

A cet instant, Mary arriva avec un plateau chargé de boissons et de petits gâteaux. Elle posa le plateau sur la table, sourit, puis les laissa seuls.

— Mary fait d'excellents gâteaux au thé, dit alors Pierce Hutton en prenant un verre. Servez-vous, Brianne, je vous en prie.

A son tour, Brianne prit un verre, et un gâteau qu'elle goûta.

— Mais c'est un délice ! s'exclama-t-elle.

— Mary assure que c'est l'arôme délicat du thé qui fait toute la finesse de ces gâteaux.

Brianne tendit alors la main vers son verre, le porta à ses lèvres. Curieux, il n'y avait pas d'alcool dans ce mélange… Pierce Hutton devina sa surprise et se mit à rire.

— Je ne sers pas d'alcool aux mineurs, mademoiselle, même à Nassau, murmura-t-il.

— Je suis presque majeure, lui rappela-t-elle.

— Vous n'avez pas vingt et un ans, lui rappela-t-il à son tour.

Son regard noir glissa sur la silhouette juvénile de Brianne puis se posa sur son joli visage, s'y attarda intensément.

— Vous êtes si jeune, si jeune, murmura-t-il de nouveau.

— J'ai l'air jeune, oui. Sans doute m'a-t-on trop couvée ? Et vous, demanda-t-elle sans ménagement, vous avez quel âge ?

Il haussa les sourcils.

— Il vous suffit de savoir que je suis plus âgé que vous.

— Beaucoup plus ?

Il haussa les épaules et sirota sa boisson.

— Beaucoup plus, répondit-il finalement en accrochant son regard. Le double de votre âge.

— Vous ne les faites pas, sincèrement.

Pierce Hutton avait plutôt l'allure et les traits d'un homme de trente ans, songea Brianne, et ses tempes grisonnaient à peine. Elle lui sourit d'un air mutin.

— Je suis sûre que vous n'avez même pas imaginé que je pouvais vous trouver séduisant..., dit-elle alors.

— Je vous demande pardon ? répondit-il, parfaitement surpris.

La sévérité du ton aurait fait vaciller n'importe quelle femme un peu fragile, mais pas Brianne. Elle était d'une tout autre trempe.

— Nous avons abordé le sujet, quand nous étions à Paris, vous ne vous souvenez pas ? D'accord, vous étiez drôlement soûl, ce soir-là, alors je ne peux pas espérer que vous vous souveniez de cette conversation dans le détail. Mais je vous ai dit très clairement que je vous attendrais. Et c'est ce que j'ai fait, conclut-elle avec un sourire malicieux. En dépit des tentations...

Il releva, tout en se détestant d'avoir cette faiblesse.

— Quelles tentations ?

— J'ai rencontré un aristocrate portugais très séduisant, plus âgé que la plupart de mes camarades, très cultivé, très raffiné. Toutes les filles sont folles de lui. Seulement, voilà, il est fiancé — et elle l'attend au Portugal. Pauvre Cara, quand j'y pense...

— Cara ?

— Ma meilleure amie, une Texane. Elle est allée passer l'été au Portugal, auprès de sa sœur.

— Et pourquoi la plaignez-vous ?

— Parce que sa sœur s'est fiancée avec Raoul, son futur beau-frère...

— Le frère de l'aristocrate ?

— Gagné ! Elle le déteste. Alors, j'imagine que la guerre

est ouverte depuis qu'elle a débarqué, soupira-t-elle en secouant la tête.

— Mais vous, vous l'appréciez ce Raoul ?

Elle l'admit et sourit.

— Beaucoup. Il était très gentil avec moi.

Pierce sourit à son tour et posa sur Brianne un regard indéchiffrable pour elle.

— Qu'est-ce qui vous fait rire ? s'enquit-elle.

Le regard de Pierce devint plus énigmatique encore. Il demanda doucement :

— Est-ce que vous me trouvez « gentil » ?

Elle exprima sans hésitation son étonnement :

— Vous, Pierce ? Gentil ? Un barracuda, oui !

Cette fois, il rit franchement — d'un rire chaud et profond.

— Eh bien, voilà qui a le mérite d'être honnête.

— J'essaie toujours de l'être.

Elle baissa les yeux, soupira.

— D'ailleurs, j'aurais dû l'être avec vous, tout à l'heure, sur le port. Vous avez raison, Pierce, Philippe Sabon rôde autour de moi, avoua-t-elle avec embarras. Il m'a proposé d'organiser une surprise-partie sur son bateau pour mon anniversaire, et mon beau-père poussait à la roue. Moi, j'ai refusé, et depuis Kurt me boude. Mais je les ai entendus se parler, et je suis inquiète.

Pierce n'avait pas besoin de demander pourquoi Sabon s'intéressait à Brianne — il avait déjà son idée sur le sujet.

— Il est de notoriété publique que Sabon aime les jeunes femmes encore vierges, dit-il séchement. Je ne vais pas vous dire ce qu'il fait avec elles mais je peux vous assurer qu'il ne le fera pas avec vous.

Alors, Pierce Hutton s'intéressait sincèrement à son sort ? songea Brianne. Elle se sentit immédiatement réconfortée. Un sourire illumina son visage.

— Merci, murmura-t-elle. Vous pourriez peut-être me prêter votre M. Winthrop pendant quelques jours ? dit-elle sans plaisanter vraiment. Afin qu'il veille sur moi…

— Non. Je vais prendre en main votre sécurité moi-même, rétorqua Pierce tout à fait sérieusement.

Il plissa les yeux, la dévisagea.

— Vous pouvez vous installer ici jusqu'à ce que Sabon s'en aille. Ce qui ne tardera pas. J'ai appris qu'il doit affronter la menace d'un coup militaire. Un pays voisin du sien convoite le pétrole du Qawi.

— Mon beau-père aussi a des vues sur les richesses pétrolières du Qawi, affirma-t-elle. Il a investi tout ce qu'il possède dans le développement de l'exploitation pétrolière là-bas, et il s'est démené pour attirer des investisseurs qui le soutiennent dans son projet. Si les militaires réussissent leur coup, il est ruiné. Il n'aura plus qu'à vendre des stylos à la sauvette au coin de la rue.

— Ou plonger pour ramasser des coquillages, ajouta Pierce d'un ton railleur.

— Ça m'étonnerait. Il ne sait pas nager.

— Il a fait une mauvaise affaire, murmura alors Pierce, songeur. Un pacte avec le démon, pour dire les choses telles qu'elles sont.

De nouveau, il plissa les yeux et sonda Brianne.

— Et vous, dans cette histoire, quel rôle tenez-vous :

celui des dégâts collatéraux ? Kurt compte vous sacrifier à Sabon pour rester dans ses bonnes grâces ?

— Plutôt mourir.

Pierce ne fit pas de commentaire. Il réfléchissait, à présent, et il n'aimait pas beaucoup les pensées qui lui venaient.

— Comment vous êtes-vous retrouvée avec Brauer pour beau-père ? demanda-t-il après un long silence.

— Ma mère est une très jolie femme, tout simplement. Moi, j'ai l'air d'un morceau de charbon, à côté d'elle. Elle était vendeuse dans une bijouterie très sélect et, un jour, Brauer est entré. Il voulait faire un cadeau. Ma mère dit qu'ils se sont plu au premier regard.

Elle haussa les épaules, puis reprit.

— Je ne sais pas si c'est vrai… En tout cas, mon père venait juste de mourir, quelques mois plus tôt, elle se sentait seule. Mais pas assez seule, tout de même, pour se contenter de devenir la maîtresse d'un homme riche, précisa-t-elle avec un triste sourire. C'était le mariage ou rien — alors il l'a épousée. Ils ont eu un petit garçon ensemble. Cet enfant est l'objet de toutes les attentions de ma mère. Le seul être qu'elle aime, à vrai dire.

— Brauer est-il bon avec elle ?

— Non. En fait, elle a peur de lui. Je ne sais pas s'il va jusqu'à la frapper mais, en sa présence, je la sens très nerveuse. Au début de leur mariage, elle osait encore s'affirmer, le contredire. Mais maintenant qu'elle doit protéger Nicholas, elle se tait.

— Est-ce qu'elle se confie à vous ?

Brianne secoua la tête, joua avec son verre.

— Brauer se débrouille pour que nous n'ayons presque

pas d'intimité, toutes les deux. Vous savez, poursuivit-elle en levant les yeux sur Pierce, Brauer m'a tout de suite fait mauvaise impression. Il m'a déplu dès le départ et je l'ai dit à ma mère. Mais elle a préféré croire que je parlais par amertume, parce qu'il avait remplacé mon père trop tôt...

— Personne ne prendrait Brauer pour le Chevalier blanc, pourtant.

Brianne observa le visage songeur et sévère de Pierce.

— Vous en savez long sur lui, n'est-ce pas ? Des tas de choses que j'ignore...

— Je sais que c'est un dissimulateur, un individu qui agit par en dessous et qu'il est capable de tout s'il y a de l'argent à faire, affirma-t-il sans aucune indulgence. Et en ce moment, il y en a. Notre rivalité ne date pas d'hier : il y a quelques années, je lui ai coûté une fortune et il ne me l'a jamais pardonné. Sur la liste de ses ennemis, je suis assurément le numéro un.

— Racontez-moi cette histoire, Pierce, vous voulez bien...

Pierce aurait préféré ne pas entrer dans les détails. Pourtant, après un moment d'hésitation, il vainquit ses réticences : au fond, Brianne avait besoin de connaître la vérité sur son beau-père.

— Il essayait de traiter avec un groupe terroriste. Dans le but d'attaquer une plate-forme pétrolière et de causer des dégâts désastreux pour l'environnement.

— Qu'est-ce qui l'a poussé à faire ça ? demanda-t-elle, atterrée.

— Je n'ai jamais su la vérité vraie, répondit Pierce.

Kurt est très secret, il joue pour lui, et peu de chose filtre de ses tractations. Tout ce que je sais, c'est qu'un de ses ennemis devenait une sérieuse menace. Kurt s'est dit que s'il réussissait à mouiller ce type dans un grave scandale écologique, il en serait débarrassé. Plus de menace. Et ça a bien failli marcher, cette stratégie, figurez-vous.

— Mais vous êtes intervenu à temps, c'est cela ?

— Pas moi, Winthrop, répondit Pierce avec un sourire vague. Winthrop a des contacts partout, et il a eu vent de l'affaire. Brauer ignore qui a fait échouer sa manœuvre, qui tirait les ficelles et comment les choses se sont passées, mais il a des soupçons à mon sujet.

— Vous êtes concurrents, en affaire ? Est-ce une lutte à mort ?

Pierce éclata de rire et termina son verre.

— Pas vraiment. Je suis dans le pétrole, c'est vrai, mais je m'occupe essentiellement de construire des plates-formes alors que Kurt investit et a des intérêts dans les chantiers navals qui construisent des tankers. Cela dit, quoique sur des terrains différents, nous ne jouons pas dans la même catégorie : il a encore quelques points de retard sur moi à rattraper, et, histoire de me rattraper, il pourrait bien essayer de s'en prendre à mon nouveau site d'installation. Des menaces voilées sont arrivées jusqu'à mes oreilles. Voyez-vous, Brianne, je ne peux pas me permettre d'être mis en cause dans une catastrophe écologique. J'ai dépensé bien trop d'argent pour construire une plate-forme parfaitement sécurisée et parfaitement propre. Voilà pourquoi j'ai envoyé sur place Winthrop et quelques-uns de ses hommes. Il veille au grain, juste au cas où.

— Où se trouve cette plate-forme ?

— En mer Caspienne. Le site est très riche en pétrole mais personne n'investit dans le forage à cause de l'instabilité politique de ce secteur. Il faudrait acheminer le pétrole hors de la zone hostile par pipe-line ou par tanker. Actuellement, nous cherchons un accord et, avec un peu de chance, on devrait trouver un terrain d'entente. Et faire des bénéfices.

— Ça me semble très compliqué.

— Ça l'est. Je le répète, je ne veux pas faire du profit à n'importe quel prix pour la planète. Je suis très sensible aux questions environnementales et je ne veux pas être mêlé à une catastrophe. Pas seulement pour la très mauvaise publicité que cela me ferait. Surtout parce que je n'ai que du mépris pour ceux qui sacrifie la planète sur l'autel du profit.

Brianne lui sourit.

— Aucun doute, vous me plaisez.

Il lui rendit son sourire. Elle rayonnait, ses yeux pétillaient. Aucun doute, elle aussi lui plaisait. D'ailleurs, il ne faudrait pas laisser ce sentiment grandir, songea-t-il, et échapper à son contrôle. Brianne était une gosse, voilà ce qu'il ne devait pas perdre de vue, et qui l'aiderait à garder la maîtrise de la situation.

— Alors, que pensez-vous des petits gâteaux de Mary ? demanda-t-il. Vous n'en mangez pas.

— Ils sont délicieux, seulement je n'ai pas beaucoup d'appétit en ce moment. A cause de Sabon… Je suis angoissée.

— Oubliez Sabon. A partir de maintenant, je m'en occupe. Je vais lui parler, passer un accord avec lui.

Les paroles de Pierce ne suffirent pas à la rassurer, cette fois.

— Il a une telle fortune… Il possède une île, quelque part au large de son pays. L'île Jameel.

— Et moi, j'en possède deux, objecta Pierce en riant. Que dites-vous de cela, mademoiselle ? Une au large de la Caroline du Sud, et une ici, aux Bahamas.

— Vraiment ? Je n'en reviens pas. Elles sont habitées ?

Il secoua la tête.

— Non. Désertes, et sauvages. J'ai voulu qu'elles restent telles quelles.

Brianne exprimait un tel émerveillement que, charmé, Pierce sourit.

— Un jour, je vous emmènerai les visiter.

— J'adorerais ça…, répondit-elle avec un soupir de plaisir.

Il la contempla encore d'un regard serein et pensif. Puis son expression devint sombre.

— Moi aussi, j'adorerais cela, confessa-t-il en posant son verre vide sur la table. Parlez-moi de votre père, Brianne. Que faisait-il de sa vie ?

— Il était employé de banque, répondit-elle. C'était quelqu'un d'élégant et de terriblement intelligent. Mais il ne se servait pas de sa prestance pour impressionner les autres : il était tendre… et il m'aimait.

La tristesse voila son regard tandis qu'elle évoquait ces souvenirs.

— Pas comme ma mère… Elle n'avait jamais de temps à me consacrer, même quand elle était à la maison. Elle travaillait six jours sur sept à la bijouterie et elle nous faisait sans cesse sentir que papa ne lui offrait pas la vie qu'elle méritait. Il était un raté, à ses yeux — d'ailleurs, elle ne se privait pas de le lui souligner. Et puis, un jour qu'il était à la banque, on a reçu un coup de fil, juste après le déjeuner de midi. On nous a annoncé qu'il s'était effondré dans le couloir, avant une réunion avec l'un des vice-présidents. Crise cardiaque. On n'a rien pu faire pour le ranimer. Il est mort.

— Je suis désolé pour vous. Ça a dû être une terrible épreuve.

— Terrible. Pour moi. Mais ma mère n'a jamais eu l'air sincèrement affectée. Très peu de temps après, Kurt est entré en scène. Tout d'un coup, je n'avais plus de famille à moi. J'étais… personne.

Un lourd silence s'installa et les sépara. Jusqu'à ce que Pierce renoue le lien.

— Moi, je n'ai jamais eu de vraie famille. Mes parents sont morts alors que j'étais encore au lycée — un accident d'avion. Du coup, je suis parti vivre chez mon grand-père paternel, aux Etats-Unis. Il dirigeait une petite compagnie de transport pétrolier et une autre entreprise, plus modeste encore, de construction. J'ai commencé par là, sous ses ordres en quelque sorte, sur le tas et en retroussant mes manches. C'était dur, mon grand-père ne me passait rien et il n'était pas un tendre — mais il m'aimait de tout son cœur. Il était grec, je vous l'ai dit, n'est-ce pas ? Très

« vieille Europe », même longtemps après avoir obtenu la citoyenneté américaine.

Pierce rit doucement en pensant au vieil homme austère et rouspéteur.

— Je l'adorais. Lui, ses manières rudes, tout ce qui le rendait unique à mes yeux.

— Vous dites qu'il était grec. Pourtant votre nom de famille n'a aucune consonnance…

— Mon grand-père s'appelait Pevros, avant qu'il n'adopte le nom de Hutton après avoir lu quelque part l'histoire de cette riche famille américaine, expliqua-t-il. Il voulait être américain jusqu'au bout des ongles. Personnellement, j'ai encore la nationalité française mais je pourrais obtenir la citoyenneté américaine, compte tenu du fait que j'ai passé la moitié de ma vie en Nouvelle-Angleterre.

— Votre grand-père possédait une petite entreprise de construction, reprit Brianne, mais la vôtre est énorme et de dimension internationale…

Il haussa les épaules.

— Quand il s'agit des affaires, j'ai un sixième sens. J'ai racheté, et racheté au bon moment. Chaque fois, ça m'a rapporté gros. En fait, une fois lancé, plus rien ne m'a arrêté. J'ai vendu les tankers et réinvesti le produit de la vente dans une compagnie qui est devenue la base de mon empire.

De nouveau, il plissa les yeux pour observer Brianne.

— Le père de Margo était industriel en Europe. Notre rencontre a débouché sur mon mariage avec sa fille. Je dois à ma femme les dix plus heureuses années de ma vie.

Sur ces mots, son visage devint dur comme le marbre.

— Bêtement, j'ai cru notre bonheur immortel.

Un élan du cœur poussa Brianne à prendre la main de Pierce dans la sienne.

— Mon père me manque, dit-elle doucement. Alors, je peux imaginer ce que vous éprouvez.

A ces mots, Pierce se raidit, prêt à riposter. Mais, comme s'il avait choisi d'y renoncer, il se détendit. Sa main se fit douce, enveloppa celle de Brianne avec chaleur et force.

— Vous êtes généreuse, lui dit-il en la regardant sereinement. Cette générosité m'a sauvé de moi-même, à Paris. Si vous ne m'aviez pas ramené à l'hôtel, je ne sais vraiment pas où j'aurais fini.

— Moi, je sais, murmura-t-elle séchement. Avec la blonde. Et elle vous aurait dépouillé de votre portefeuille.

— Probablement, admit Pierce en riant. J'étais trop soûl pour me soucier de ce qui pouvait m'arriver.

Son regard devint doux quand il ajouta :

— Je suis heureux que vous vous soyez trouvée là.

— Je suis heureuse aussi, répondit-elle en lui pressant les doigts.

Les yeux de Pierce s'assombrirent ; il regarda intensément Brianne. Du pouce, il se mit à caresser langoureusement la paume de la jeune femme, et la sensation se propagea en elle, comme si Pierce ne caressait pas seulement sa main mais son corps nu tout entier.

Comme il remarquait combien elle était troublée, il la caressa, délibérément, avec plus d'insistance, surpris par l'impulsion à laquelle il cédait. Depuis la mort de

Margo, il n'avait plus éprouvé de désir, songea-t-il, et il n'aurait vraiment pas dû encourager l'émoi de cette si jeune femme trop innocente. Mais, quand elle le regardait ainsi, de son doux regard vert d'eau, quand elle frémissait au plus léger frôlement de sa part, elle le faisait se sentir un géant, un roi.

N'importe quel homme aurait été tenté ; n'importe lequel aurait été pardonné pour ce péché-là.

Brianne chercha son souffle. Pierce Hutton ne faisait que lui caresser la main et la regarder ; pourtant, soudain, ce tête-à-tête avec lui était en train de devenir une torture.

— Si je vous dis d'arrêter ça, vous n'allez pas apprécier, n'est-ce pas ? Je me trompe ? demanda-t-elle alors avec embarras.

— Pourquoi cette question ? demanda-t-il à son tour, doucement.

— En fait, je ne me sens pas très bien, chuchota-t-elle. J'ai presque… mal. Seulement, ce serait indécent de vous dire où.

Pierce resserra la pression de sa main sur celle de Brianne. A présent, il se sentait bien au-delà des notions de bien et de mal, avec elle. Lui aussi, il avait mal — il aurait été indécent de préciser où — , et si rien ne venait apaiser cette douloureuse tension, elle allait empirer.

— Suppose que je t'avoue que, moi aussi, j'ai mal ? dit-il alors d'une voix rauque, soutenant sans ciller le regard de Brianne de ses yeux de braise.

— Est-ce une douleur… indécente ? s'enquit-elle avec un sourire impudique. Aussi indécente que la mienne ?

— Pour que je puisse te répondre, tu dois me dire

à quel endroit ton corps te fait mal, murmura Pierce, malicieusement.

— Juste au sud de mon nombril, répondit-elle avec une franchise aussi impudique que son sourire. J'ai aussi les lèvres sèches, et mes seins sont durs.

Excité par tant de spontanéité, charmé de la trouver si innocemment impudique et directe, Pierce ne chercha même plus à dissimuler son désir. Il laissa ostensiblement son regard se poser sur la poitrine de la jeune femme. Les seins pointaient sous le tissu léger du haut qu'elle portait.

— Personne ne m'a jamais regardée ni touchée là, murmura Brianne, tandis qu'il s'attardait sur sa gorge. Je suis vierge.

Cet aveu sans complexe fit à Pierce l'effet d'un coup de tonnerre en plein ciel. Il fallait absolument qu'il cesse de regarder cette jeune femme, de penser à elle, de la désirer. Jusqu'à son retour à Nassau, il y avait réussi — mais un seul regard, à cette soirée, chez Brauer, où il l'avait revue, avait suffi à raviver les sensations oubliées. Le charme, le sortilège, intacts, avaient opéré de nouveau, triomphant de l'absence.

Il lui caressa les doigts plus sensuellement que jamais.

— J'ai trente-sept ans, Brianne, lui rappela-t-il.

— Et alors ? lui répondit-elle dans un souffle.

— Et alors, tu n'es même pas majeure.

— Il faudrait que je m'excuse ? rétorqua-t-elle.

Ses lèvres s'entrouvrirent tandis que la langoureuse caresse de Pierce faisait battre son cœur comme un fou.

— S'il vous plaît, Pierce, ne me laissez pas comme ça… Tout mon corps est dur.

— Ce n'est pas le moment. N'importe qui pourrait arriver, objecta-t-il. Mary est dans la maison et qui sait si Arthur ne va pas surgir parce qu'il aura besoin de moi... Désolé.

Brianne s'entendit gémir. Pierce soupira, la dévisagea. Puis, soudain, il dégagea sa main, se leva, tourna le dos à la jeune femme comme s'il cherchait un moyen de tout empêcher, de ne pas la rejoindre, là, juste de l'autre côté de la table.

Il serra les poings et les enfonça dans ses poches. Mais rien n'aurait pu tuer le désir qu'il éprouvait. Ni même le cacher.

Que lui arrivait-il ? Margo était la seule femme capable de lui faire un tel effet. Sans doute les mois d'abstinence qu'il venait de traverser l'avaient-ils rendu vulnérable ? Raison de plus pour chasser de sa vie l'innocente Brianne aux grands yeux étonnés.

Quand il se tourna, elle était déjà en passe de s'éloigner.

Il la rejoignit, remarqua en arrivant près d'elle qu'elle fuyait son regard.

— Pardon, murmura-t-elle.

Elle serrait de toutes ses forces son porte-monnaie, comme pour s'accrocher à une bouée de sauvetage.

— Franchement, je ne sais pas ce que j'ai eu, poursuivit-elle. Mes mots ont dépassé ma pensée. Ce doit être l'effet d'un drôle de virus tropical que j'aurai attrapé.

Pierce n'avait pas envie de plaisanter, et pourtant il éclata de rire.

— Un virus ! Eh bien, vous êtes drôlement contagieuse.

Toujours incapable de le regarder, elle murmura :

— S'il vous plaît, ne vous moquez pas trop de moi quand même.

— Mais que faire d'autre ? lança-t-il. Désolé, petite fille, vous séduire n'est pas inscrit à mon programme de la semaine.

Vexée, elle lui jeta un regard noir.

— C'est moi, qui ai essayé de vous séduire la première, pas l'inverse ! objecta-t-elle. Sans aucun succès, je vous l'accorde… Il faut sans doute que je me trouve une sorte d'école de la séduction et que je prenne quelques leçons.

De nouveau, il éclata de rire.

— Vous n'avez aucune pudeur !

— Merci. Je vais classer ce compliment dans le dossier qui contient les précédents…

— Il ne s'agissait pas d'un compliment.

Soudain, Brianne devint sérieuse, presque grave.

— Pierce, voyez les choses en face : si ce n'est pas vous qui couchez avec moi, ce sera Sabon qui essaiera. Seulement, je me serai jetée dans le port de Prince George Wharf avant qu'il ait pu poser la main sur moi !

— Pourquoi me parlez-vous de lui maintenant ? s'enquit alors Pierce, sincèrement troublé. Où voulez-vous en venir ?

— Au fait que ce sont les vierges qui l'intéressent ! Les vierges, vous comprenez ?

— C'est donc là que vous voulez m'emmener… Vous

vous dites que si vous ne l'êtes plus, vierge, vous ne présenterez plus aucun intérêt pour Sabon. C'est cela ?

— Exactement. Mais, naturellement, vous ne feriez pas le terrible sacrifice de coucher avec moi, n'est-ce pas ! Alors, toutes mes excuses pour vous avoir suggéré de prendre le risque de me faire l'amour, monsieur Hutton !

Pierce haussa les sourcils et la fixa.

— Attention..., dit-il doucement. Vous marchez sur des éclats de verre.

— Eh bien, tant mieux, répondit-elle tout bas.

Puis elle détourna les yeux et soupira avant d'ajouter :

— J'irai au casino de Paradise Island, ce soir. Il y aura bien un homme suffisamment désespéré pour m'accorder ce dont j'ai besoin...

A ces mots, Pierce la saisit par le bras. Ses yeux lançaient des éclairs noirs. D'une voix à donner le frisson, il ordonna :

— Je te l'interdis !

— Et de quel droit ? protesta-t-elle. Puisque vous ne voulez rien faire !

— Je ne sais pas ! Peut-être que si !

Tandis que la perspective de coucher avec Brianne s'ouvrait devant lui comme un gouffre, un trouble immense envahit Pierce. Bon sang, Margo lui manquait tellement, si cruellement. Le seul fait de penser à coucher avec une autre femme lui apparaissait comme un adultère. Mais Brianne était jeune, douce, aimante ; ce serait si bon et si facile de se laisser aller à lui donner ce qu'elle voulait...

« Trop facile, d'ailleurs », songea-t-il. Car Brianne était aussi fragile, influençable.

Au fond, si l'ombre malfaisante de Philippe Sabon n'avait pas plané sur elle, aurait-il seulement réfléchi à la proposition qu'elle lui soumettait ? Sûrement pas.

— Ne faites pas n'importe quoi sur un coup de tête, dit-il sèchement. Apprenez à tenir les rênes de votre vie.

— Des conseils, des conseils… N'êtes-vous capable que de cela ? Pourquoi ne me plaquez-vous pas contre un mur, plutôt, pour vous en donner à cœur joie avec moi !

Il lui lâcha le bras.

— Vous êtes une gosse insupportable.

— Je ne suis pas une gosse !

— Si. Une gosse révoltée, renchérit-il.

— Révoltée, ça, oui, totalement. C'est à force de vivre avec des imbéciles.

A présent, elle le regardait avec des yeux de guerrière.

— Croyez-moi, lui dit-elle, j'obtiendrai ce que je veux de vous. Je vais vous harceler, jour après jour, vous user jusqu'à ce que vous disiez oui. J'en fais le serment.

— Que sont devenues les jeunes vierges effarouchées ? demanda Pierce, gagné par des sentiments contradictoires.

— Je ne sais pas. Il faudra poser la question à quelqu'un d'autre que moi.

— Ça ne vous fait pas peur ?

— Quoi ?

— La première fois, avec un homme.

— Si c'est vous, pas du tout. Au contraire.

Il rit, alors qu'il aurait préféré rester sérieux, et l'humour pétilla dans ses yeux.

— J'ai l'impression que vous attendez beaucoup de moi, mademoiselle. Je ne suis plus si jeune. Imaginez que je ne me montre pas à la hauteur de vos espérances… Ou que je ne vive pas assez longtemps pour les satisfaire.

— Je ne me fais aucun souci, répondit-elle avec conviction. Vous avez envie de moi. Simplement, vous vous racontez que je suis trop jeune. Mais je sais, moi, que je suis prête. J'ai grandi parmi des gens plus âgés que moi, et je suis plus mûre que les autres filles de vingt ans.

— Je ne peux rien promettre, souligna Pierce. Je vais… réfléchir.

Elle haussa les épaules.

— Prenez votre temps. Pas de précipitation. Mais si ce loup furieux de Sabon est venu pour moi, moi, je suis pour vous. Je me fiche du temps que cela prendra.

— Il me vient une question très vraisemblable, objecta-t-il alors. Vous avez vingt ans : vous pourriez très bien ne plus être vierge. Comment Sabon sait-il que vous l'êtes encore, selon vous ?

— Parce que, confessa-t-elle en rougissant, Kurt a payé un détective pour me suivre, depuis que j'ai quitté l'école. Ce gars-là ne me quitte pas d'une semelle. Et puis, il y a autre chose… Des examens médicaux que Kurt a demandés, pour moi, sous prétexte que j'avais peut-être été exposée à un virus.

Brianne frissonna en se rappelant ce que le médecin lui avait fait subir.

— Parmi ces examens, il y avait un examen gynécologique, poursuivit-elle. Je l'ignorais, jusqu'à ce que j'entre dans le cabinet et que l'infirmière m'installe sur la table, les pieds dans les étriers…

Elle soupira, reprit son souffle.

— J'ai hurlé, ameuté tout le cabinet… mais Kurt a eu les informations qu'il voulait.

— On vous a mise entre les mains d'un médecin méprisable, affirma Pierce, indigné.

— Méprisable, oui, et interdit d'exercice de la médecine aux Etats-Unis. C'est pourquoi il s'est installé ici pour ouvrir une espèce de… clinique.

— Je vois le genre.

— Je n'ai compris le but de cet examen gynécologique que lorsque Sabon s'est mis à fréquenter la villa et à me guetter comme le faucon guette sa proie. Voyez-vous, ajouta-t-elle en regardant Pierce droit dans les yeux, je n'ai pas peur de grand-chose, dans la vie, mais cet homme me donne la chair de poule.

— Ne vous le reprochez pas : même les hommes ont peur de lui.

Elle haussa les sourcils.

— Vous aussi ?

Un éclat de rire accueillit cette question.

— Non.

Il leva les mains et montra ses phalanges pleines de petites cicatrices blanches.

— Vous êtes un dur, n'est-ce pas ?

— Oui, répondit-il simplement. Moi non plus, je n'ai pas peur de grand-chose.

Malgré l'assurance absolue qu'il affichait, Brianne insista, le sondant du regard.

— N'empêche, il y a forcément quelque chose qui vous effraie. Dites-moi quoi…

Sans plus de manière, Pierce se pencha vers elle, et murmura tout contre son oreille :

— Les vierges folles de sexe.

Puis il la regarda d'un air si malicieux qu'elle éclata de rire.

— Je ne l'ai pas volé, admit-elle de bon cœur.

Pierce s'amusait beaucoup. Beaucoup trop, songea-t-il. Jamais il n'avait rencontré quelqu'un comme cette toute jeune femme. Elle était en train de le métamorphoser, de transformer sa vie, son univers. Avec elle, le soleil brillait de nouveau ; elle jetait un arc-en-ciel par-dessus les nuages. Et il n'osait même pas imaginer les conséquences des sentiments si violents qu'elle lui inspirait.

Allons, il ne fallait pas qu'elle s'attarde plus longtemps pour cette fois. L'heure était venue d'aller chercher Arthur pour qu'il la reconduise en ville.

Au cours des semaines qui suivirent, Brianne s'attacha aux pas de Pierce comme son ombre et se tint à distance de Philippe Sabon au grand mécontentement de Kurt. Elle passa même tant de temps avec Pierce que les rumeurs commencèrent à courir. On les voyait partout ensemble — ils pêchaient, nageaient, se faisaient dorer au soleil sur la plage. Mais le plus souvent, ils restaient tout simplement chez Pierce, au bord de la piscine.

La complicité qui les liait désormais était aussi rare et précieuse que le sens de l'humour qu'ils partageaient.

Pierce n'avait pas encore tout à fait conscience de l'importance que Brianne était en train de prendre dans sa vie ; pourtant, il s'isolait bien moins souvent, et le souvenir de Margo lui devenait moins douloureux.

Il aimait le regard lucide que portait Brianne sur leur milieu et sur le monde, il aimait aussi le bon sens dont elle faisait preuve. Pour une toute jeune femme, elle était d'une étonnante maturité et cela l'impressionnait terriblement. A tel point qu'il ne se sentait pas du tout importuné par sa présence constante à ses côtés.

Kurt, lui, voyait l'histoire d'un très mauvais œil.

Les choses atteignirent le point de crise ce jour où Philippe Sabon débarqua au port, avec son yacht, et se présenta à la villa tout spécialement pour voir Brianne — qui était absente, évidemment. Pour aggraver l'affaire, le détective privé venait de faire un rapport précis sur les récents faits et gestes de Brianne, informant Kurt que sa belle-fille ne quittait plus Pierce Hutton.

La colère froide de Sabon fut terrible pour Kurt, plus terrible que si l'homme avait franchement explosé. Les poings serrés, il posa sur Kurt un regard mauvais et plein d'éclairs noirs avant de déclarer :

— Tu n'es pas sans savoir que ta belle-fille m'inspire des sentiments très affectueux. Je t'ai même glissé que j'ai des projets pour elle et que je pourrais bien te demander sa main. Et malgré cela, tu l'autorises à vivre sous le toit de Hutton ? Qu'est-ce que je dois faire, dans ces conditions, pour être sûr de la trouver ici quand je désire la voir — l'enlever ?

Très ennuyé, Kurt essaya d'apaiser son ami.

— Ecoute, Philippe, ce n'est pas du tout ce que tu crois. Il ne se passe rien entre Hutton et Brianne. D'ailleurs, tu as eu connaissance de l'examen gynécologique, glissa-t-il à mi-voix, inquiet de voir sa femme arriver au plus mauvais moment et apprendre ce qu'elle n'avait nullement besoin de savoir. Tu as ma parole : Brianne n'est pas une fille facile. Elle ne couche pas avec Hutton, même si le fait qu'elle passe beaucoup de temps chez lui laisse penser le contraire.

Sabon s'accorda un moment de silence. Il observa longuement Kurt qui passait par toutes les couleurs, exprimait tout à la fois la peur et l'avidité. C'était évident, Brauer ne soupçonnait même pas ce qu'il avait vraiment en tête, ce qu'il voulait vraiment. Mais il fallait qu'il s'assure sa coopération et même son obéissance absolue.

— Tu es dans une sale situation, rappela-t-il à Kurt d'un ton glacial. Sans moi, tu coules. J'ai regardé tes comptes de très près, figure-toi : si je faisais machine arrière maintenant, avant la prospection, et si je te mettais hors du coup pour faire affaire avec quelqu'un d'autre, tu serais sur la paille. Vrai ou faux ?

Kurt avait la gorge nouée. Sabon savait tout, il le tenait. Il n'y avait aucune échappatoire.

— Vrai, admit-il dans un souffle d'agonie.

Sur ce, il sortit de sa poche un mouchoir blanc et tamponna son front couvert de sueur.

— Je n'ai pas le choix, poursuivit-il, il faut que j'aille jusqu'au bout. Mais, tu sais, ce projet américain… Je me demande si ça va marcher.

Sabon serra les lèvres. Son visage devint grave, tandis qu'il réfléchissait.

— Bien sûr que si, ça va marcher, conclut-il.

Puis, observant Brauer, il ajouta :

— Je t'ai dit que mon mariage avec ta belle-fille serait avantageux pour toi comme pour moi. Cette union scellerait notre accord, Kurt.

— Un mariage...

Kurt étudia cette perspective, la tourna et la retourna dans son esprit. Ses yeux se mirent à briller. Sabon était immensément riche, une des plus grosses fortunes du Moyen-Orient. Il saurait certainement surveiller les relations de son épouse, et les cultiver s'il y trouvait son compte. Si bien que Kurt, en tant que beau-père, ne serait pas oublié et ne manquerait jamais d'argent — même si ses propres affaires ne marchaient pas. Il n'aurait plus jamais besoin d'intriguer comme il devait sans cesse le faire aujourd'hui, de déjouer les ruses des tricheurs qui revenaient sans scrupule sur leurs promesses ou ne payaient jamais. Bon sang ! Il aurait enfin l'esprit libre et ce serait la belle vie tous les jours !

— Quelle magnifique proposition ! s'exclama-t-il alors. Oui, oui, tu as raison, on ne peut rêver mieux qu'un mariage pour sceller nos accords !

Sabon ne prit même pas la peine de le regarder. Il baissa les yeux sur le petit cigare turc qu'il était en train d'allumer et murmura avec dédain :

— Je savais bien que tu ne ferais pas d'histoires.

Kurt en roucoulait de plaisir, à présent. Son avenir assuré ! A présent, il fallait qu'il s'empresse de parler à sa femme. Eve allait devoir comprendre où était leur intérêt désormais, l'accepter, et obtenir le consentement de sa fille. Car sans l'assentiment de Brianne, rien n'était possible.

A la mère de faire plier sa fille, de lui rappeler qu'elle était encore mineure et donc soumise à la volonté de ses parents. Et si Eve se montrait réticente, songea-t-il froidement, il se chargerait de lui rappeler à qui elle devait elle-même obéissance.

— Et tu m'obtiendras aussi le soutien dont j'ai besoin aux Etats-Unis, ajouta Sabon.

— Evidemment. C'est comme si c'était fait, répondit Kurt avec un geste qui en disait long. J'en serai d'ailleurs ravi. Bon sang, Brianne va être une épouse adorable, fais-moi confiance, et elle te fera de beaux enfants !

Sabon demeura silencieux et considéra les faits. Voilà, il avait réussi à imposer à Kurt Brauer ce projet d'union entre leurs deux « familles ». L'homme ne lui opposerait plus de résistance, à présent, ne ferait plus obstacle. Il lui était acquis et mangerait dans sa main.

Pauvre Brianne... si jeune, si délicieuse. Il l'imagina dans ses bras et son estomac se noua de mépris. Brauer venait de vendre sa belle-fille. Il aurait vendu tout ce qu'il possédait pour un peu de pouvoir et une poignée de dollars supplémentaires. Sans aucun scrupule.

Alors, une fois de plus, Sabon songea qu'il aurait franchement préféré se rabattre sur d'autres moyens, d'autres options que Kurt Brauer pour arriver à ses fins et accomplir les grands projets qu'il avait en tête pour le bien du Qawi. Brianne allait souffrir par sa faute et par la faute de son cynique beau-père, mais comment faire autrement ? Il ne pouvait plus se permettre de tergiverser, à présent, l'enjeu était trop lourd ! Et son peuple devait passer avant tout.

Et maintenant qu'il avait neutralisé Brauer, lui proposant ce mariage avant qu'il n'y pense lui-même afin de garder la main, restait à régler le problème Hutton. Une menace de poids, un ennemi redoutable aux portes du Qawi.

Celui-ci aussi devait être neutralisé, et vite, avant que le futur mariage ne lui vienne aux oreilles — ou que Brianne elle-même ne le supplie d'intervenir.

Sabon en était là de ses réflexions quand il remarqua, à travers les volutes de fumée qui s'échappaient de son cigare, que Kurt le regardait bizarrement.

— Une question, Kurt ?

— A vrai dire, oui. Quand tu parlais d'enlever Brianne, tu n'étais pas sérieux, n'est-ce pas, Philippe ?

Pas sérieux ? Puisqu'on lui suggérait de repenser à cet enlèvement… L'idée lui semblait infiniment séduisante, finalement. Ses yeux noirs brillèrent d'un étrange éclat songeur.

— Ce serait un excellent moyen d'obtenir sa coopération, non ?

Kurt se rembrunit. Brianne était citoyenne américaine et on ne provoquait pas impunément les Etats-Unis avec l'enlèvement d'une de leur ressortissante. Et puis, Pierce Hutton ne resterait sûrement pas les bras croisés.

— Ça compliquerait tout, au contraire, affirma-t-il.

Philippe lui adressa un sourire glacial.

— Sans aucun doute.

Sabon n'ajouta pas un mot de plus mais son regard prit une expression indéchiffrable, que Kurt ne connaissait pas, et qui le rendit nerveux. Il avait tellement à perdre, dans l'entreprise où il s'était embarqué ! En aucun cas, il ne pouvait s'offrir le luxe de laisser Philippe le doubler, et le meilleur moyen de maîtriser la situation était encore de tirer le premier.

Pourquoi n'y avait-il pas pensé plus tôt ! C'était tout à fait envisageable, en cas de besoin. Il possédait la moitié des richesses minières du petit pays de Sabon, si longtemps fermé aux investisseurs extérieurs. S'il réussissait à chasser le gouvernement actuel — et quelle résistance sérieuse pouvaient bien lui opposer un vieux cheikh et son armée de folklore ? —, il couperait l'herbe sous le pied de Sabon, puis traiterait directement avec le consortium pétrolier. A son tour, il deviendrait immensément riche ! A son tour, il détiendrait le pouvoir de placer ses pions — et les hommes sur qui compter — afin de protéger ses investissements ! Jamais plus il n'aurait recours à la vente d'armes.

Oui, plus il y pensait, plus l'idée de doubler Sabon lui semblait astucieuse et profitable. Sabon n'était pas digne de confiance. Il se croyait le plus fort, s'imaginait avoir toutes les cartes en main. Eh bien, il allait déchanter et découvrir qu'il n'était rien, *nada*.

Chapitre 4

A la minute où Philippe Sabon quitta la villa pour retourner à bord de son yacht, Kurt Brauer chercha sa femme. Elle lui avait dit que Brianne et Pierce étaient partis faire du shopping à Freeport, mais elle ignorait que ce prétendu shopping était une invention de dernière minute. En fait, dès qu'elle avait vu le yacht de Sabon entrer dans le port, Brianne avait filé se réfugier dans la villa de Pierce afin d'éviter son ennemi. Et avec l'intention d'y rester jusqu'à ce que Sabon soit reparti.

Les menaces de Sabon avaient vivement inquiété Kurt. La détermination que mettait sa belle-fille à disparaître dès que Sabon apparaissait l'inquiétait plus vivement encore. Cette empêcheuse de tourner en rond fragilisait sa position. Inutile de compter sur elle pour le maintenir dans les bonnes grâces de Sabon !

Cela le rendait fou de rage. Sabon parlait-il sérieusement, quand il évoquait la possibilité d'un enlèvement ? Impossible de le savoir. Mais qui sait si ce ne serait pas, finalement, le seul moyen de faire entendre raison à Brianne…

Kurt parla très fermement à sa femme mais ne réussit

à coincer Brianne que le lendemain, quand il la croisa dans le salon. Dès qu'il la vit, il aborda le sujet qui lui tenait à cœur.

— Philippe est reparti très en colère que tu aies brillé par ton absence, Brianne. Il prend cela pour une offense personnelle, figure-toi. Et comme il sait qu'il me tient, il menace de faire affaire avec d'autres partenaires que moi si tu t'obstines à l'éviter. Je n'apprécie pas du tout ton attitude, ni que tu me mettes des bâtons dans les roues en refusant de contribuer à distraire un peu Philippe.

Il marqua une pause, enfonça les mains dans les poches de son pantalon puis ajouta avec sévérité :

— Par ailleurs, je te demande personnellement de ne pas fréquenter autant Pierce Hutton. Lui et moi ne sommes pas dans les meilleurs termes, tu dois le savoir.

— C'est mon ami, répondit-elle simplement. Je l'aime bien.

— N'importe quoi ! Il a vingt ans de plus que toi ! rétorqua-t-il, oubliant à dessein que Pierce et Philippe étaient sensiblement du même âge. Je ne veux plus te savoir avec lui si souvent. Ce n'est pas bon. En outre, précisa-t-il avec embarras, Philippe est au courant et ça ne fait qu'aggraver son humeur. Il désapprouve ta conduite.

A ces mots, Brianne explosa :

— Il *désapprouve* ? Mais de quel droit !

Kurt la fit taire d'un geste pleine de colère.

— Silence ! Ne comprends-tu donc pas dans quelle position je suis ? Je ne peux pas le contrarier, d'accord ? En aucune façon ! J'ai investi tout ce que je possède dans la prospection et l'exploitation du pétrole au Qawi. Je risque tout !

— Eh bien, tu as commis une erreur que tu n'as pas à me faire payer ! Il ne fallait pas laisser Sabon t'embarquer là-dedans.

— Il ne m'a pas embarqué, rectifia Kurt en regardant Brianne droit dans les yeux. C'est *moi,* qui lui ai parlé d'investir. Parce que j'ai saisi la chance de tripler ma mise. Et de me renflouer… Si je reste les bras croisés, précisa-t-il froidement, je vais perdre le peu qui me reste. Le Qawi est une formidable occasion d'investir, une occasion très sûre, garantie. Mais pour que ça marche, je dois garder des relations au beau fixe avec Philippe — ne pas m'opposer à lui et ne pas te permettre de le faire non plus.

Il s'éclaircit la gorge, gêné par le mépris qu'il lisait sur le visage de sa belle-fille.

— Tu as l'âge de te marier, poursuivit-il durement. Philippe m'a demandé ta main. Ce mariage cimentera définitivement notre partenariat.

— Ma main ? hurla-t-elle, épouvantée. Ecoute-moi bien, Kurt, ce n'est pas demain la veille que j'épouserai ton ami Philippe ! Il me fait froid dans le dos ! Et tu as certainement entendu parler de ses goûts sexuels, en matière de jeunes filles !

Kurt la fixa d'un air menaçant.

— Ta mère a la vie plutôt belle ici, *ja* ? dit-il lentement avec un sourire qui n'exprimait aucune bonté. Ta mère ainsi que le petit. Tu ne ferais rien qui… les perturbe, n'est-ce pas ?

La menace était à peine voilée. Un chef d'œuvre de

sournoiserie. Brianne sentit son corps se pétrifier d'horreur tandis qu'elle considérait l'insinuation de Kurt. Eve tremblait devant son mari, elle regrettait profondément de l'avoir épousé — Brianne le savait. Tout comme elle savait que l'existence de Nicholas rendait sa mère encore plus vulnérable qu'avant. En poussant Kurt à bout, Brianne risquait de mettre sa mère en danger. Pourtant, même pour sauver Eve et Nicholas des griffes de Kurt, elle se sentait absolument incapable d'épouser l'homme qui la révulsait !

Elle se tenait là, figée, arrogante mais affolée, en équilibre au bord du gouffre, cherchant désespérément les mots justes. Seul Pierce pouvait intervenir et la sortir de là — mais impossible d'user de cet argument pour faire trembler son beau-père. Au contraire, cela ne ferait que mettre le feu aux poudres et ce serait l'explosion assurée : acculé, Kurt s'en prendrait à Eve en désespoir de cause. Or, même si, depuis deux ans, Brianne reprochait sévèrement à sa mère son mariage trop rapide et sa grossesse, l'amour filial la poussait à la protéger. Eve l'avait trahie, certes, mais en dépit des sentiments amers qu'elle éprouvait, Brianne ne causerait jamais la perte de la seule famille qui lui restait encore.

— Me suis-je bien fait comprendre, Brianne ? reprit Kurt sur le ton de sourde menace dont il avait décidé d'user avec elle. Vas-tu faire ce que je te dirai ?

— Ai-je le choix ? répliqua-t-elle aussi calmement que possible.

Il sourit — d'un mauvais sourire —, et répondit :

— Non. Bien, puisque nous sommes d'accord, je crois

que nous pourrions discuter des préparatifs de ce mariage, qu'en penses-tu ? Je suis certain que ta mère sera ravie d'apporter ses précieux conseils.

— Plus tard, dit-elle, cherchant désespérément un prétexte pour repousser l'échéance, et fuir.

Et comme une idée lui venait à l'esprit, elle redressa les épaules et fit front.

— Il faut que je file. J'ai rendez-vous en ville, avec une amie. Au Lobster Bar. On déjeune toutes les deux.

Kurt releva, aussitôt soupçonneux.

— Une amie ? Quelle amie ?

Mal à l'aise au possible, Brianne puisa tout au fond d'elle la force de répondre :

— Cara, la fille que j'ai rencontrée à l'école. Elle fait une croisière et ils descendent à terre pour l'après-midi. Ce soir, ils ne seront déjà plus là, et je ne l'ai pas vue depuis que nous avons quitté l'école.

Kurt hésita. Sa méfiance n'était pas facile à endormir. Il serra les lèvres, réfléchit encore un moment. Puis il laissa tomber son verdict.

— Bien. Mais chaque chose a son prix. Philippe est parti dans les îles ; il sera là demain. J'attends de ta part une irréprochable coopération.

— D'accord…

Elle était pâle et pas si fière et rassurée qu'elle essayait de le paraître, mais elle s'obligea à sourire et partit s'habiller.

Alors qu'elle se glissait dans un jean, Brianne vit arriver Eve dans sa chambre. Manifestement, sa mère avait confié Nicholas à la nurse pour venir lui parler.

— Kurt t'as mise au courant ? dit-elle vivement.

— Evidemment, répondit Brianne.

Elle contempla sa mère. Depuis son mariage, elle avait pris des rides, et son regard était devenu plus pâle, comme hagard.

— Tu penses bien qu'il n'a pas traîné à m'informer…, acheva Brianne.

Eve se tordit les mains.

— Je n'imaginais pas qu'il irait aussi loin, confessa-t-elle misérablement. Je sais que tu n'aimes pas M. Sabon, je sais ce que les gens disent de lui. Seulement, il est très riche, et très puissant…

— Et, à ton avis, l'argent est la chose la plus importante au monde, répliqua froidement Brianne en clouant sa mère du regard.

Celle-ci se détourna aussitôt.

— Tu me prêtes de mauvaises pensées. Ce que je veux dire, c'est que Sabon te donnera tout ce que tu peux vouloir. Kurt se réjouit à cette idée.

— Rendre heureux ton époux n'est pas exactement l'objectif prioritaire de mon existence, maman, riposta Brianne, plus tranchante que jamais. Et si tu t'imagines que je vais épouser Sabon pour faire plaisir à Kurt, alors je crois qu'on t'a mal renseignée.

Sa mère la regarda d'un air horrifié.

— Tu… tu ne l'as pas pris sur ce ton avec lui, au moins ? Tu ne lui as pas dit ça ? s'enquit-elle, réellement affolée.

— Pour qui me prends-tu ? Je ne suis pas folle. Figure-toi qu'il s'est montré très menaçant à ton égard, et pour ton fils, précisa-t-elle à contrecœur.

Brianne n'avait jamais été proche de sa mère et, dans des moments comme celui-ci, c'était à la fois regrettable et triste. Alors qu'elles en auraient eu bien besoin, elles ne pouvaient ni se faire confiance, ni s'épancher, ni se réconforter l'une l'autre, songea-t-elle. Au fond, elle dérangeait Eve qui, comme beaucoup de jolies femmes, supportait mal de voir passer les années. Elle mentait sur son âge, et l'existence d'une fille de vingt ans, sa constante présence à ses côtés, trahissait ce mensonge et le soulignait.

Eve fit un geste d'impuissance. On aurait dit une biche aux abois.

— Kurt est capable de faire des scènes épouvantables, dit-elle en jetant un regard las à sa fille. Dieu merci, le plus souvent, il m'épargne. Mais dès qu'il s'agit de toi, nous nous disputons violemment. C'est une des raisons qui m'ont fait plier, quand il a voulu t'envoyer à Paris. Depuis quelque temps, l'atmosphère est de nouveau irrespirable. Notamment depuis qu'il s'est lié avec Sabon.

Elle remit de l'ordre dans ses cheveux et ses yeux implorants se posèrent sur sa fille.

— Est-ce que tu pourrais juste faire semblant d'accepter ce mariage ? Juste le temps que je réfléchisse, que je trouve une solution ? Il y a bien quelque chose à faire… Pense à Nicholas. C'est encore un bébé. Je ne survivrai pas si Kurt… si Kurt me l'enlevait ou me disputait sa garde, Brianne. Tu sais bien que je perdrais, devant un tribunal. Je n'ai pas un sou à moi. Je t'en supplie, si tu ne fais pas ça pour moi, fais-le pour Nicholas ! Pense à la vie qu'il aura si sa mère n'est pas près de lui.

Elle avait raison, hélas, se dit Brianne. Sans Eve, la vie de Nicholas serait terrible. Kurt le tiendrait à sa merci et ne ferait preuve d'aucune pitié. Elle finit de s'habiller, troublée, inquiète, puis regarda tristement sa mère.

— Je t'ai toujours entendue dire que l'argent faisait ton bonheur, que tu n'avais besoin de rien d'autre pour être heureuse. C'est encore ce que tu penses aujourd'hui ?

Eve pâlit.

— J'étais lasse de vivre comme une pauvresse, répondit-elle amèrement. De travailler dur pour trois fois rien. Ton père n'avait pas la moindre ambition pour nous !

— Peut-être, mais il était tendre et généreux. Il n'aurait jamais levé la main sur toi, lui.

Son expression se durcit tandis qu'elle considérait cette femme qui l'avait élevée mais jamais aimée, et qui ne s'était jamais souciée de ce qu'elle éprouvait. Il suffisait de voir Eve s'occuper de Nicholas, aujourd'hui, le câliner, l'embrasser et courir en tous sens pour satisfaire son moindre caprice, pour comprendre que Brianne n'avait été ni vraiment désirée ni vraiment aimée. Son petit frère le lui rappelait douloureusement à chaque heure de la journée.

— Mon père t'adorait, reprit Brianne, pour elle-même plus que pour Eve. Il t'était irréprochablement fidèle. Et comment l'as-tu payé en retour de son amour ? En te jetant dans les bras de Kurt Brauer moins d'un mois après les obsèques ! Tu n'imagines même pas ce que ça m'a fait…

Sa mère resta muette, comme sous le choc. Elle porta la main à son cœur et murmura d'une voix rauque.

— Mais… Mais, Brianne… Tu n'as jamais… Tu n'as jamais dit un mot.

— A quoi est-ce que ça aurait servi ? Tu n'as jamais tenu compte de mes sentiments ni de mes chagrins. Tout ce que tu voyais, c'est que tu risquais de perdre Kurt et tous ses millions.

— Comment peux-tu me parler comme ça ? Toi, ma propre fille ! Mon enfant !

— Ton enfant ?

Elle contempla le beau visage fragile de sa mère.

— Une mère câline son enfant, le console quand il pleure, le prend dans ses bras… Je n'ai pas de souvenirs de ce genre avec toi. Tu n'as fait que me critiquer et rêver du moment où je ne serais plus dans tes pattes.

Cette fois, Eve ne sut plus où se retrancher. Elle paraissait perdue, bouleversée, déstabilisée. Brianne poursuivit.

— Papa m'aimait, lui, affirma-t-elle avec fierté. Quand je m'écorchais les genoux, il me faisait un bisou, il m'emmenait avec lui aux expositions, au concert — même quand il manquait d'argent. Toi, tu ne faisais que gémir et te plaindre du temps qu'il me consacrait. Un temps précieux qu'il aurait dû passer à travailler pour s'assurer une promotion !

Eve observa sa fille comme si elle ne la reconnaissait plus, comme si une étrangère se tenait devant elle, dans la pièce.

— Je ne me rendais pas compte que tu avais tant besoin de moi. Tu n'étais pas affectueuse.

— Toi non plus. Je n'étais pas assez belle pour que tu m'aimes.

Les mots étaient sortis plus violemment que Brianne ne le souhaitait. Ils surgissaient du plus profond de son être après de longues années de souffrance. Eve les reçut en pleine face. Elle plaça les mains sur ses hanches. Sa jolie taille fine d'autrefois s'était empâtée, quelques kilos lui restaient encore de sa grossesse.

— Si tu faisais l'effort de te coiffer correctement, de te maquiller et d'être un peu plus élégante…

— … Tu considérerais peut-être la possibilité de m'aimer, c'est ça ? acheva Brianne avec un rire amer.

Eve tressaillit. Elle esquissa un geste d'affection, fit un pas vers sa fille… Mais il était trop tard — des années trop tard — et Brianne ignora totalement cette tentative de réconciliation. Indifférente, elle attrapa son porte-monnaie, posé sur le lit, le ferma. Il n'y avait rien à ajouter. Pour elle, la discussion était close.

— Où vas-tu encore ? demanda Eve, éperdue.

Brianne hésita. Pouvait-elle courir le risque de faire confiance à sa mère ? Non, bien sûr que non.

— Mon amie Cara est en ville pour l'après-midi. J'ai promis de la rejoindre pour le déjeuner.

— Bon. Bon, c'est bien, alors, balbutia Eve avec un sourire forcé. Ne te fais pas de souci, ma petite fille. Tout va bien se passer. Tu sais, c'est juste que Kurt est sur les charbons ardents, en ce moment. Quand la situation se sera apaisée et qu'il aura enfin ce qu'il veut, il se calmera.

Tandis qu'elle essayait de rassurer sa fille, Eve était l'image même de l'obstination, de l'entêtement à défendre une position pourtant intenable. Elle aurait voulu rendre la situation acceptable, rationnelle.

— Il m'aime, poursuivit-elle, il m'aime vraiment. Et il aime son fils, aussi. Il a beau dire, il ne ferait rien qui nous nuise.

— Dans ce cas, tout va pour le mieux dans le meilleur des mondes ! s'exclama Brianne. Ton mari t'aime, donc, moi, je n'aurai pas besoin d'épouser Philippe Sabon pour te protéger de Kurt. N'est-ce pas, maman ?

Eve devint pâle comme la mort. Elle venait de comprendre que ce qu'elle avait cru acquis était remis en cause. Presque menaçante, maintenant, elle vint se poster devant sa fille.

— Brianne, surtout, ne fais rien que tu pourrais amèrement regretter !

— N'ai aucune inquiétude à ce sujet.

Brianne avait détourné les yeux. Lorsque sa mère était aussi près d'elle, elle se faisait l'effet d'une grande gigue godiche, comparée à la femme délicate et finement proportionnée qu'était Eve. Certes, elle avait de belles jambes et de beaux cheveux, mais elle ne correspondait pas du tout à l'idée que se faisait sa mère d'une jolie jeune fille du monde. Eve devina-t-elle ce qu'éprouvait sa fille à ce moment ? Perçut-elle sa vulnérabilité ? En tout cas, elle approcha encore, avec prudence, et, pour la première fois depuis des années, elle toucha sa Brianne. Elle toucha les longs cheveux, blonds, épais, lisses, et en éprouva la texture soyeuse avec une sorte d'étonnement.

— Tes cheveux sont si beaux…, murmura-t-elle. Mon coiffeur ferait des merveilles, s'il t'entreprenait. Et tu as un corps fait pour porter des vêtements de créateurs.

Comment n'ai-je pas remarqué plus tôt cette élégance naturelle, chez toi ?

« Tu ne m'as jamais regardée, tout simplement, songea Brianne avec ressentiment. Et maintenant, tu ne me remarques que parceque je peux servir tes intérêts ». Mais elle se garda de rien dire. Elle recula, découragea sa mère de faire le moindre geste pour la retenir.

Puis elle se dépêcha de gagner la porte. Lorsqu'elle l'eut ouverte, elle marqua une pause sur le seuil et jeta un dernier regard en arrière au visage de poupée de sa mère. Un regard plein de pitié et de tristesse.

— Vois-tu, maman, je n'ai que vingt ans et je sais déjà que le bonheur ne s'achète pas. Toi, tu as quarante ans, et pourtant tu n'as toujours pas entendu la leçon. Pourquoi ?

Eve protesta avec un rire jaune.

— Quarante ans ! Allons, j'en ai à peine trente-cinq ! Et pour répondre à ta question : j'aime les belles choses et elles coûtent cher, voilà tout.

— Cette fois, tu vas les payer le prix fort, j'ai l'impression.

— Mais enfin ! s'écria Eve. Est-ce vraiment trop te demander, que d'épouser un des hommes les plus riches sur cette Terre ! Brianne, pense à tout ce que j'ai fait pour toi. Pense à ce que Kurt a fait pour toi ! ajouta-t-elle vivement avant que sa fille ne lui rappelle ses trop criantes insuffisances maternelles. Il t'a envoyée dans une école très chère, à Paris, et il continue de t'entretenir. Tu t'imagines que tu ne lui dois rien en retour ?

Elle s'efforçait de reprendre la main, maintenant, en se

composant ce sourire froid, mondain, de commande, dont elle usait pour impressionner les associés de Kurt — ces hommes terrifiants qui entretenaient avec son mari des liens dont elle n'imaginait même pas la nature.

— Réfléchis un peu à ce que je viens de te dire, conclut-elle, et ensuite, tu verras que tu prendras la décision qui s'impose. La seule.

Brianne ne répondit pas. Il n'y avait pas lieu. Eve et elle n'avaient jamais eu grand-chose en commun et, aujourd'hui, elles s'étaient encore éloignées l'une de l'autre. Manifestement, Eve n'était pas prête à renoncer à Kurt et à son argent, quoi qu'il en coûte — ne venait-elle pas de le lui dire clairement ? En revanche, elle ne voyait pas d'inconvénient à sacrifier sa propre fille pour sauvegarder mari et train de vie.

Mais la victime, elle, ne voulait pas qu'on la sacrifie. Et elle savait exactement où trouver l'unique personne capable de la sauver.

Pierce était au téléphone avec Tate Winthrop et ce qu'il entendait ne lui plaisait pas du tout.

— La plate-forme a subi une tentative de sabotage, la nuit dernière, expliquait Winthrop de sa voix monocorde et calme. Mais tout est en ordre, à présent, ajouta-t-il avant que n'explose l'orage qu'il entendait se préparer à l'autre bout du fil. Seulement, je pense qu'il y aura d'autres tentatives. Et puis, j'ai entendu dire que ça s'aggrave au Qawi. On raconte qu'un voisin pauvre stocke des armes au profit d'une nation sympathisante et envisage sérieusement de s'emparer par la force du matériel de forage installé par Sabon.

Pierce s'étira paresseusement et tourna les yeux vers la plage de sable blanc, au-delà de la piscine où il se reposait, seul. Il but une gorgée de whisky, garda le silence un moment, puis répondit :

— Je me demande si la meilleure chose à faire n'est pas de les laisser entraver le développement. Parce que si Brauer a les coudées franches, il se souciera comme d'une guigne de sécuriser le site et de protéger l'environnement.

— Oui, mais imagine qu'ils donnent l'assaut et soient repoussés, objecta Winthrop. Ils riposteront en incendiant le site, c'est évident.

— Et ce sera un vrai désastre. Ils ne se feraient pas des amis à Washington, après ça.

— En parlant de Washington, reprit sereinement Tate Winthrop. Des bruits courent au sujet de Brauer. Il serait en train de tisser des liens au Sénat.

— Tu plaisantes ?

— J'ai travaillé pour la CIA : on n'y apprend pas à faire des blagues, figure-toi.

— Désolé, Tate.

— Brauer a usé ses fonds de pantalon sur les mêmes bancs d'école qu'un sénateur très au fait des affaires internationales, poursuivit Winthrop. Ils sont restés en contact. Kurt va faire pression.

— Il veut que ce brave Oncle Sam l'aide à creuser des puits ?

— Pas du tout. Il veut que ce brave Oncle Sam monte la garde pendant qu'on creusera les puits. Note la nuance.

— Sabon est archi-millionnaire et il possède la moitié du pays, sans compter qu'il a acheté l'obéissance du cheikh et de la plupart des ministres. Pourquoi irait-il chercher une protection à l'extérieur au lieu de l'assurer lui-même ? Il manque de moyens ?

— Il est riche, c'est vrai, mais son pays est pauvre, rappela Winthrop, avant d'ajouter : ce Sabon est un drôle de gus. Par exemple, alors qu'il traîne une réputation de pervers sexuel, aucune charge n'a jamais été retenue contre lui, personne n'a pu apporter la preuve de ses vilaines petites habitudes. Et surtout, on ne sait pas ce que sont devenues les demoiselles qu'il a congédiées après usage.

— En effet…

— Brauer, lui, le catalogue comme un tueur bouffeur de fric, mais je pense que les choses sont moins simples.

Winthrop marqua une pause avant de livrer à Pierce ses questions.

— Son peuple l'aime. Au Qawi, il ne semble traîner aucune casserole. Pourquoi cet homme se fait-il délibérément passer aux yeux du monde pour le pire des dépravés ?

— Je n'en sais foutre rien. Je ne cesse déjà de me demander pourquoi il s'est allié à Brauer dans ce business.

— Pour ses contacts aux Etats-Unis, je pense, répondit Tate, songeur. Et puis, des deux, Brauer est le seul à ne pas s'être pris de claque à Washington. J'imagine que ça peut jouer.

— C'est très vraisemblable. Cela dit, Sabon ne pouvait pas trouver d'appui plus dangereux que Brauer. Ce type a commis tant de choses immorales dans sa vie qu'à côté de lui Sabon prend des airs d'enfant de chœur.

A cet instant, au bout de la ligne, il y eut un silence dont la nature particulière alerta l'attention de Pierce. Il connaissait ce genre de silence et il aurait pu parier que Tate était préoccupé par quelque chose qui n'avait rien à voir avec leur discussion.

— Un problème ?

— Un problème perso, oui. Rien de grave, répondit calmement Tate. Ecoute, je vais parler de Brauer avec deux, trois personnes bien informées et je saurai bientôt qui il connaît exactement à Washington. De ton côté, si tu as du nouveau, contacte-moi.

— Ça marche. Sabon était en ville, hier. Il a quitté Nassau dans la soirée.

— Courte étape, alors. Qu'est-ce qu'il était venu faire ?

Pierce s'assombrit aussitôt. Sa voix devint dure.

— Mettre la main sur la belle-fille de Brauer, apparemment. Elle a vingt ans…

— Bon sang…

— Tu sais ce qu'il lui fera s'il réussit à l'avoir… Elle est futée, cette gosse, mais, face à Sabon, elle ne tiendra jamais le coup. La partie n'est pas égale. Et puis, il ne la mérite pas.

— Tu veux que je m'occupe de ça ?

— Non, c'est moi qui vais veiller sur elle. J'en suis encore capable.

De l'autre côté de la ligne, Tate s'autorisa à rire. C'était rare.

— Quand on t'a vu mettre à genoux Colby Lane, sur

la plate-forme, on n'a aucun doute sur ce point ! déclara-
t-il.

— Puisque tu parles du diable, qu'est-ce qu'il devient
celui-là ?

— Il s'est acoquiné avec un autre groupe de mercenaires
et il est parti pour l'Afrique. Enfin… On dit aussi qu'il est
rentré et qu'il travaille pour Oncle Sam, maintenant, alors
va savoir. Il a tellement changé en peu de temps que je
n'ai même plus l'impression de le connaître. C'est à cause
de cette femme…

— Attends, objecta Pierce, ce n'est tout de même pas sa
faute à elle si Colby n'est pas foutu de la laisser tranquille
et d'accepter qu'elle l'ait remplacé. Elle est remariée, tout
de même ! S'il prend une cuite deux fois par mois et qu'il
cherche la bagarre, il peut s'attendre à trouver preneur.
Forcément.

— N'empêche que personne ne se frottait à lui, autrefois.
Jusqu'à ce que tu te ramènes.

— Même pas toi, Tate ? releva Pierce pour taquiner
son chef de la sécurité.

— Moi ? répondit Tate négligemment. Tu n'as pas
remarqué cette superbe cicatrice, sur ma joue ?

— Un dur comme toi !

— Je n'étais pas en forme, ce jour-là.

— Ça me plairait bien de voir quelqu'un te chatouiller
un jour où tu es en forme.

— En tout cas, pense à assurer tes arrières, Pierce. Brauer
ne t'aime pas mais Sabon non plus, et il a beaucoup plus
d'argent et de perversité dans son sac. Je n'apprécierais pas
de recevoir au beau milieu de la nuit un coup de fil qui

m'annonce qu'on t'a retrouvé échoué sur une plage du côté de Freeport. Mort.

— Ça n'arrivera pas. On se rappelle.

— Ça marche.

Pierce raccrocha et songea à tout ce qu'il venait d'apprendre. De mauvaises nouvelles. Embarrassantes. Faire affaire dans le pétrole n'avait jamais été facile. C'était quitte ou double. Et toujours beaucoup plus complexe qu'on n'aurait pu le croire, quand on n'était pas de la partie.

Les problèmes pouvaient surgir de partout : étanchéité du matériel, explosions, incendies spontanés ou pas, employés mécontents suffisamment fous pour causer délibérément des accidents... Il fallait aussi maîtriser les questions financières, gérer les conflits — à qui reviendrait d'absorber quels coûts ? —, les chamailleries entre compagnies pétrolières qui payaient la note, et superviser la bonne marche de la construction des foreuses et des pipe-lines. Les difficultés s'enchaînaient sans jamais se ressembler et Pierce était toujours sur tous les fronts.

La nouvelle aventure de plate-forme pétrolière dans laquelle il s'était lancé, incluait la menace de toutes sortes de mauvaises surprises politiques, fiscales et juridiques. Le pipe-line devait traverser le territoire d'un pays tombé sous le coup de sanctions américaines, et les investissements étrangers alloués étaient plafonnés. Les Russes faisaient valoir que cette dernière mesure n'avait pas à s'appliquer, en l'occurrence, puisque la mer Caspienne était entourée de terres et ne relevait donc pas de la loi imposée ailleurs. Quant aux compagnies pétrolières internationales impliquées dans le projet... elles ne pouvaient prétendre ignorer le veto des Etats-Unis et passer outre, sauf à passer pour déloyales.

D'autres problèmes pouvaient venir du Qawi. Le Qawi avait besoin d'un pipe-line dans un secteur de même nature géo-politique. A cette différence près que Sabon avait les contacts qu'il fallait, et que tout ennemi des U.S.A. était assuré de s'en faire un ami. Sabon ne s'embarrassait pas de sanctions, de diplomatie ou de politique. Il se contentait, sans plus de manières, de graisser la patte et de n'en faire qu'à sa tête. Et si les informations de Tate s'avéraient, un tremblement de terre politique majeur se préparait. Le contact de Kurt au Senat pouvait facilement créer de gros ennuis au consortium et mettre le projet en péril. Dans l'affaire, Pierce serait touché, puisqu'il fournissait le matériel et la main d'œuvre.

Il était profondément plongé dans ses réflexions quand il entendit qu'on poussait le portail de la piscine. Quelqu'un venait le rejoindre — et il devinait qui.

Brianne.

Brianne s'approcha. Pierce était allongé au soleil, entièrement nu. La première fois qu'elle l'avait vu ainsi, au bord de la piscine, elle avait rougi, incapable de cacher sa surprise — en dépit de cette fameuse nuit, à Paris, où elle avait dû le déshabiller pour le mettre au lit. Il s'était amusé de tant d'innocence de sa part, vu son âge. Du coup, elle avait considéré comme naturel le fait qu'il ne porte jamais de caleçon de bain, n'avait jamais plus fait de commentaire ni cherché à détourner les yeux. En fait, elle était absolument fascinée par le corps de Pierce. Aussi fascinée que la toute première fois, à Paris.

— Ça n'a pas l'air d'aller fort, lui dit-il sitôt qu'elle fut assise sur le transat, à côté du sien.

Elle jeta son porte-monnaie sur la table.

— Comme vous dites. Je suis même au bord du suicide, lança-t-elle avec un regard plein de malice. Vous pouvez me fournir la corde pour me pendre ?

Pierce se redressa.

— Sérieusement, qu'est-ce qui vous arrive ?

— Je dois répondre à un ultimatum, expliqua-t-elle d'une voix blanche d'où avait disparu tout humour.

Elle baissa les yeux, se lança.

— Si je n'épouse pas Philippe Sabon, Kurt s'en prendra à ma mère et à mon frère. Il est aux abois. Prêt à tout pour sauver sa peau. Et je ne crois pas qu'il bluffe, ajouta-t-elle. Il a engagé jusqu'à son dernier dollar dans ses affaires avec Sabon, et si celui-ci le lâche, il va tout perdre. Or Sabon le lâchera si je refuse de l'épouser. Voilà. Je vais devenir la femme de l'immonde M. Sabon.

Le visage de Pierce devint dur comme la pierre. Brauer était donc capable d'aller jusqu'à vendre sa belle-fille, dans sa course éperdue vers la fortune et le pouvoir ? Pierce l'avait sous-estimé. Grossière erreur. Kurt était encore plus méprisable qu'il ne l'avait cru.

— Qu'allez-vous faire, dans ces conditions ? Qu'est-ce que vous voulez vraiment ? demanda-t-il presque brutalement à Brianne.

Elle le regarda, lui adressa un triste sourire. Fit glisser ses mains le long de ses jambes avec lenteur.

— Vous n'en avez aucune idée, alors ? demanda-t-elle d'une voix caressante.

De son regard noir, Pierce la sonda, incertain de bien comprendre, s'attarda sur son corps jeune, svelte, désirable.

— Tu pourrais peut-être mieux t'expliquer, murmura-t-il.

— Bien sûr…

Sur ces mots, elle se leva, ôta son chemisier. Dessous, elle était nue. Elle offrit au regard de Pierce ses jolis petits seins, puis elle murmura à son tour sans la moindre pudeur :

— Est-ce que je suis assez claire pour toi ?

Chapitre 5

Jusque-là, Pierce s'était refusé à considérer Brianne comme une femme. Dans son chagrin, encore dévasté par la mort de Margo, il ne se sentait pas prêt à avoir une maîtresse, surtout quelqu'un d'aussi jeune et inexpérimenté que Brianne.

Pourtant, voir ses seins adorables, cette chair douce, blanche, aux pointes roses, lui fit un effet tel qu'il fut obligé de se rendre à l'évidence : il la désirait.

Son corps l'avait trahi et Brianne le regardait bander avec un mélange de fascination et d'appréhension. Soudain, elle cacha ce qu'elle avait voulu montrer et perdit toute son assurance.

— Tu ne te sens plus à la hauteur ? murmura Pierce sans gentillesse.

« Non, plus du tout », faillit-elle répondre. Comment aurait-elle pu lui jouer la comédie et lui faire croire qu'il ne l'intimidait pas ?

Consciente de l'avoir agacé, elle s'excusa.

— Pardonnez-moi. Les magazines ne… ne montrent jamais les hommes… comme ça.

— Ils n'ont pas cette audace.

Pierce se leva. Il s'approcha d'elle, puis il lui prit les mains et l'obligea à lui offrir de nouveau ses seins. Du regard, il en apprécia la forme, la fermeté, le renflement délicat, et les mamelons durs comme des perles.

— Ils sont trop petits, je sais, balbutia Brianne.

Elle aurait tellement voulu l'impressionner, en cet instant, se sentir féminine, sensuelle. Au lieu de quoi, elle avait l'air godiche et maladroite, songea-t-elle. Et même le regard de Pierce, qui semblait pourtant aimer ce qu'il voyait, ne suffisait pas à la rendre fière de son corps.

— Tu es parfaite. Très harmonieuse, répondit-il doucement.

Il lui sourit, si bien qu'elle le trouva soudain moins intimidant. Elle lut même de la tendresse dans ses yeux noirs, tandis qu'il s'attardait à contempler ses seins, à en suivre les contours du regard. Puis il posa les yeux sur son visage, enchaîna son regard et murmura :

— Tes seins sont durs, n'est-ce pas ?

Comment pouvait-il savoir cela sans la toucher ? Elle hocha la tête, se raidit un peu.

— Viens tout près de moi. Je vais te faire du bien.

A cet instant, Brianne eut l'impression d'une extrême acuité de tous ses sens. Elle percevait toutes les nuances d'intonation dans la voix de Pierce — à la fois grave, caressante, rauque et langoureuse. Elle sentait la brûlure du soleil à travers les branches des pins, entendait le froissement des vagues qui s'échouaient en bas, sur la plage privée, juste de l'autre côté de la clôture, le bruit du moteur d'un avion de tourisme dans le ciel, à l'aplomb de la piscine

— autant de sensations qui la traversaient, toutes à la fois, sans pour autant laisser la moindre trace en elle. Car son corps était entièrement disponible au regard de Pierce sur elle — son premier vrai regard d'homme.

Elle rassembla son courage, fit un pas vers lui. Elle se sentait tendue comme une corde de violon, et comme à l'étroit dans son propre corps. Même si elle avait toujours trouvé Pierce séduisant, ce qui était en train d'arriver là dépassait de très loin sa jeune expérience de l'amour. Il lui semblait être emportée par une vague énorme, puissante, contre laquelle elle ne pouvait pas lutter.

Pierce leva la main, frôla des doigts le dessin d'un de ses seins. Elle retint son souffle et cela le fit sourire — comme le faisaient sourire toutes les émotions qu'elle était trop inexpérimentée pour cacher.

De sa main libre, il l'attira un peu plus à lui, au point qu'elle put sentir son souffle lui balayer le front, tandis que, du pouce, il effleurait la pointe d'un sein. Elle se tendit davantage, chercha son souffle, déjà haletante.

— Et si quelqu'un arrive… ? murmura-t-elle de ses lèvres sèches.

— Quand je bronze nu au bord de la piscine, personne ne vient jamais me déranger. C'est une règle tacite, ici, répondit Pierce.

Depuis la mort de Margo, songea-t-il, c'était la première fois qu'il se sentait de nouveau… *vivant*. Un ressuscité, voilà ce qu'il était, à toucher ainsi la chair douce d'un sein, à envelopper ce sein de la main et à sentir sous sa paume battre un cœur de femme — une femme qu'il entendait respirer tant elle était troublée. Brianne sentait aussi bon qu'une brassée de fleurs au printemps, et Pierce brûlait d'envie de la déshabiller complètement pour la caresser partout, partout où aucun homme ne l'avait encore jamais fait.

Il lui venait des images si excitantes, que son cœur cognait comme un fou. Soudain, l'âge de Brianne, son inexpérience ne comptaient plus du tout. Il s'en foutait. Il se foutait de tout, sauf du désir qui lui brûlait les reins.

Il posa les mains sur la ceinture du jean de Brianne, la déboucla, fit descendre la fermeture Eclair. Mais, comme il s'y était attendu, elle l'empêcha d'aller plus loin, sincèrement affolée. Alors, il se pencha et lui murmura à l'oreille :

— Ce n'est facile pour personne de perdre sa virginité. Mais, tu vas voir, tu vas adorer la manière dont je vais m'y prendre avec toi. Ce sera très doux, très lent, ensoleillé…

De nouveau, ses mains s'affairèrent et, pendant ce temps, il flirta avec les lèvres de Brianne. D'abord la lèvre supérieure, puis, aussi langoureusement, la lèvre inférieure.

Elle gémit et cela le fit sourire. Il se pencha, vint poser ses lèvres entrouvertes sur la pointe d'un sein, et se mit à la sucer tendrement tandis que Brianne renonçait à lui résister, se cambrait malgré elle et enfonçait les mains dans la masse sombre et drue de ses cheveux.

Pierce repoussa alors son jean, le fit descendre jusqu'en dessous de ses hanches, et elle accueillit avec volupté la caresse de l'air marin sur sa peau brûlante. A présent, il lui devenait presque difficile de respirer. Les yeux clos, elle écoutait son corps réclamer jusqu'à la douleur la bouche avide de Pierce, qui suçait plus durement la pointe de son sein.

Sa bouche, sa main aussi… Il l'avait glissée entre ses cuisses, maintenant, là où aucun homme ne l'avait encore jamais touchée, et il explorait doucement son intimité, la caressait, exerçait d'exquises pressions. Brianne aurait dû être choquée, rougir de honte — et c'était tout le contraire. Ce qu'elle éprouvait l'excitait. La situation l'excitait. Pierce l'excitait. Ce qu'il lui faisait la rendait moite, l'ouvrait, creusait en elle un vide inconnu et une faim terrible.

Elle ouvrit un peu les jambes, pour le laisser faire. Son cœur frappait si fort qu'elle s'entendait à peine respirer et gémir. Pourtant, elle gémissait — de petites plaintes qui accompagnaient le mouvement de ses hanches alors qu'elle s'offrait à Pierce, à tout ce qu'il lui faisait et à tout ce qu'il voudrait bien lui faire. Elle était libre, plus qu'elle ne l'avait jamais été, impudique, embrasée comme une torche et totalement consentante et soumise au désir ardent de Pierce.

Un vague et furtif éclair de lucidité lui fit réaliser que Pierce la couchait sur un drap de bain, dans l'herbe, au bord de la piscine. Elle ouvrit les yeux, ses paupières étaient lourdes, lourdes… A travers ses cils, elle vit Pierce lui ôter ses sandales, son jean, son slip.

Etre nue, c'était aussi bon qu'une libération, songea-t-elle. Et puis, elle aimait la patience de Pierce, le fait qu'il prenne ainsi son temps avec elle, qu'il ne se jette pas sur son corps comme un désespéré.

Il s'était agenouillé entre ses jambes ouvertes, les mains sur les cuisses, et il la regardait. Ce regard était si brûlant qu'elle en frissonna, et son sexe semblait si dur, si puissant, pour elle qui n'avait encore rien vécu de tel et s'était contentée d'imaginer, qu'elle éprouvait une sorte de peur sourde.

Dans les magazines, on ne voyait pas de photos d'hommes entièrement nus, et encore moins d'hommes en érection, même dans les revues que ses amies et elle faisaient tourner sous le manteau à l'école : tous les hommes étaient-ils faits comme Pierce ? Pierce était-il un peu exceptionnel ?

Et à présent, qu'allait-il faire ? Normalement, il devait s'allonger sur elle, l'embrasser partout, dans les endroits les plus intimes… Mais non. En dépit du désir physique évident qu'il éprouvait pour elle, il continuait de la regarder, de caresser son corps du regard, en pensée…

— Vous n'allez pas me… Je veux dire, me faire… ? murmura-t-elle, décontenancée.

— Te faire quoi ? reprit-il avec un langoureux sourire.

Elle marqua une pause, finit par dire :

— Me faire l'amour.

Il soupira, puis posa les mains sur les cuisses de Brianne qui tressaillit de plaisir.

— J'en meurs d'envie, répondit-il doucement. Vraiment, j'en meurs d'envie. Tu n'imagines même pas à quel point. Seulement, si je le fais, je vais m'en vouloir toute ma vie.

Brianne grimaça.

— Vous en vouloir ? Mais pourquoi ? Pourquoi auriez-vous des scrupules puisque vous prenez ce que je vous donne ! Je ne veux pas rentrer vierge chez moi, je ne veux pas que cet homme, cet homme repoussant me… !

Pierce ne la laissa pas achever.

— Il n'est pas question que tu rentres chez toi, Brianne, affirma-t-il. Ni maintenant ni un autre jour. A partir de maintenant, tu vis ici.

Avait-elle bien entendu ? Il lui offrait l'hospitalité ? Lui proposait de vivre sous son toit ? Elle en resta frappée de stupeur puis demanda à mi-voix :

— Vous êtes en train de me dire que… Enfin, vous voulez que je vive avec vous ?

Il acquiesça d'un signe de tête, promena le regard et la main sur le corps de Brianne, caressa le léger duvet blond de ses longues jambes dorées par le soleil.

— Je n'en reviens pas, murmura-t-elle, enchantée.

— Ton beau-père non plus ne va pas en revenir. Ça ne va pas lui plaire du tout, rétorqua Pierce. Et il a probablement les moyens légaux de te ramener à la maison…

— Comment ça ? s'enquit Brianne, de nouveau angoissée. De toute façon, je n'obéirai pas !

— S'il a la loi de son côté, il ne te laissera pas le choix, poursuivit Pierce, qui la caressait toujours. Voilà pourquoi nous allons faire un petit voyage express à Las Vegas, toi et moi.

De nouveau, Brianne crut avoir mal compris.

— Las Vegas…, releva-t-elle, incrédule. Vous voulez dire, au Nevada ?

— Exactement, répondit Pierce tout en se levant et en la faisant se lever à son tour. Tu as le corps le plus joli, le plus adorable que j'ai jamais vu chez une très jeune femme, Brianne, ajouta-t-il dans un murmure, une fois qu'elle fut debout à côté de lui.

Il posa les mains sur les hanches de Brianne, les laissa

monter le long de ses flancs, jusqu'à la pointe de ses seins, qu'il excita, jouissant de la voir s'arquer sous la caresse et réagir aux sensations qu'il lui procurait.

— Si tu avais quelques années de plus, crois-moi, je n'hésiterais pas une seconde de plus à te faire l'amour. Seulement… Seulement tu es encore beaucoup trop jeune pour qu'un homme fasse de toi sa maîtresse. Donc, je vais faire de toi ma femme.

Alors il allait vraiment l'épouser ? Brianne en aurait explosé de joie. Tous ses rêves se réalisaient, soudain, au point qu'elle ne réussissait pas à y croire elle-même. Elle regarda Pierce droit dans les yeux pour s'assurer qu'il était absolument sérieux.

— Tu es sûr ? demanda-t-elle. Vraiment sûr, sûr. Tu ne vas pas revenir sur ta décision ?

Il secoua la tête.

— Ça, je peux te jurer que non. Je ne laisserai pas ce dépravé de Philippe Sabon poser la main sur toi. Et il n'existe qu'un moyen de l'en empêcher, c'est de t'épouser avant que lui-même ne t'épouse. Contre lui, notre mariage est la plus imparable des protections pour toi.

— Pour me protéger, objecta Brianne par honnêteté, il suffirait que j'aie un amant. Si je n'étais plus vierge, Sabon se détournerait de moi, tu le sais bien.

— Rien ne le prouve, après tout. Et surtout, comment t'y prendrais-tu pour le convaincre que tu n'es plus vierge ? Il est du genre à qui il faut des preuves.

Mise devant l'évidence, elle se mordit la lèvre.

— C'est vrai, admit-elle, je ne pourrais rien prouver, j'imagine…

Pierce l'attrapa par la taille et attira son corps nu contre le sien, chaud, rassurant, puis sourit en la voyant tressaillir au contact de son sexe dur et baisser les yeux.

— Je te fais peur, n'est-ce pas ? lui murmura-t-il alors. Mon corps te fait peur. Mais ne sois pas impressionnée ni inquiète : ton corps à toi est beaucoup plus accueillant et souple que tu ne penses. Même si, pour l'instant, tu te dis que je ne pourrai jamais te pénétrer, tu verras que si.

Par pure bravade, elle rétorqua en riant :

— Pourquoi remettre à demain ce qui peut être fait le jour même, dans ce cas ?

Mais Pierce n'entendait pas plaisanter sur le sujet, visiblement. Il la remit sèchement à sa place.

— Je viens de te le dire. Tu attendras d'être ma femme.

Blessée, elle chercha son regard, essaya de sonder le fond de sa pensée.

— C'est… c'est vraiment parce que je n'ai encore jamais fait l'amour que tu me repousses ? Il n'y a rien d'autre ?

— Non, rien d'autre, assura-t-il. Je sais que, de nos jours, un corps ne vaut pas cher, mais à mes yeux le tien est précieux, même si ça te paraît démodé. D'ailleurs, je me fous de ce que tu penses ; je me fous de ce que pense ou fait la terre entière ! Ce qui m'importe, c'est d'être fidèle à mes principes, de faire ma route. Point final. A prendre ou à laisser.

— Le mariage ou rien, hein ? murmura-t-elle, amusée de le provoquer un peu.

Elle s'approcha, le frôla de ses seins — son torse large,

sa toison de poils bruns —, puis elle posa les doigts sur lui et, heureuse, le sentit réagir.

— D'accord, dit-elle, j'accepte que tu m'épouses puisque tu es sûr de toi. Même si je ne suis pas tout à fait rassurée.

Il lui caressa les cheveux, enfouit profondément les mains dans leur masse blonde.

— Mon choix est fait, affirma-t-il. C'est définitif.

Pierce était sincère. Il disait vrai. Il était absolument certain de vouloir épouser Brianne. Pourtant, il n'aurait pas su s'expliquer les raisons profondes de cette incroyable décision.

Troublé, il laissa ses mains glisser sur les épaules de la jeune femme, son dos, ses reins, ses hanches. Puis il la plaqua contre lui et contempla sa bouche avec convoitise.

— Je t'ai caressée comme un amant, mais je ne t'ai pas encore embrassée. J'en ai envie…

Pour Brianne, ces derniers mots furent comme l'étincelle qui met le feu aux poudres. Elle enroula les bras autour du cou de Pierce tandis qu'un frisson de plaisir la traversait. Ils étaient peau contre peau, à présent, et Brianne trouvait cela exquis.

— Moi aussi, j'en ai envie, murmura-t-elle en lui offrant son visage et ses lèvres.

Pierce inclina la tête, effleura la bouche de Brianne, mais il hésita à aller plus loin. Bon sang, il s'était attendu à contrôler mieux que cela la situation. Au contraire, de manière tout à fait inattendue et donc franchement déplaisante, le désir qu'il éprouvait maintenant pour cette toute jeune femme était explosif et le dépassait.

Mais comment résister ?

Il fallait au moins essayer de ne pas se laisser emporter. S'y prendre très doucement.

De nouveau, il inclina la tête, chercha la bouche de Brianne, lui entrouvrit les lèvres et les caressa des siennes, comme s'il lui chuchotait quelque chose — en vain. En dépit de toutes ces précautions, il sentait que tous ses muscles se bandaient, que son corps devenait plus dur que le roc, et qu'il désirait Brianne encore plus fort.

Malgré son inexpérience, Brianne devina ce qu'éprouvait Pierce. Elle le devina à sa respiration rauque, à la tension et à l'imperceptible tremblement de son corps qui résistait au sien. Surprise et flattée, elle prit un peu de recul, chercha le regard de Pierce, vit la drôle de lueur qui éclairait ses prunelles noires.

Elle le contemplait avec de la curiosité mêlée de possessivité. D'ailleurs, n'était-il pas à elle, en ce moment ? Enhardie par son pouvoir tout neuf, elle se plaqua contre lui à son tour, chaloupa doucement et lui arracha un gémissement sourd. Aussitôt, il l'attrapa par les hanches et pressa son sexe palpitant contre elle.

Alors, lui aussi, il était vulnérable ? songea-t-elle avec délectation. Jusque-là, elle n'avait pas pu s'en douter, ni l'espérer, car il l'avait caressée en gardant la maîtrise absolue de lui-même. Mais il venait de se trahir ! Qu'allait-il se passer quand, inversant les rôles, elle se mettrait à le caresser à son tour ?...

Grisée, avide d'en savoir plus, elle glissa les mains entre eux, griffa doucement le torse de Pierce sans quitter des yeux son visage, guettant chaque nuance de son expression au fur et à mesure qu'elle laissait ses mains descendre doucement, très doucement, sur son ventre, vers son sexe.

Il serrait les dents mais ne faisait pas un geste pour l'arrêter. Elle hésita un peu, consciente de son audace.

— Tu as envie de me toucher là, n'est-ce pas ? murmura-t-il en prenant une lente inspiration.

Elle acquiesça d'un prudent signe de tête.

Pierce fut si troublé par cet aveu qu'il lui fallut des nerfs d'acier pour ne pas perdre le contrôle de lui-même. De ses mains, il couvrit celles de Brianne, et les guida lentement, les fit se poser sur son sexe. Puis il les pressa et gémit sous la décharge de plaisir qui le traversa aussitôt.

Brianne baissa les yeux, déconcertée et presque apeurée de sentir cette chair dure et brûlante palpiter dans sa main, mais aussi de voir Pierce réagir si violemment. Le découvrir dans une telle intimité était à la fois bouleversant et fascinant.

— Montre-moi comment te faire plaisir…, osa-t-elle dire sans plus de pudeur, les yeux rivés à ceux de Pierce.

— C'est du sexe, que tu veux ?

— J'espère bien que ce sera du sexe…

— Ça en prend le chemin, en tout cas. Regarde, alors, fais comme ça…

Il prit la main de Brianne, la guida de nouveau, doucement, patiemment, lui expliquant ce qu'il attendait d'elle. Et tandis que, la main toujours placée dans celle de Pierce, elle suivait la progression de son plaisir, elle vit que des frissons lui couraient sur la peau et que son corps se raidissait de spasmes. Il cherchait son souffle, gémissait. Qu'allait-il se passer si cela durait ?

A cet instant, il se mit à exercer des pressions plus fortes sur son sexe, la caresse devint insistante, presque brutale, Pierce tremblait.

Et il ne résista plus très longtemps. Quelques secondes plus tard, sous les yeux de Brianne fascinée, il cédait à la jouissance dans un cri rauque, désespéré, tandis qu'un spasme ultime soulevait son corps avant de le faire retomber, épuisé et vaincu.

Le plaisir l'avait anéanti. Brisé, Pierce éprouva l'intense besoin de s'adosser à un arbre pour laisser les dernières secousses de l'orgasme le traverser. Brianne ne le quittait pas des yeux, il le sentait et il le voulait, jouissant de ce regard posé sur lui, de l'excitation qu'il percevait chez elle en dépit de sa timidité, et du sentiment de triomphe qu'elle éprouvait.

Alors, il l'attrapa, la tint dans ses bras, contre son corps frémissant et en sueur. Comme il adorait ce moment d'épuisement, juste après, où ni la gêne, ni la pudeur, ni aucune inhibition n'avait plus de place… ! Offert au soleil et au regard de Brianne, il laissa un rire de pur délectation monter de sa gorge. C'était trop bon.

— J'aimerais être comme toi, murmura Brianne dans un tendre sourire. Savoir me laisser aller comme ça…

— Pourquoi ne saurais-tu pas ?…, rétorqua-t-il. Laisse-moi juste le temps de reprendre mon souffle.

A peine avait-il recouvré un peu de calme qu'il tint sa promesse. Soulevant Brianne dans ses bras, il la ramena sur le drap de bain qu'ils avaient abandonné un peu plus tôt, et l'y étendit.

Lorsqu'elle fut ainsi allongée, il lui fit écarter les jambes.

Et, l'instant d'après, il l'embrassait comme le disaient certains magazines qu'elle avait lus…

Jamais elle n'aurait osé rêvé d'un plaisir si indécent ni d'une sensation si époustouflante, si éblouissante et qui la porta ainsi au bord de l'évanouissement. Elle se tendait comme un arc, frémissait de tout son corps et sentait des larmes lui brûler les yeux à mesure que Pierce faisait monter son excitation — un plaisir qu'elle n'aurait même pas pu imaginer dix minutes plus tôt, avant que la bouche de Pierce ne s'aventure entre ses cuisses.

Et soudain, elle se sentit dépassée par ce qu'elle éprouvait. La sensation enfla démesurément, venue des profondeurs, totalement inattendue et d'autant plus incontrôlable que Brianne ne la connaissait pas. Malgré elle, son corps se cambra ; malgré elle, elle se pressa contre les lèvres de Pierce, suppliante, gémissante, le visage inondé de larmes inexplicables. Puis ce fut une longue et irrépressible convulsion de plaisir aigü, étourdissant comme un coup à la tête, suivie d'ondes de choc chaque fois moins violentes mais toujours plus délicieuses…

… Jusqu'à ce que la sensation s'éloigne, reflue, pour se calmer tout à fait.

Brianne venait de connaître son tout premier orgasme.

Revenir sur terre après avoir flirté avec d'aussi fiévreux sommets lui prit de longues minutes. Lorsqu'elle reprit conscience, la bouche chaude et moite de Pierce cajôlait son corps, traçait de tendres et confortables arabesques partout sur son corps alangui, encore essouflé et frissonnant.

Quand Pierce leva la tête et croisa son regard, il ne put s'empêcher de rire devant l'expression d'étonnement mêlé d'indignation qu'il pouvait y lire. Comme si elle lui disait silencieusement : « Tu as osé me faire ça ? ».

— Moi aussi, je t'ai laissée me faire jouir…, lui rappela-t-il.

— Oui, seulement… Enfin, je ne…, bafouilla-t-elle, sans trouver les mots justes pour traduire sa pensée et ses interrogations. Je n'imaginais pas que… C'était tellement, tellement… Pierce, ajouta-t-elle en le sondant du regard, est-ce que c'est normal ? naturel ?

Il sourit à sa question.

— Tout dépend du sens que tu donnes à ces mots-là. Si ça t'a plu, alors c'est normal et naturel. Si ça t'a déplu, alors ça ne l'est pas.

Elle réfléchit puis avoua dans un silence, rouge de confusion :

— J'ai aimé ça.

— Moi aussi, murmura-t-il.

Il se glissa à côté d'elle et la prit dans ses bras, savourant ce pur instant de paresse et de langueur après l'extase.

— Bon, reprit-il dans un sourire, ce n'est pas encore tout à fait du sexe, mais c'est suffisant pour cette fois.

Brianne s'étira contre Pierce. Suffisant pour cette fois ? se disait-elle Pourtant, elle sentait tout son corps éveillé, sensible.

Elle se plaignit doucement, réclama davantage.

— Quoi ? Encore ? Déjà ? demanda Pierce comme elle

se frottait contre lui et qu'il s'allongeait sur elle, pesait de tout son poids.

Brianne ouvrit les yeux, presque gênée de le désirer, mais incapable de contrôler son corps.

— Pardon, dit-elle. Peut-être que je ne suis pas normale ?

Pierce la caressa doucement.

— Tu es tout à fait normale, au contraire, assura-t-il, les yeux plus noirs que jamais. Et c'est un délice inespéré de te voir...

Sur ces mots, il fit glisser sa main entre les jambes de Brianne et la caressa très délicatement, d'abord, puis avec une insistance et une brusquerie délibérées.

Tout de suite, elle s'ouvrit à lui tandis qu'il commençait à l'explorer, enivrée et fascinée à mesure qu'elle réalisait ce qu'il était en train de lui faire. Pierce la guettait, son visage était tendu, sa voix à la fois calme et dure :

— Est-ce que ça te fait mal ?

Elle secoua doucement la tête.

— Juste... un petit peu, répondit-elle, le souffle rauque.

Pierce se pencha davantage sur elle, envahit son champ de vision. Puis il enfonça davantage les doigts, poussa, doucement.

Brianne se mordit la lèvre mais ne se déprit pas une seconde du regard brûlant de Pierce. Maintenant, elle avait mal, respirer devenait difficile.

— Tu sais ce que je suis en train de faire, n'est-ce pas ? demanda Pierce à mi-voix.

— Oui...

Il se pencha encore, ordonna plus durement :

— Regarde-moi. Je t'interdis de fermer les yeux.

Malgré elle, malgré la douleur, elle s'arqua sous la caresse, si bien que la brûlure devint plus vive et qu'elle tressaillit.

Mais Pierce continuait ; Brianne était entièrement happée par son regard qui semblait contenir l'univers lui-même.

— Ta chair se déchire, tu le sens ?

— Oui, oui… Oh, mon Dieu !

Les pupilles de Brianne se dilatèrent et elle se sentit avalée par les prunelles fascinantes de Pierce.

Déflorer une femme de cette façon… Il n'avait jamais rien fait d'aussi intime avec une femme, songea alors Pierce. Même le sexe lui paraissait moins intime, en cet instant. Il serra les dents, gémit en dépit du contrôle qu'il s'efforçait d'exercer sur lui-même. Sous lui, Brianne se cambrait, des larmes coulaient sur ses joues. Bientôt, sa chair céderait.

Voilà, c'était fait.

Brianne frissonna de tout son corps.

Mais elle n'avait plus mal, à présent, elle éprouvait simplement une sensation d'incomfort.

Pierce contempla Brianne.

Elle le regardait comme si c'était la première fois, comme si, maintenant, elle le connaissait vraiment, et il vit dans ses yeux une expression assez proche de ce qu'elle devait lire dans les siens. Puis elle se redressa un peu, avec peine.

Alors, la sentant suffisamment ouverte, désormais, pour accueillir une caresse profonde et poussée, il plongea les doigts plus loin en elle. En réponse, elle ouvrit davantage les jambes, se cambra pour l'inviter à continuer…

Hélas, il ne pouvait pas accepter cette invitation-là, songea-t-il. C'eût été franchir une étape de trop, le point brûlant du non-retour.

Dégrisé, il secoua la tête, s'interrompit, se retira d'elle.

— Quand je te ferai l'amour, expliqua-t-il avec douceur, tu n'éprouveras aucune douleur.

— Fais-le maintenant, supplia-t-elle.

— Non, expliqua-t-il. Si je t'ai déflorée, c'est pour que tu n'associes jamais ta première fois à une quelconque douleur, pour que tu ne gardes pas du sexe un souvenir partagé. Je ne voulais pas te faire plaisir pour finir par te faire mal.

Il se pencha sur elle, l'embrassa tendrement, souriant de sentir son souffle frais contre sa bouche.

— La première fois que tu m'auras tout à toi, ajouta-t-il, ce sera une longue, longue, expérience de pur plaisir.

Brianne se souleva un peu et l'embrassa avidement, avec possessivité et provocation, en ondulant sensuellement contre lui.

— Je sais, chuchota-t-elle, et je te le rendrai au centuple.

Quand Pierce l'aida à se mettre debout, un sourire flottait sur ses lèvres. Il venait de se rendre compte que, pour la toute première fois depuis deux ans, la pensée de Margo lui avait laissé un peu de répit… Brianne avait su le faire se consumer comme cela ne lui était plus arrivé depuis ses premiers émois d'adolescent, quand, chauffé à blanc, il cherchait désespérément la délivrance. Certes, ce n'était pas de l'amour, il le savait, mais ce qu'il éprouvait lui paraissait un socle assez solide pour y construire un mariage.

Alors, il allait épouser Brianne — pour la mettre à l'abri des perversions de Philippe Sabon, bien sûr, mais aussi, surtout, pour assouvir sans limite la passion physique qu'elle avait déchaînée en lui. Une émotion d'une violence, d'une puissance incroyables. Et qui lui faisait du bien. Il y avait si longtemps que rien, rien ne lui faisait plus de bien. Depuis deux ans, il vivait dans les ombres et les lumières du passé, dans le souvenir de Margo. Il fallait qu'il en sorte, maintenant.

Brianne avait dix-sept ans de moins que lui ? Et alors ? Le jour où elle serait lasse de lui, où elle se détournerait et porterait son désir sur un autre, eh bien, il aviserait. Mais pour l'heure, il voulait jouir de son jeune et joli corps, et se laisser couler dans l'oubli que procurait la passion, une passion aveugle et totale.

Voir au-delà de cela, comprendre les raisons profondes de sa décision, il s'en fichait complètement.

Ils s'envolèrent pour Las Vegas l'après-midi même. Quelques heures plus tard, ils arrivaient en limousine à la chapelle et entraient côte à côte pour devenir mari et femme. Pierce portait un smoking. Brianne, elle, était habillée d'une courte robe manteau blanche, d'un petit chapeau à voilette et elle tenait un charmant bouquet de roses. Quelle fête, quel plaisir cela avait été pour elle, de faire les magasins à toute allure pour trouver une tenue de mariée ! Pierce l'avait accompagnée, conseillée au cours des nombreux essayages tout en se désolant de la voir dans sa robe blanche *avant* la cérémonie, contrairement à ce que voulait la tradition. Il lui avait aussi offert une bague — la réplique d'un large anneau victorien, fait d'un exquis entrelacs de feuilles de lierre d'or blanc et jaune, qui seyait parfaitement à la main délicate et fine de Brianne, radieuse.

Radieuse, oui, mais pas heureuse. Une ombre était venue voiler son bonheur quand elle avait compris que Pierce n'achèterait pas d'alliance pour lui. A son annulaire, brillait encore l'or patiné de l'alliance de son premier mariage… et cela semblait ne pas devoir changer. Brianne aurait sans doute dû lui confier combien elle se sentait contrariée — se taire lui semblait une erreur —, mais elle ne trouvait pas le courage de parler.

Mais tout était allé si vite ! Elle se sentait emportée comme malgré elle par un tourbillon, une ivresse qui ne lui laissaient pas le temps d'exprimer ce qu'elle avait dans le cœur.

Le pasteur officia sous les yeux de deux témoins payés pour l'occasion. Au moment du baiser, Pierce se contenta de soulever le voile de Brianne et de lui poser sur les lèvres un baiser sec, dénué de tendresse. Il avait l'air plus sombre que jamais… En cet instant — qui devait forcément faire écho à son mariage avec Margo —, bataillait-il avec de trop douloureux souvenirs ? Probablement. Même si la cérémonie de ce premier mariage, si désiré, si heureux, ne s'était certainement pas déroulée dans le décor impersonnel d'une chapelle de Las Vegas…

Brianne soupira. Son mariage ressemblait si peu à ce qu'elle avait imaginé depuis l'enfance… Evidemment, elle comprenait la nécessité d'agir vite, dans son cas — s'ils avaient respecté les traditions, pris le temps des préparatifs habituels, Kurt se serait empressé de forger les moyens d'empêcher leur mariage… Pourtant, elle se sentait triste. Il n'y avait ni longue robe blanche, ni traîne de dentelle, ni demoiselles d'honneur, ni brassées de fleurs. Il n'y avait surtout aucun signe de passion ni même d'amour ou de tendresse dans les yeux du marié…

Bien sûr, Pierce l'aimait bien. Bien sûr, il la désirait dans son lit. Mais cela suffirait-il ? Leur mariage tiendrait-il, alors qu'elle l'adorerait en silence, sans espoir de retour, tandis qu'il continuerait de vivre avec le fantôme toujours parfait de Margo ?

Elle regarda Pierce droit dans les yeux et s'efforça, par ce seul regard, de lui communiquer toutes ses craintes, tous ses doutes.

— Quoi ? lui dit-il en lui donnant une pitchenette sur le nez. Nous allons être heureux, tu verras.

— J'aimerais que tu dises vrai, répondit-elle, de tout mon cœur.

Il soupira puis la toisa, dans la courte robe blanche qui révélait ses longues jambes élégantes et les mettait parti-culièrement en valeur. Dans ses yeux, l'étincelle amusée qui s'était allumée l'instant d'avant s'éteignit aussitôt, et laissa place à une expression que Brianne ne connaissait pas. Puis il assena :

— Décidément, tu es trop jeune.

— Tu veux que j'aie des rides ? rétorqua-t-elle avec un sourire amer. Tu veux que je me les fasse ? Si c'est ton désir, je peux le satisfaire. Il suffit que je me plonge la tête dans l'eau jusqu'à ce que la peau se ramollisse et plisse !

Pierce éclata de rire.

— Quelle révoltée… Je sens que tu vas être une épouse fatiguante. Je serai usé avant l'heure.

— Compte sur moi.

D'un toussotement à peine discret, le pasteur leur signala que la cérémonie était terminée. On échangea des poignées de main, on apposa des signatures, Pierce s'acquitta des frais, puis ils remontèrent dans la limousine qui les attendait devant la chapelle.

Voilà, c'était fait. Ils étaient désormais M. et Mme Pierce Hutton…

— On est marié, murmura Brianne avec un regard narquois à son tout nouvel époux. Et maintenant, si tu m'amenais au motel le plus proche pour me faire l'amour jusqu'à ce que je crie grâce ?

Il se contenta de sourire — le sourire indulgent d'un adulte devant la naïveté d'une petite fille crédule.

— Rien ne me plairait davantage. Mais nous avons un avion à prendre.

Un avion à prendre… De quoi Pierce parlait-il ? Brianne se décomposa, toute malice envolée.

— Alors… et notre lune de miel ? Notre nuit de noces ?

— Brianne, ce n'est vraiment pas le moment.

— Qu'est-ce que tu racontes ? On vient de se marier, c'est tout à fait le moment d'une nuit de noces, au contraire !

— On s'est marié pour te sortir des griffes de Sabon, répondit Pierce avec un sérieux presque brutal. Même si j'ai aimé ce qui s'est passé entre nous au bord de la piscine, il faudra attendre pour recommencer. D'abord, nous allons devoir affronter des complications majeures dont tu ignores tout, pour l'instant, vois-tu.

— Tu me fais peur, Pierce, s'écria Brianne. Qu'est-ce que j'ignore ? Quelles sont ces complications ?

— En fait, je n'ai pas voulu t'en parler plus tôt pour ne pas gâcher notre mariage, déclara Pierce sombrement. Seulement, maintenant, la fête est finie.

Chapitre 6

Manifestement, Pierce répugnait à parler. Dans l'expectative, Brianne le fixait avec effroi, le cœur battant à se rompre.

— Eh bien, j'imagine que je ne peux pas garder cela pour moi plus longtemps, murmura-t-il avec gravité. Voilà… J'ai téléphoné à Arthur, pendant que tu passais à l'hôtel pour te changer. Il m'a dit que ta mère avait appelé chez moi. Elle te cherchait. Il semble qu'elle ait eu un léger… accident. Mais ça va, s'empressa-t-il d'ajouter en voyant combien Brianne était devenue pâle. Elle a dit à Arthur qu'elle avait juste glissé dans l'escalier mais, au son de sa voix, il a compris qu'elle était affolée et qu'elle éprouvait le besoin urgent de te parler. Bien sûr, il ne lui a pas révélé où nous étions, seulement que nous serions rentrés aujourd'hui.

Un court et lourd silence s'abattit entre eux. Brianne, comme suffoquée par la nouvelle, murmura misérablement :

— Je suis certaine que Kurt l'a frappée, qu'il est passé à l'acte après toutes ses menaces de s'en prendre à elle et au petit, si je ne coopérais pas ! Mon Dieu, et dire qu'il va découvrir que tu m'as épousée…

— Oui, tôt ou tard, il le saura…

— Et Philippe qui rentre aujourd'hui pour me voir… Mais enfin, s'écria-t-elle avec colère, ma mère était-elle complètement aveugle pour ne pas voir quelle sorte d'homme elle épousait !

— Pas aveugle : aveuglée. Eblouie par son argent.

Elle se renfonça avec lassitude dans la banquette de la limousine.

— Tu penses qu'il va devenir violent ?

— Pour l'instant, je ne crois pas qu'il y ait de réel danger, ni pour ta mère ni pour l'enfant. En revanche, Sabon risque de se montrer sanguinaire quand il apprendra notre mariage. Il comprendra tout de suite que je t'ai épousée pour qu'il ne puisse plus jamais t'approcher, ça ne va pas lui plaire et il n'est pas homme à s'incliner ni à se retirer du jeu sans préparer des représailles. Tu peux compter sur une vengeance. Contre nous, mais aussi contre tous ceux qui te sont liés de près ou de loin. Attends-toi aussi que Kurt lui emboîte le pas.

Le cœur de Brianne battait comme un fou.

— Qu'est-ce qu'on va faire, alors ?

— Eh bien, pour commencer, tu ne mettras plus les pieds chez toi, répondit Pierce. On ne rentre pas à Nassau.

— Et où va-t-on ?

— A Freeport. J'ai prévenu. Quelqu'un viendra nous attendre à l'aéroport, un garde du corps.

— Pas Arthur, ton chauffeur habituel ?

— Non, ce n'est pas un job pour lui, compte tenu des

circonstances. Nous séjournerons à Freeport le temps qu'il faudra pour que les choses s'apaisent et que Tate viennent nous rejoindre avec ses gars.

— Tu considères Sabon comme quelqu'un de réellement dangereux, n'est-ce pas ?

Elle avait l'air si angoissée que Pierce lui prit la main, l'enveloppa dans la chaleur de la sienne.

— Il l'est, assurément, et je ne peux pas faire comme si je ne le savais pas. Mais je te jure de te protéger. Il ne te fera aucun mal, Brianne, tu as ma parole. Désormais, tu es ma femme, la priorité sur la liste de mes responsabilités, et je vais prendre soin de toi.

A peine rassurée, elle se mordait nerveusement les lèvres.

— J'ai l'impression de vivre un cauchemar, murmura-t-elle. Je ne peux pas croire qu'une galère pareille soit encore possible de nos jours… Bon sang ! On ne peut quand même pas m'obliger, par la force, à épouser un homme dont je ne veux pas !

— Un homme immensément riche et puissant…, souligna Pierce. Cela explique bien des choses. Sabon obtient toujours ce qu'il veut, rien ni personne ne lui résiste. Je crains qu'en s'associant à Sabon, ton beau-père se soit fourré dans un pétrin qu'il n'imagine même pas ! Dans ces conditions, le mieux pour toi, maintenant, à mon avis, c'est de t'installer aux Etats-Unis et d'y vivre sous la protection de Tate. Tu m'as bien dit, un jour, que tu voulais aller à l'université et étudier les mathématiques : c'est encore d'actualité ?

S'installer aux Etats-Unis ? Loin de Pierce ? La suggestion

— l'injonction à peine voilée — de son mari laissa Brianne sans voix. Elle le regarda en dissimulant soigneusement l'horreur que la situation lui inspirait. Pierce venait juste de l'épouser, elle ne rêvait que de vivre à ses côtés, de l'adorer chaque jour et chaque nuit de sa jeune existence, de dormir dans ses bras… et tout ce qu'il avait, lui, à lui offrir, c'était l'université ?

— J'avoue que je n'y aie guère songé, ces derniers temps, répondit-elle.

— Tu as encore l'âge de commencer des études, poursuivit-il avec un parfait détachement, avant d'exposer son plan. On t'inscrira dans une petite fac près de D.C., sous une fausse identité, évidemment, pour que Sabon ne puisse pas te repérer. Et si par hasard, il te localise, alors c'est Tate qui prendra l'affaire en mains. Tu seras sous protection nuit et jour, jusqu'à ce que cette histoire se tasse.

Sans oser le prendre de front, elle demanda tout de même, les yeux baissés :

— Je ne peux pas rester près de toi, plutôt ?

Il soupira, comme si elle l'agaçait.

— N'y songe même pas, répondit-il d'une voix tranchante et impérative. Pas après ce qui s'est passé entre nous, Brianne. Même si j'aimerais pouvoir te dire oui.

— Là, je ne comprends plus…

— Ah non ?

Il eut un rire qui la fit frissonner.

— Ecoute-moi bien, petite fille, tu es un vrai festin de roi et moi je suis un roi affamé. Crois-moi, si tu vis sous mon toit, je ne pourrai pas t'épargner.

— Mais je ne veux pas que tu m'épargnes ! protesta-t-elle. J'ai envie de toi !

— Envie de moi ! s'exclama-t-il. Toi ? Qu'est-ce que tu sais du désir — surtout celui d'un homme ! Tu es une gosse qui joue avec le feu, avec les interdits. Tu viens juste de découvrir la sensualité, le plaisir et tu veux aller plus loin, explorer tes possibilités, c'est tout. Quant à moi, cette vie-là est derrière moi, figure-toi, j'ai eu ma part.

— Mais tu disais…

— Quoi ? Rien ! Je n'ai rien dit ! Je n'ai *rien* à t'offrir d'autre que du sexe et ça te briserait le cœur parce que tu n'auras jamais le cran d'accepter ce genre de relations ! Je suis seul, et je reste seul, tu comprends ? Je ne veux pas d'une femme !

— Pourtant, tu m'as épousée ! s'écria-t-elle d'un ton accusateur.

— Seulement pour te protéger de Sabon, et tu le sais ! rétorqua-t-il, impitoyable.

Puis il l'étudia et ajouta :

— Regarde-toi, tu as à peine vingt ans ! Tu es tellement naïve que tu serais prête à te traîner à mes pieds pour que je t'aime. Eh bien, non. Evidemment, que je te désire ! Mais je pourrais très bien te prendre, jouir de toi et te planter là le matin suivant sans même que ça égratigne mon petit cœur ! Pas toi ! Toi, tu es ardente, vulnérable — trop pour moi.

— Tu veux dire que si je savais être une maîtresse compréhensive et discrète, tu me laisserais rester ? lança-t-elle avec raideur.

— C'est assez bien résumé.

— Qui te dit que je ne saurais pas être cette femme-là ?

— Tu n'est pas faite pour, répliqua-t-il brutalement. Tu es déjà en train de tomber amoureuse de moi… Tiens, tu vois, ton expression change quand je te dis ça. Tu t'imaginais que ça ne se voyait pas, peut-être ? Que tu étais déjà dissimulatrice au point de masquer n'importe quel sentiment ? ajouta-t-il avec un peu plus de douceur. Allons, je lis en toi comme à livre ouvert…

Elle prit une longue inspiration, repoussa nerveusement ses cheveux et s'obstina à fuir le regard de Pierce, afin de ne pas lui montrer ses larmes.

— Où est-ce que ça va nous mener, tout ça ? demanda-t-elle.

— Toi, ça te mènera à l'université. Quant à moi, je vais me consacrer à mon nouveau projet, rétorqua-t-il sans plus de ménagement.

— Alors tu me chasses… Même de ton lit.

— Ne dis pas n'importe quoi. Je me suis déjà expliqué : j'adorerais te mettre dans mon lit, au contraire, à condition que tu puisses, comme moi, prendre la chose à la légère et quand elle se présente. Tu n'en es pas là. Alors, nous allons reporter cela à plus tard, quand tu auras un peu grandi.

Cette fois, elle leva les yeux vers lui — des yeux plus verts que jamais et noyés de tristesse.

— C'est parce que notre mariage à Las Vegas avait l'air d'une farce, que tu te sens libéré des vœux que tu as prononcés ? que tu considères que nos chemins se séparent ici ?

Il haussa les sourcils.

— Une farce ? releva-t-il, comme s'il n'avait entendu que les premiers mots de Brianne.

Elle se détourna puis souligna calmement.

— Tu appelles ça comment, toi ?

Pierce prit le temps de la réflexion. Soudain, d'une simple phrase, Brianne venait de le confronter à la réalité de leur cérémonie. Elle avait raison : une chapelle anonyme vulgairement décorée, des témoins convoqués à la hâte et grassement payés, un pasteur dont la spiritualité restait à prouver, des vœux expédiés... Leur union avait tout d'une farce grotesque. Pire, d'une transaction de mauvais goût destinée à donner bonne conscience aux filles trop délurées qui rêvaient de sexe — mais autorisé — et qui, pour cela, acceptaient d'en passer par un mariage express suivi d'un divorce encore plus rapide.

Pierce s'assombrit. En dépit de ses airs modernes, Brianne restait attachée aux traditions. Son genre, c'était le mariage à l'église dans une longue robe blanche prolongée d'une non moins longue traîne qu'auraient portée un cortège de demoiselles d'honneur, elles-mêmes précédées par une petite fille chargée de fleurs. Le mariage qu'avait connu Margo... Brianne, elle, venait d'être laminée, formatée, par l'usine de Las Vegas. Pourquoi n'avait-il pas songé à lui offrir une cérémonie plus jolie ? Il lui devait bien cette gentillesse, après tout.

— Je te demande pardon, murmura-t-il avec toute la sincérité dont il était capable. J'étais tellement soucieux d'organiser rapidement les choses que je suis passé à côté de l'essentiel.

— Et avec Margo ? demanda-t-elle sans le regarder.

Il soupira — un soupir coupable.

— On s'est marié à l'église. Margo répétait qu'elle ne se sentirait pas vraiment mariée, sinon. Il fallait faire les choses comme il convenait.

Comme il prononçait cet aveu, il vit Brianne frissonner et comprit à quel point il l'avait blessée en l'emmenant à Las Vegas.

— Nous aussi, on a fait les choses « comme il convenait » aux circonstances…, conclut-elle d'une voix curieusement calme. Notre mariage est une mascarade qui n'a pas d'autre but que de m'arracher à un sort bien pire encore. Passer à l'église aurait été sacrilège, dans notre cas, je le reconnais. Alors, c'est à moi de m'excuser, je n'aurais pas dû me plaindre de cette minable cérémonie. Au contraire, je devrais te remercier pour ce que tu as fait, au lieu de critiquer.

Pierce chercha la main de Brianne, une main glacée, la prit dans la sienne. Comme elle lui résistait, il affirma avec une certaine tendresse :

— On ne se connaît pas encore très bien, toi et moi, alors on se blesse. J'espère que cela s'arrangera avec le temps, quand nous serons devenus plus complices.

— Ça ne risque pas d'arriver, objecta-t-elle. Pas si je vis aux Etats-Unis et toi à Nassau.

Elle se tourna vers lui et le gratifia d'un sourire inexpressif, presque mondain.

— C'est bien ce que tu veux, n'est-ce pas ? reprit-elle. Même si je n'étais pas traquée par un fou, tu voudrais que je sois là où tu n'es pas, quelque part où tu ne serais pas obligé de m'avoir sous les yeux en permanence.

— Exact, rétorqua Pierce.

— J'ai compris l'idée, affirma-t-elle alors dans un soupir. Ne t'inquiète pas, je te jure que je ne vais pas te gêner du tout. Tiens, reprends cette bague.

Et sur ces mots, elle retira son alliance et la tendit à Pierce dont le regard s'assombrit aussitôt.

— Tu peux m'expliquer à quoi tu joues ? demanda-t-il.

— Pas de problème : je te rends cette alliance parce que tu es déjà marié à une autre femme. La preuve, ajouta-t-elle en montrant l'anneau patiné que portait Pierce à l'annulaire gauche. Dans ces conditions, il n'y a vraiment aucune raison que ma bague reste à mon doigt.

Furieux, Pierce lâcha la main de Brianne et la regarda droit dans les yeux.

— Il est hors de question que j'ôte mon alliance, déclara-t-il séchement. Surtout pas pour satisfaire le caprice d'une gamine qui veut jouer à la grande fille.

La voix avait claqué dans l'air comme un coup de fouet, d'autant plus cassante que Pierce n'avait pas haussé le ton. Glacée, Brianne frissonna.

— Désolée d'être trop immature pour jouer convenablement, monsieur Hutton. Mais comptez sur moi pour apprendre très vite…

Cela sonnait comme un avertissement. Elle poursuivit, les poings serrés :

— … Car, puisque je ne suis qu'une épouse de comédie, je vais m'offrir tous les partenaires de jeu utiles et nécessaires à mon apprentissage. D'ailleurs, toi aussi, tu vois les choses comme ça, si je ne me trompe ? Tu espères que je me trouve très vite quelqu'un et que je te débarrasse le plancher.

— J'espère, Brianne, te protéger de Sabon ! rétorqua-t-il entre ses dents. Pour l'heure, c'est mon unique préoccupation, te concernant. Quant à tes « partenaires », ajouta-t-il d'une voix sourde en pesant bien ses mots, sache que si jamais tu brises tes vœux, tu auras tout intérêt à chercher une bonne cachette, car je te chercherai sans répit.

Elle ouvrit des yeux ronds.

— J'ai dû mal entendre !

— Tu as parfaitement entendu, au contraire. Nous sommes mariés. C'était peut-être une cérémonie vulgaire, mais c'en était une tout de même et tu la respecteras ! Aucune femme ne m'a jamais trompé, jusqu'ici, et je ne vais pas te faire le plaisir de te laisser commencer !

— Eh bien, quelle véhémence ! Tu es jaloux, ma parole.

A ces mots, Pierce vit rouge.

— Ça n'a rien à voir avec la jalousie ! s'exlama-t-il. C'est à cause de Sabon, que ce mariage doit être respecté ! Si nous faisons n'importe quoi, si ton beau-père apprend que tu vois d'autres hommes que moi, il ne croira pas à notre union et saisira la première opportunité de te ramener à la maison et de rappeler Sabon. Tu seras de nouveau sur le marché du mariage !

— Il ne sera pas seul à se dire que je n'ai pas de mari, maugréa-t-elle.

L'allusion n'échappa pas à Pierce qui regarda Brianne durement.

— Tu aurais préféré que je te séduise avant que nous nous envolions pour les Etats-Unis ?

Elle reprit sa bague et la glissa à son annulaire.

— Selon toi, demanda-t-elle en éludant la question de Pierce, quand Philippe saura que je suis ta femme, ça ne suffira pas à le dissuader de me pourchasser ni à le faire rentrer chez lui ?

Pierce hésita, comme s'il n'aimait pas cette façon de faire diversion. Pourtant, il se résigna, soupira et laissa Brianne l'entraîner sur le sujet qu'elle venait d'aborder.

— Non seulement ça ne le dissuadera pas, mais, savoir que c'est moi, son rival, qui t'ai eue, va encore renforcer sa détermination.

Ce furent les derniers mots qu'il prononça jusqu'à l'embarquement. Quant à Brianne, sitôt assise dans l'avion, elle glissa dans le sommeil. Mais un sursaut la réveilla. Désorientée, elle regarda Pierce. Avec une expression à la fois sombre et mélancolique, celui-ci fixait l'hôtesse qui, à l'avant de la cabine, s'affairait dans le *galley* pour réchauffer les dîners des passagers.

— Tu vas vouloir manger quelque chose ? s'enquit-il en s'apercevant que Brianne s'était réveillée.

Elle acquiesça et il abaissa pour elle la tablette de son siège.

— C'est un peu frustre, comme système, dit-il. Nettement moins luxueux que sur le vol première classe que tu as sûrement pris pour rentrer de Paris, ajouta-t-il d'un air narquois.

— Raté. J'ai pris la classe touriste, murmura-t-elle, encore assoupie. Brauer me l'a joué à l'économie, l'an passé. Il disait qu'il était un peu juste mais, entre toi et moi, je pense qu'il flirtait déjà avec la banqueroute…

— Son alliance avec Sabon ne va pas arranger ses affaires, contrairement à ce qu'il pense. S'il comptait se renflouer grâce à lui, il va au-devant de très gros ennuis, crois-moi.

— Donne-moi des détails.

Pierce installa sa propre tablette, puis expliqua.

— Parce que nous travaillons main dans la main avec un consortium pétrolier qui est lui-même en tractation avec les Russes, pour développer l'exploitation en mer Caspienne, tu te souviens ? Le pipe-line traversera le territoire de…

Quand Pierce dévoila le nom du pays en question, Brianne ouvrit grand les yeux de surprise.

— Alors que les Etats-Unis ont pris des sanctions économiques contre cette nation ? s'exclama-t-elle. Alors, je ne m'étonne plus que Brauer soit aux cent coups. Il risque d'y perdre tout ce qu'il lui reste encore, en effet. Mais toi, Pierce, es-tu citoyen américain ?

— Je pourrais demander cette citoyenneté, mais pour l'instant je ne suis pas américain, non. D'ailleurs, je crois t'avoir dit quelles sont mes origines et combien j'y tiens.

— C'est vrai, pardonne-moi. Seulement, tu parles un anglais si parfait que je finis par l'oublier. Tu n'as même pas une pointe d'accent !

— Mon grand-père — le Grec, qui m'a élevé — parlait plusieurs langues couramment, tu sais, et tenait à ce que je maîtrise l'anglais à la perfection. « C'est la langue internationale des affaires », me rappelait-il souvent. Si bien que j'ai passé beaucoup de temps aux Etats-Unis, pour apprendre.

A cet instant, l'hôtesse les servit et ils s'interrompirent le temps qu'elle termine et s'éloigne.

— Je me rends compte, reprit alors Brianne, songeuse, que je ne connais rien à la politique. Surtout la politique étrangère.

— Ce serait bien que tu t'y intéresses, répondit Pierce en souriant. Parce qu'on communique mieux avec les autres quand on comprend la politique de leur pays. Leurs croyances religieuses et leurs valeurs sociales, aussi.

— Combien de langues parles-tu, toi ?

— Couramment ? Seulement trois, répondit-il.

Puis il ajouta d'un air malicieux :

— Sais-tu comment les Arabes appellent ceux qui ne parlent qu'une seule langue ?

— Dis-moi…

— Des illettrés.

Brianne éclata de rire.

— Eh bien, conclut-elle, je suis directement concernée !

— Je t'apprendrai le grec, promit Pierce. Tu verras comme c'est beau…

Pourquoi ne songeait-il pas à lui enseigner d'abord le français, qui se parlait aussi en Amérique du nord, et qui était la langue de la ville où ils s'étaient rencontrés ? pensa tristement Brianne. Allons, la réponse s'imposait d'elle-même, hélas : le français était la langue de Margo, la langue dans laquelle Pierce et elle se parlaient, s'aimaient, faisaient l'amour ensemble…

A cette pensée, Brianne laissa son regard glisser sur les belles mains viriles de Pierce. La sensation de leur contact, de leurs caresses monta en elle comme une irrépressible bouffée de désir et de plaisir — ce plaisir qu'il avait commencé de lui révéler. Cette bouffée fut si intense qu'elle lui coupa le souffle.

Pierce l'entendit-il soupirer ? Devina-t-il ce qui venait de se passer en elle ? En tout cas, il chercha son regard, l'enchaîna, la brûla de ses prunelles de braise jusqu'à la faire rougir. Vite, elle se déroba en baissant les yeux. Mais qu'espérait-elle en fuyant ainsi son regard ? Le tromper ? Elle ne pouvait jamais rien lui cacher, il lisait en elle comme s'il la connaissait depuis toujours, comme si elle était son œuvre…

De son côté, Pierce était troublé, lui aussi, et bien obligé d'admettre ce trouble soudain, même si cela le surprenait d'éprouver une si brusque et imprévisible montée de désir pour sa jeune épouse. Mais voilà, c'était ainsi : son corps réagissait au souvenir des ondulations sensuelles de Brianne sous ses mains, lorsqu'il l'avait caressée, au bord de la piscine. Elle avait beau être vierge, elle débordait d'ardeur, de passion, et Pierce pressentait quel plaisir violent il prendrait à lui faire l'amour, le jour où il le pourrait.

Seulement, malgré l'envie qu'il avait d'elle, il se sentait pour l'instant incapable de consommer leur mariage. Chaque fois qu'il y pensait, l'image adorable et adorée de Margo revenait le hanter et, aussitôt, la culpabilité et la honte le submergeaient d'avoir seulement envisagé de prendre dans ses bras une autre femme qu'elle.

Un adultère, voilà ce qu'il aurait commis en couchant avec Brianne. Ni plus ni moins.

— Où logerons-nous, à Freeport ? demanda justement la jeune femme, à qui l'hôtesse servait aimablement une tasse de café.

— J'ai retenu une suite dans un hôtel très confortable — sous un faux nom, bien entendu. Nous y serons très bien, et en parfaite sécurité. Néanmoins, j'ai demandé à Winthrop de nous rejoindre. Il sera sur place avec un ou deux de ses gars.

— Que de précautions…

Pierce acquiesça tout en sirotant son café.

— Si mes renseignements sont exacts, ton beau-père prendra la route de Washington aujourd'hui, dit-il en jetant un coup d'œil à Brianne. Et tout me laisse à penser que ses projets ne vont pas être de mon goût du tout. L'enjeu est énorme. Le Qawi a un voisin, petit et pauvre, dont les réserves pétrolières s'épuisent. Ces gens-là mettraient volontiers la main sur tout le précieux pétrole dont l'Occident a désespérément besoin. Cela soutiendrait leurs rêves de conquête…

— Ont-ils des alliés ?

— Oui, très puissants. Et ils ont accès à ce qui se fait de plus moderne et de plus sophistiqué en matière d'armes.

— Mon Dieu… Penses-tu qu'ils pourraient aller jusqu'à envahir le Qawi ?

— Et comment ! Sabon prend d'ailleurs l'hypothèse très au sérieux. Je pense même que c'est pour cela qu'il a mis Brauer dans l'affaire — parce que ton beau-père a des relations au Sénat, à Washington. Sabon se dit sûrement qu'il pourra utiliser l'entregent de Brauer pour appeler les Etats-Unis à la rescousse, si c'est nécessaire. Une aide qu'il n'obtiendrait pas tout seul…

— Pourquoi ?

— Parce qu'il était du mauvais côté, pendant la Guerre du Golfe. Les Américains ne le lui ont pas pardonné.

— Tandis que si c'est Brauer qui négocie la protection des Etats-Unis…

— … et qu'il réussit à l'obtenir, moyennant des intérêts dans l'exploitation des champs de pétrole, Sabon sera en mesure de pousser son avantage dans ses tractations avec le consortium pétrolier. Sans quoi, il pourrait bien considérer qu'il se trouve dans une situation suffisamment dramatique pour frapper le premier.

— Tu veux dire, engager une guerre avec cette nation voisine dont tu me parles… ?

— Exactement, une guerre.

— Tu me fais froid dans le dos, Pierce.

— Je n'exagère pas, pourtant. Le Moyen-Orient est une poudrière qui n'attend qu'une étincelle pour prendre feu et jeter toute la région dans un conflit généralisé. On a déjà eu un sérieux avertissement quand l'Irak a envahi le Koweit, et aussi Israël dans les années quatre-vingt-dix. Cet avertissement pourrait se répéter, bientôt, de manière encore plus aiguë. Les nations choisiraient leur clan dans tout le golfe Persique…

Pierce soupira, puis poursuivit.

— Imagine les conséquences pour ceux qui, comme

moi, ont des intérêts économiques dans ce projet, en mer
Caspienne. Et quand bien même la guerre ne s'étendrait
pas au-delà des territoires de Sabon et de son belliqueux
voisin, nous devrions endurer des retards et des menaces
d'hostilité armée… A mon avis, si Brauer ne gagne pas
les Etats-Unis à sa cause, il sera contraint de s'offrir les
services d'une armée de mercenaires.

— Que leur demandera-t-il ?

— D'attaquer notre plate-forme de forage. Naturellement,
afin de mettre toutes les chances de son côté, il fera porter
le chapeau au voisin de Sabon…

— Que se passera-t-il, alors ?

— Les Russes étant impliqués dans notre affaire, ce
petit voisin pauvre de Sabon pourrait bien essuyer de très
déplaisantes représailles. Représensailles qui entraîneraient
à leur tour une intervention américaine… Rien que
d'imaginer cette escalade infernale, j'ai des frissons.

— Et toi, que peux-tu faire ?

— Ce que je fais en ce moment. J'ai mouillé
Winthrop jusqu'au cou dans l'investigation. Il est déjà
intervenu une fois, avec succès, et j'ai bon espoir qu'il
réintervienne tout aussi brillamment avec l'aide
amicale de quelques vieux routards de l'espionnage.
Eux aussi ont tout intérêt à étouffer dans l'œuf ce
genre de choses, tu sais.

— Oui, je peux le comprendre. Indépendamment du
danger et de la violence, ajouta-t-elle, je trouve ces questions géopolitiques absolument fascinantes…

Elle précisa dans un éclat de rire :

— Et moi qui n'ai jamais, jamais rien fait d'un peu

dangereux ! Jusqu'à maintenant, mon existence n'a été qu'une longue suite de jours et de nuits aussi terne que routinière. Enfin, rectifia-t-elle, songeuse, à quelques exceptions près. Toi, Pierce, tu es mon aventure. Je ne t'attendais pas...

— Toi non plus, murmura Pierce avec un sérieux inattendu, je ne t'attendais pas. Tu as mis du désordre dans ma vie.

— Et je m'en félicite, rétorqua Brianne. Il fallait que quelqu'un s'en charge sinon tu aurais sombré. Or, tu es bien trop jeune pour te laisser aller, si je puis me permettre.

Les paroles directes de Brianne rendirent à Pierce sa bonne humeur. Il répliqua en souriant :

— Je ne me laissais pas aller, figure-toi.

— Bien sûr que si ! Tu coulais à pic dans les bars en attendant que des aventurières ramassent ta fortune au fond de l'eau.

Et comme lui revenait l'épisode de Paris, elle devint soucieuse et mit l'anecdote en rapport avec la conversation qu'elle et Pierce venaient d'avoir :

— Cette blonde, murmura-t-elle, il n'y a tout de même pas de risques qu'elle ait appartenu à un service de renseignements, Pierce ? Ou à un organisme d'espionnage industriel ?

Pierce éclata de rire devant sa naïveté.

— Je ne détiens aucun secret industriel, affirma-t-il, je ne suis qu'un homme d'affaires qui s'occupe de son business. Ce n'est pas moi qui exécute le forage, sur le terrain, d'ailleurs je n'en maîtrise même pas le processus — sauf du point de vue juridique, bien sûr.

— Peut-être, mais tu sais comment construire une plate-forme. Et tu as breveté les plans d'une plate-forme tout à fait spéciale, puisqu'elle est performante en eaux peu profondes. Non ?

Cette fois, Pierce exprima toute sa surprise.

— Eh bien… Je ne t'imaginais pas si savante…

— Et tu avais raison. En fait, c'est après t'avoir ramené à ton hôtel, à Paris, que j'ai décidé de m'intéresser à ton business. C'était le minimum, puisque je voulais te fréquenter…

— Me fréquenter ? De quoi parles-tu ? A l'époque, je n'avais même pas l'intention d'aller à Nassau ! Et encore moins de chercher à te revoir.

— Ça, inutile de me le souligner… Seulement, moi, je savais que tu avais cette villa à Nassau et, moi, j'avais bien l'intention de te revoir ! J'avoue que j'ai failli perdre espoir, cependant. Heureusement, la chance a voulu qu'il y ait la fameuse soirée où Kurt m'a traînée.

— J'aurais préféré que tu n'y sois pas.

— Parce que je suis trop jeune, je sais. Trop jeune de dix-sept ans.

— Dix-huit.

— Eh bien, nous fêterons notre différence d'âge à chaque anniversaire ! répliqua Brianne avec une ironie grinçante.

A ces mots, Pierce posa sur elle un regard dur et froid, qui lui interdisait de ferrailler plus longtemps avec lui. Douchée, blessée, elle baissa les yeux et murmura :

— Tu ne m'as jamais dit ta date de naissance. Je ne sais ni quelle musique tu aimes, ni quel genre de livres tu lis, ni même ce que tu fais en dehors de tes heures de boulot… En fait, je ne sais rien de mon mari.

Brianne n'avait pas tort, songea Pierce, il répugnait à l'idée de partager quoi que ce soit d'intime, de personnel avec elle. Elle cherchait à entrer de force dans sa vie, et il ne voulait surtout pas lui ouvrir de brèche.

Pourtant, il se surprit lui-même quand il s'entendit lui répondre :

— J'aime Debussy, Respighi, Puccini et des compositeurs récents comme John Williams, Jerry Goldsmith, James Horner, David Arnold et Eric Serra. Quant aux livres… Eh bien, j'ai des goûts très hétéroclites mais j'aime tout particulièrement les biographies, et l'histoire gréco-romaine.

— Hé, moi aussi, j'aime les compositeurs que tu as cités ! s'exclama Brianne. Et j'adore l'opéra. Surtout *Turandot* et *Madame Butterfly*.

Ses deux opéras favoris, à lui aussi…, songea Pierce. Mais pas question de l'avouer à la jeune femme et de créer entre eux un peu de cette intimité contre laquelle il luttait. Il lui demanda plutôt ce qu'elle aimait lire. Avec un sourire, elle confessa :

— Les romans d'amour…

— Ça, c'est parce que tu n'as encore rien vécu. Tu es idéaliste, tu veux croire que tout finit toujours bien, répondit-il sans dissimuler sa condescendance. Tandis que moi, la vie et l'expérience m'ont appris que tout finit toujours mal, au contraire. Les happy end n'existent pas. Le bonheur non plus.

— Tu dis ça, toi qui as passé dix merveilleuses années avec une femme que tu adorais et qui t'adorais ? Ce n'était pas du bonheur, peut-être !

— Du bonheur ? Elle est morte ! s'écria-t-il avec brutalité. Tu parles d'un bonheur !

— Il ne faut peut-être pas trop exiger de la vie, répondit songeusement Brianne. Imagine que tu n'aies jamais rencontré Margo — ta vie s'en serait-elle trouvée plus heureuse ?

Pierce baissa les yeux, incapable de répondre sincèrement.

— Tu sais bien que non, répondit alors Brianne, à sa place. Vous avez eu une très grande chance de vous connaître si longtemps, de vous aimer si fort. Grâce à ces dix années avec elle, tu as des souvenirs plus intenses que la plupart des gens ordinaires. Des souvenirs absolument merveilleux.

Elle avait dit : une très grande chance. Jusque-là, Pierce n'avait jamais vu les choses sous cet angle, il ne s'était jamais considéré comme favorisé d'avoir connu Margo dix années de sa vie — dix années seulement. L'était-il ? Margo l'avait aimé avec une inégalable, une absolue générosité — était-ce cela, la très grande chance qu'évoquait Brianne ?

Il regarda la jeune femme et, soudain, l'évidence s'imposa à lui : Margo aurait adoré Brianne. Toutes deux se ressemblaient par bien des facettes de leur personnalité — d'abord, et surtout, la compréhension, l'écoute, la générosité, justement. Brianne savait donner.

— Es-tu déjà tombée amoureuse ? lui demanda-t-il avec un réel intérêt.

— Oui : de toi, répondit-elle sans chercher à jouer avec la vérité.

La réponse, si honnête, lui fit grincer des dents et il se détourna, fit mine de terminer sa tasse de café qui était pourtant vide. Puis, histoire de se donner une contenance, il chercha l'hôtesse du regard et lui fit signe de le resservir. Lorsque ce fut fait, Pierce sortit enfin de son silence et affirma séchement :

— Décidément, tu es une gosse qui confond tout, le désir et les sentiments. Avec moi, ce que tu éprouves est purement physique, seulement tu ne t'en rends pas compte parce que c'est la première fois qu'un homme te fait cet effet-là.

— Eh bien, dis donc, murmura-t-elle d'un air railleur, tu en sais des choses sur moi…

— Je sais ce que je dis, oui, absolument. Un jour, tu rencontreras quelqu'un et tu comprendras ton erreur — quelqu'un de ton âge.

— Je suis mariée, je te le rappelle. Et tu m'as dit toi-même que j'avais intérêt à te rester fidèle. Comment irais-je me chercher un mari alors que j'en ai déjà un comme toi ?

— Notre mariage est provisoire, je te le rappelle à mon tour, objecta Pierce en la foudroyant du regard. Dès que Sabon se sera calmé, on fera annuler notre union.

Il venait de se montrer si cassant que Brianne sentit son cœur cogner plus fort dans sa poitrine oppressée. Pierce était donc réellement déterminé, songea-t-elle, à ne rien lui donner de plus qu'un mariage de convenance pour la protéger de Sabon, le temps que celui-ci renonce à la poursuivre. Puis, il ferait annuler leur mariage — et d'autant plus facilement que ce mariage n'aurait pas été consommé…

Pas étonnant qu'il ne veuille pas coucher avec elle : il projetait depuis le début de la chasser de sa vie dès que ce serait possible !

Chapitre 7

Pierce attendait-il d'elle une réponse ? En tout cas, il crut bon de se justifier encore une fois.

— Nous deux, ça ne marcherait pas, tu le sais bien, affirma-t-il sur le même ton sec. Notre différence d'âge fait de nous des êtres trop différents l'un de l'autre, qui ne voient pas du tout la vie de la même façon.

— Et quand bien même nous nous ressemblerions, fit remarquer Brianne, Margo nous séparerait…

La seule mention du prénom de sa femme fit briller de colère les prunelles de Pierce.

— Je n'ai pas l'intention de parler d'elle avec toi.

— Pierce, dit-elle doucement, elle est morte, rien ni personne ne te la rendra. Mais tu n'es qu'à mi-chemin de ta vie, tu as encore de longues et belles années devant toi : veux-tu vraiment les passer seul ?

— Oui, justement ! s'exclama-t-il.

En dépit de la véhémence qu'il y mettait, ses paroles ne convainquirent pas Brianne. Néanmoins, elle comprenait Pierce, sa souffrance, cette situation terrifiante dans laquelle il se trouvait quand, seul face à ses souvenirs, il se sentait sans doute à la fois réconforté et profondément malheureux.

— Je suis certaine qu'elle n'aurait pas voulu cela, murmura-t-elle. Qu'elle n'aurait pas aimé que tu restes seul et que tu la pleures jusqu'à ton dernier souffle.

— De quel droit parles-tu à sa place, bon Dieu ! Je t'interdis d'en dire davantage, tu entends ? Je ne veux même pas aborder le sujet, surtout avec toi !

Brianne s'inclina, sans pour autant se laisser impressionner. Pierce voulait changer de sujet ? Leur conversation le dérangeait ? Il ne la jugeait pas digne de parler de Margo et de leur avenir sans son fantôme ? Très bien ! Elle allait déplacer le débat et adopter un ton plus léger. Pas sûr que cela plaise davantage à Pierce, cela dit…

— Passons à autre chose, lança-t-elle sur un ton faussement enjoué. Figure-toi que l'autre jour, dans un film, j'ai vu un couple s'envoyer en l'air dans les toilettes de l'avion. On essaie ?

Pierce explosa d'une colère froide et sourde.

— Essaie donc toute seule ! rétorqua-t-il en rabattant brusquement sa tablette contre le dossier du siège avant.

Puis il quitta sa place et, comme poussé par une tempête, il s'engagea dans l'allée centrale de l'avion et s'enferma dans les toilettes.

Une fois la porte verrouillée derrière lui, il crut qu'il allait s'effondrer. Mais quelle sorte de fille venait-il d'épouser, bon sang ! Le front appuyé contre le miroir fixé au-dessus du petit lave-main, il inspira profondément puis expira aussi lentement que possible, espérant se calmer. Sur quel ton fallait-il lui parler, pour qu'elle cesse de le harceler avec le

passé ? Chaque fois que le souvenir de Margo l'envahissait
— son image, son souffle, ses mains sur lui, la nuit, dans
l'obscurité —, il lui semblait mourir de chagrin. Brianne
ne pouvait-elle pas le comprendre et se taire ? Mon Dieu,
sa vie devenait chaque jour un peu plus intolérable… Et
quand il imaginait que cette agonie risquait de durer
encore dix, vingt, trente ans, peut-être, il croyait sentir
son cœur exploser dans sa poitrine.

Si seulement il n'avait éprouvé un désir si violent pour
Brianne… Il ne la trouvait pas seulement jolie et désirable, il aimait ses remarques acides ou ses sous-entendus
audacieux, sans parler de la proposition explicite qu'elle
lui avait faite dans l'avion. Aucune inhibition ne freinait
cette toute jeune femme, malgré son innocence, et sa
spontanéité la rendait toujours plus délicieuse.

Il répugnait à l'admettre, mais Brianne était la première,
depuis la mort de Margo, à savoir le faire rire, à éclairer sa
vie et à la rendre plus légère. Elle réussissait à le désarmer,
même dans les moments où il se sentait exaspéré, fou de
colère, parce que la rage apaisait un peu son chagrin. Et
puis, elle lui montrait le monde à travers ses yeux de vingt
ans, son regard encore émerveillé et heureux, elle lui
communiquait sa douceur et sa fraîcheur. Quelle ironie, tout
de même, songea-t-il, qu'une jeune femme si malmenée
par sa famille ait gardé intact tout son optimisme, préservé
toute son énergie…

Pourtant, il ne voulait pas d'elle, il ne voulait pas sentir
la tentation qu'elle représentait à rôder autour de lui ! Et
il ne voulait pas non plus s'épuiser à lutter contre son
attirance pour elle comme c'était le cas ces temps-ci. Plus

vite il réussirait à l'éloigner, plus vite il serait de nouveau en sécurité avec lui-même et avec ses souvenirs.

Il fixa son reflet dans le miroir. Il commençait à avoir des cheveux blancs, quelques rides autour des yeux, aussi — Brianne ne s'en rendait-elle donc pas compte ? ne voyait-elle pas qu'il était déjà vieux ? Vraiment, songea-t-il avec amertume, il se demandait ce qu'une fille aussi jeune et aussi désirable pouvait bien lui trouver. Qu'est-ce qui lui plaisait, franchement, lorsqu'elle regardait ce visage dur et déjà marqué dont le miroir lui renvoyait l'image impitoyable ?

De son côté, blottie dans son siège, Brianne se posait exactement les mêmes questions. Pierce n'était pas particulièrement beau — en tout cas, pas selon les critères classiques. Il ne ressemblait pas, non plus, au garçon qu'elle imaginait rencontrer un jour. Pourtant, pas un homme ne lui arrivait à la cheville question charme, charisme, sex-appeal. Il était le feu lui-même, la passion, et Brianne enrageait de ne pas réussir à trouver le chemin de son cœur.

L'hôtesse arrivait à hauteur de son siège pour proposer des boissons. Servait-elle du champagne à ce passager ? Apparemment, oui. Du champagne, pourquoi pas ? songea Brianne. Puisque Pierce ne voulait pas d'elle, puisqu'elle se sentait si malheureuse, elle avait bien le droit de s'offrir quelques bulles de gaieté pour se remonter le moral !

Elle en était à sa deuxième flûte quand Pierce revint s'asseoir à côté d'elle. Elle leva son verre pour porter un toast et, dans son geste un peu brusque, éclaboussa son mari.

— Vraiment désolée, dit-elle en se penchant vers lui. Que je suis maladroite !

— Qu'est-ce que tu bois ? lui demanda Pierce d'un air soupçonneux.

— Du champagne. Tu as quelque chose à redire ?

— Absolument, et tu sais très bien quoi. A ton âge, on ne boit pas.

— C'est à elle qu'il faut dire ça, murmura Brianne en désignant l'hôtesse, un peu plus loin. Cours donc lui rappeler qu'elle enfreint la loi en servant de l'alcool à une pauvre petite mineure comme moi. Allez, vas-y, tu as ma bénédiction, ajouta-t-elle avec une satisfaction pleine de défi, avant d'avaler une autre gorgée de champagne.

— Donne-moi cette flûte, ordonna alors Pierce.

Joignant le geste à la parole, il s'empara du verre et en but d'un trait le contenu restant.

— Idiote, va. Tu bois alors que tu ne tiens même pas l'alcool.

— Oh, mais, ça aussi, je vais pouvoir l'apprendre… maintenant que je suis une femme mariée, répliqua-t-elle, pleine d'arrogance. Et je viens de comprendre, poursuivit-elle, les yeux brillants et le regard provocant, pourquoi les gens mariés picolent ! Tu vois un peu dans quel état tu m'as mise ?

— Laisse-moi en dehors de ces enfantillages, protesta Pierce.

— Non, ce serait trop facile ! Si je bois, c'est à cause de toi, parce que tu ne veux pas coucher avec moi !

— Tais-toi ! lança Pierce d'une voix sourde et blanche de colère. Tout le monde t'entend, dans cet avion. Et je ne parle pas des gens qui nous regardent. On doit bien les amuser !

— Je ne veux pas me taire. Il faut que je me défoule de ma frustration et que je me console.

— Mais te consoler de quoi, bon sang ?

— De la nuit de noces que tu me refuses ! J'ai mal partout, tellement je suis frustrée.

— Tu es folle.

— C'est toi qui me rends folle. Tu veux que je te chante une chanson qui parle d'un cœur douloureux ? Allez je te la chante...

Et, sur un phrasé somnolent, elle entonna sa chanson tandis que Pierce, consterné, secouait la tête. En désespoir de cause, il fit signe à l'hôtesse d'approcher.

— Apportez du café, je vous prie. Du café très fort. Vite.

— Madame n'est pas bien, n'est-ce pas ? murmura l'hôtesse que la situation gênait visiblement. Je n'aurais pas dû la servir, pardonnez-moi.

— Elle n'a pas l'habitude de boire, même peu. En outre, je vous souligne qu'elle est mineure.

L'hôtesse devint livide.

— Je vais me faire sévèrement taper sur les doigts par la chef de cabine...

— Pensez-vous ! s'écria alors Brianne, qu'on n'avait plus entendue pendant quelques secondes. Je lui dirai, moi, que je vous ai obligée à me servir du champ' !

— Ah bon ? ironisa Pierce. Et tu t'y prendras comment, s'il te plaît ?

— Je vais raconter que j'ai menacé… euh… de sauter par le hublot, par exemple ? suggéra-t-elle dans un grand sourire langoureux.

— Aucun doute, ça les convaincra, maugréa Pierce.

Puis il pressa l'hôtesse, désolée, de rapporter le café qu'il avait demandé. Et tandis qu'elle tournait le dos pour s'éloigner, Brianne s'écria :

— Ne vous inquiétez pas, mademoiselle ! Vous ne pouviez pas savoir que je n'ai que vingt ans et que je viens de me marier avec un homme qui ne m'aime pas ! Comment auriez-vous pu deviner qu'il ne veut même pas m'emmener avec lui à…

— Brianne !

— … A Paris, acheva-t-elle en posant sur Pierce, furieux, un regard cruellement amusé.

— Une très belle ville, pourtant, fit remarquer poliment l'hôtesse, en quête d'une contenance.

— Occupez-vous du café, répliqua Pierce. Et apportez aussi quelque chose à manger. Tout de suite.

— Bien sûr, monsieur, tout de suite.

L'hôtesse battit en retraite et Brianne s'enfonça confortablement dans son siège pour regarder rêveusement Pierce.

— C'est dingue ce que tu es coincé, lui glissa-t-elle avec une perfidie calculée. Je n'aurais pas cru, tu vois.

— J'espère que tu vas avoir une belle gueule de bois, lui rétorqua-t-il sur le même ton venimeux.

— Coincé et désagréable. Alors que j'ai à peine… siroté.

— Comme tu dis. Et regarde-toi, pourtant !

— Je me regarde, je me regarde, figure-toi. Et ce que je vois est en général assez joli, je te signale.

— Pas en ce moment.

— Oh, la, la… C'est bien la peine d'en faire un drame ! Je te promets que j'aurai recouvré ma sobriété dès que nous poserons le pied sur le sol de Freeport. Et puis, j'ai des projets : je vais travailler quelques astuces pour te séduire. Acheter des livres sur le sujet, par exemple. Une vidéo ou deux, aussi.

Pierce chercha l'hôtesse des yeux. Mais où était passée cette idiote, avec son café ? Toute la cabine bruissait des rires étouffés que suscitaient les propos de Brianne, et Pierce croyait sentir peser sur eux les regards amusés ou désapprobateurs des passagers qu'il ne voyait pourtant pas. Il avait l'impression de sombrer, de se raccrocher comme un naufragé à cette hôtesse qui tardait à revenir.

A côté de lui, Brianne posa la main sur sa cuisse et le fit sursauter. Aussitôt, il la chassa.

— Pudique avec ça ? lui murmura-t-elle malicieusement. Allons, chéri, nous avons le droit : nous sommes mariés, tu te rappelles ?

A bout, Pierce décida de frapper plus fort.

— Non ! s'écria-t-il. Tu n'es pas ma femme ! Notre mariage n'est qu'un bout de papier. C'est comme ça et ça restera comme ça !

Brianne fit la moue.

— En voilà une façon de traiter une jeune mariée,

maugréa-t-elle. Je meurs d'amour pour toi, assise tout près de ton grand corps viril, et tu ne me laisses même pas te toucher ?

« Le toucher… », songea Pierce. Qu'elle le touche encore et il allait prendre feu. Seulement, elle était trop grise pour se rendre compte de l'effet terrible qu'elle lui faisait. Il la désirait tellement qu'il ne pensait qu'à une chose — la passion qu'elle mettrait à lui rendre ses caresses, s'ils se retrouvaient au lit ensemble. Bon sang, il était grand temps qu'elle recouvre ses esprits et cesse ses provocations sinon il ne répondrait plus longtemps de lui-même.

Enfin, cette hôtesse revenait !

— Voilà, dit-il en donnant à Brianne une tasse de café accompagnée d'un snack. Et maintenant, bois ça.

— Tu gâches toujours tout, lui reprocha-t-elle avec irritation.

Néanmoins, elle obtempéra et but le café pendant que Pierce déballait pour elle sa collation. Il la surveilla aussi pendant qu'elle mangeait. Puis l'hôtesse la resservit en café, encore, et encore, jusqu'à ce que tout l'alcool ait été comme absorbé et retiré de ses veines.

Alors, elle sentit ses pensées s'éclaircir et le retour à la réalité nue ne lui sembla pas un très agréable voyage. Elle avait dit des choses très embarrassantes pour Pierce, elle s'en rendait progressivement compte. Il affichait une mine sombre. Avait-elle vraiment commis de gros dégâts ? des dégâts irréparables ? De toutes ses forces, elle espéra que non. Leur relation, si fragile, si ténue, n'avait vraiment pas besoin de ça…

Après cet incident, Pierce s'absorba dans le journal que lui apporta l'hôtesse, et ne refit plus surface avant l'atterrissage à Freeport.

Brianne le laissa la guider jusqu'à la salle des pas perdus. Une fois passées les grandes portes vitrées du terminal, il chercha du regard un chauffeur de limousine qui aurait porté une pancarte mentionnant « Hutton » mais, contre toute attente, ce fut un simple carton, au nom de « Brianne Martin », qui attira son attention. L'homme qui portait le carton — un bonhomme décharné et buriné — ne ressemblait pourtant guère à un chauffeur. Et Dieu sait si Pierce en avait vu…

Brianne, elle, n'y vit rien d'étrange et se dirigea vers l'homme en souriant.

— Je suis la personne que vous attendez, lui dit-elle, Brianne Martin.

— Enchanté, mademoiselle Martin, répondit l'homme, avec un fort accent. Voulez-vous bien me suivre ? ajouta-t-il en lui prenant le bras.

— Si vite ? protesta Brianne. Je…

Elle jeta un regard en arrière à l'intention de Pierce. L'intuition de celui-ci se confirmait donc : quelque chose d'anormal se passait. Il fit un pas pour arracher sa femme à l'emprise de l'inconnu qui les avait abordés — mais, au même instant, la pression d'une arme, dans son dos, l'en dissuada.

— Toi, le garde du corps de la demoiselle, pas bouger, ordonna une voix rauque et profonde, juste derrière son épaule. Tu vas venir avec nous. On ne va quand même pas courir le risque que tu préviennes Hutton !

Ainsi, ils ne savaient pas qui il était... Comme Brianne l'interrogeait du regard, il lui fit un signe discret et, fort heureusement, elle comprit ce qu'il attendait d'elle.

— Qu'est-ce que vous comptez faire de Jack ? s'enquit-elle alors, sèchement, en utilisant le premier prénom qui lui venait à l'esprit.

— Il suit le mouvement. Comme ça, il n'ira pas à la police, répondit le petit homme décharné. Et toi, mademoiselle, si tu cries, je le tue. Tu as compris ?

— Bien sûr... Est-ce que vous allez nous dire où vous nous emmenez ?

— Tu verras bien. Allez, en route.

Les deux hommes conduisirent Brianne et Pierce jusqu'à une longue limousine noire qui les attendait un peu plus loin. On les fit s'y engouffrer puis, accompagnés de leurs gardes armés jusqu'aux dents, ils commencèrent à rouler mais sans quitter l'aérogare. Au contraire, le chauffeur prit la direction des hangars, au-delà du terminal, avant de se ranger devant les portes grandes ouvertes du petit jet d'une compagnie privée. Apparemment, l'avion avait été spécialement affrêté et le pilote n'attendait qu'eux.

Sans ménagement, les gardes poussèrent Brianne et Pierce à l'intérieur de l'appareil et s'assirent à leur tour. Dans la cabine, il y avait déjà deux autres hommes armés. Alors, Pierce échangea un regard inquiet avec Brianne : que pouvaient-ils faire, sinon accepter leur sort et se soumettre à la situation ? Contre quatre hommes en armes, ils ne pesaient rien.

— Dites-nous au moins où nous allons, demanda de nouveau Brianne.

Mais personne ne lui répondit. Elle s'enfonça dans son siège, encadrée par deux de ses ravisseurs, tandis que Pierce prenait place sur l'autre aile avec les deux autres, puis elle ferma les yeux.

Un terrible pressentiment montait en elle : ce kidnapping était signé. Oui, une telle manière de faire lui semblait tout à fait dans le style…

… de Phillipe Sabon.

Des heures plus tard, l'avion amorçait sa descente au-dessus d'une petite île. Tandis qu'elle regardait s'approcher le sol, par le hublot, Brianne se rappela les paroles de Sabon : « Je possède une île dans le golfe Persique, au large du Qawi… » Etait-ce sur cette île, dont elle apercevait la piste à peine tracée, qu'ils s'apprêtaient à atterrir ? S'agissait-il de Jameel ? Elle le saurait bientôt.

Sur la piste, deux vieilles limousines les attendaient : Brianne fut jetée dans l'une d'elle, et Pierce dans l'autre, et elle eut à peine le temps de jeter un regard à son mari que la voiture démarrait déjà.

— Où sommes-nous ? Allez-vous me le dire, cette fois ? demanda-t-elle à l'un des gardes.

— Sur une île.

— J'avais remarqué. Mais laquelle ?

— Jameel, répondit l'homme.

Ainsi, ses pires soupçons se confirmaient… Elle était désormais sur les terres de Sabon, enfermée dans une voiture, à la merci d'un garde armé qui l'évaluait du regard et lui donnait froid dans le dos.

Celui-ci sourit de toutes ses dents gâtées et il s'échappa de sa bouche une haleine fétide, mélange d'alcool et de salive.

— Tu es très jolie, mademoiselle, déclara-t-il.

Elle le fusilla de ses yeux verts et, se fiant à son intuition, prit le risque de rétorquer sur le ton menaçant de l'avertissement :

— Essayez seulement de toucher à un seul de mes cheveux, et je le répète à M. Sabon. Car vous travaillez bien pour lui, n'est-ce pas ? Alors vous devez savoir quel ennemi redoutable il peut devenir, si vous le trahissez !

L'effet fut immédiat : l'homme se tut et se tint tranquille. Brianne ne s'était pas trompée. Juste après, l'autre garde lança un ordre brusque, comme s'il remettait d'équerre son comparse, puis ajouta à l'intention de Brianne :

— *No problem*, mademoiselle. Personne ne vous fera de mal.

Mais Brianne sentait l'angoisse lui nouer l'estomac. Quel sort ces hommes lui auraient-ils réservé, s'ils n'avaient pas craint Philippe Sabon et redouté des représailles ? De quoi étaient-ils capables ? Et que lui feraient-ils si, par malheur, Sabon décidait de leur laisser carte blanche ? Mon Dieu, elle était tout simplement la captive d'une île aussi bien gardée qu'une forteresse, dont le prince avait tous les pouvoirs… y compris celui de faire d'elle une esclave sexuelle. Quant à Pierce, il était aussi impuissant qu'elle à les délivrer d'ici.

Elle ferma les yeux, luttant contre la peur qui l'assaillissait tandis qu'elle pensait aux plaisirs pervers dont le seigneur de Jameel se délectait, disait-on. Où puiserait-elle la force de supporter les sévices qu'il lui infligerait ? Comment supporterait-elle qu'un autre homme que Pierce la touche — surtout cet homme-là ?... Pierce avait raison : elle n'avait ni l'expérience ni les ressources pour résister à une telle épreuve et s'en sortir indemne. Sabon allait la détruire dans son corps de femme.

Et ses hommes de main, qu'allaient-ils faire de Pierce lorsqu'ils découvriraient qui il était vraiment ? Il n'aurait pas une chance d'y survivre, songea-t-elle avec horreur. Soit ils le séquestreraient puis demanderaient une rançon, avant de lui tirer une balle dans la tête ; soit ils le tueraient sitôt son identité démasquée.

Quant à elle, elle ne quitterait jamais cette île. Une fois que Sabon se serait lassé d'elle, qu'il aurait assez joué, il ne prendrait sûrement pas le risque de la relâcher. Comment l'aurait-il pu, d'ailleurs ? Elle était citoyenne américaine, et Sabon ne s'amuserait certainement pas à mettre ses intérêts américains en péril en réclamant une rançon pour elle. D'autant moins qu'il comptait sur Kurt pour faire jouer ses relations au Senat en sa faveur.

De ce point de vue, songea-t-elle, Sabon était coincé. Il n'aurait pas d'autre choix que de la faire disparaître.

La perdre dans le désert du Qawi, peut-être.

Mon Dieu, elle ne voulait pas mourir, mourir de cette façon ! Il fallait absolument qu'elle fasse marcher son intelligence, qu'elle trouve comment quitter cette île maudite ! Il devait bien y avoir un moyen, à condition de rester sur le qui-vive, d'ouvrir grand les yeux, les oreilles, de guetter les opportunités de fausser compagnie à tous ces gardes armés jusqu'aux dents !

Elle était désespérée, certes, folle d'angoisse, aussi, mais elle se sentait l'énergie de ne pas laisser Sabon gagner la bataille. Peut-être ne survivrait-elle pas à la pauvre tentative d'évasion qu'elle imaginerait, mais la mort valait mieux que le sort qui l'attendait si elle se soumettait aux circonstances et à Sabon. Ainsi que le lui avait dit, un jour, son père adoré : « Puisqu'il faut mourir, mieux vaut mettre le feu et s'y jeter vivant, que partir soufflé comme la flamme d'une bougie ». Eh bien, elle allait mettre le feu, à sa manière.

Pierce rejoignait Brianne par la pensée, mais un pessimisme bien plus terrible que ce qu'elle imaginerait jamais plombait ses réflexions. Ici, sur le fief de Sabon, ni lui ni Brianne n'avaient aucune chance de s'échapper. Il ne pouvait même pas la protéger. Sabon allait la souiller, se servir de son corps de manière dégradante, humiliante, irréparable et personne ne pourrait plus rien pour la rendre à la vie. Non, il ne resterait rien de cette exquise spontanéité qui la caractérisait, de sa sensualité délicieusement pure et impudique et il se reprocherait toute son existence de ne pas avoir su la mettre à l'abri.

A présent, Tate Winthrop représentait le seul espoir qui lui restât. Il lui avait parlé juste avant d'embarquer pour Freeport, et, à l'heure qu'il était, son chef de la sécurité avait dû débarquer à son tour, certain qu'ils allaient tous se retrouver.

Tate était vraiment le meilleur, il aurait pu traquer n'importe qui n'importe où dans le monde et retrouver une aiguille dans une meule de foin. Quand il découvrirait que ni Brianne ni Pierce n'étaient au rendez-vous de Freeport, il réagirait aussitôt et se lancerait à leur recherche. La vraie question était : arriverait-il à temps ?

A travers les vitres fumées de la vieille limousine, Brianne vit bientôt se découper la façade d'une imposante demeure le long de laquelle les voitures se rangèrent. En contrebas s'étendaient les eaux bleues du golfe Persique et, tout autour d'elle, la végétation rappelait à Brianne celle des Caraïbes. Un parfum d'Arabie flottait dans l'air. Les domestiques vêtus de blanc qui vinrent à leur rencontre, escortés de gardes en uniforme, contribuaient à cette atmosphère si nouvelle, pour elle, l'étrangère, la prisonnière qu'on amenait au maître.

On les fit descendre de voiture, elle et Pierce, puis on leur ligota les poignets avant de les introduire dans la demeure, spacieuse et fraîche. Ils traversèrent de vastes pièces, et empruntèrent enfin un corridor tout aussi vaste qui les mena à une solide et lourde porte de bois noir sculpté. Les battants s'ouvrirent alors sur une sorte de cellule éclairée d'une seule fenêtre, munie de barreaux et percée si haut dans le mur qu'elle était absolument inaccessible pour qui aurait voulu s'échapper. Au sol, un sommier de bois sur lequel était roulé un mauvais matelas. Pas de draps, pas d'oreiller. Une méchante chaise, une petite table, une lampe. Par terre, un carrelage nu. Dans sa rusticité, la pièce disposait tout de même d'une salle d'eau rudimentaire — un petit lavabo, des toilettes, mais ni baignoire ni douche, et juste un bout de savon sec pour se laver.

— Ta chambre, annonça son garde armé à Brianne, tout en glissant son pistolet dans son ceinturon.

— Pourriez-vous au moins libérer nos poignets ? supplia-t-elle avec lassitude en présentant ses mains. Comment est-ce que je vais faire, sinon, si j'ai besoin d'utiliser la salle d'eau ?

Son garde prit alors l'avis du vieux domestique qui les avait conduits jusque-là, et une discussion s'engagea dans une langue rauque dont le sens échappait totalement à Brianne. Mais aux gestes des hommes, qui désignaient la fenêtre ainsi que la lourde porte et son verrou, elle comprit que l'un disait à l'autre : « Et par où veux-tu qu'ils sortent ? Pas de risques ! » Et en effet, quand bien même ils empileraient table et chaise pour atteindre la fenêtre, les barreaux les empêcheraient d'aller plus loin, hélas…

— O.K., conclut alors le garde de Brianne.

Mais, une fois qu'il lui eut enlevé ses liens, il ne fit pas mine de libérer Pierce à son tour. Il tourna le dos sans plus un mot, sortit, et les lourds battants de la porte se fermèrent derrière lui dans un cliquetis de serrure et de verrous.

— Enfin ! Enfin, nous sommes seuls ! murmura Brianne avec soulagement.

Son premier geste fut de libérer Pierce des liens qui lui entravaient les poignets.

— Alors, Jack, mon vieux, lança-t-elle, tout en bataillant avec les nœuds trop serrés de la corde rêche, on fait quoi, maintenant ?

Les liens cédèrent. Dans un soupir de rage, Pierce acheva de se débarrasser de la corde et frotta ses poignets endoloris et engourdis.

— Rien. On se tient tranquilles en attendant qu'ils décident de notre sort, répondit-il.

Brianne s'assit sur la chaise et soupira à son tour, puis elle considéra sa tenue.

— Regarde dans quel état je suis… Dégoûtante. Et tu n'es pas au top non plus.

Elle n'avait vraiment plus rien d'une jeune femme pimpante ni lui du milliardaire qu'elle avait épousé… Comment réagirait Sabon, en découvrant Pierce ici ? songea-t-elle tandis qu'elle prenait conscience de l'état vulnérable dans lequel Pierce se trouvait. Ses gardes n'avaient pas su l'identifier mais nul doute que Sabon, lui, reconnaîtrait à la seconde son vieil ennemi. Aussi, nul doute non plus qu'il jouirait de voir Pierce ainsi à sa merci. Il saurait inventer les moyens de les faire souffrir, et les faire payer pour avoir osé s'interposer entre lui et ses ambitieux projets.

Brianne en avait la chair de poule.

— Et voilà, déclara-t-elle en recouvrant un peu de cette vivacité qui faisait son humour, je t'ai encore mis dans de sales draps.

— On va s'en tirer, assura alors Pierce en faisant l'effort de sourire.

— Ah bon ? Comment ? rétorqua-t-elle, les yeux levés vers la fenêtre.

Pierce l'observa. Dans le même temps qu'il imaginait ce qui allait arriver à Brianne quand elle tomberait entre les mains vicieuses de Sabon, il sentait la nausée monter à ses lèvres. La nausée et une terrible colère. Il ne pouvait pas livrer Brianne à cet homme, laisser ce grand dépravé festoyer sur le corps d'une jeune femme vierge.

Non, il ne pouvait pas. En tout cas pas sans agir. Il fallait qu'elle sache ce qu'était l'amour vrai, le plaisir, que sa première expérience ne soit ni répugnante ni terrifiante.

— Alors, comment ? relança Brianne.

— Fais travailler ton imagination…, murmura-t-il en fixant sur elle son regard de braise.

— Mais…, murmura-t-elle à son tour en souriant langoureusement, mais… tu as… envie de… ?

Pierce hocha lentement la tête, sans la quitter des yeux. A présent, il la déshabillait du regard.

— Viens…, reprit-elle d'un ton diaboliquement persuasif, surtout n'hésite pas. Viens avec moi jouer ce mauvais tour à Sabon, et m'arracher à un destin bien pire que la mort…

— Sabon… Je hais ce nom ! Et je jure qu'il ne sera pas ton premier amant, je ne pourrais pas supporter ça.

Le cœur de Pierce battait maintenant comme un fou ; celui de Brianne aussi et elle cherchait son souffle tandis que Pierce l'enchaînait de ses regards brûlants.

— Moi non plus, affirma-t-elle dans un murmure, je ne le supporterais pas. Aime-moi tant qu'il en est encore temps, Pierce, savourons ces précieux instants qu'il nous reste ensemble.

Pierce se leva lentement et inspecta la pièce aussi discrè-tement que possible. Pas de caméras de surveillance. Il s'y serait attendu, dans cette maison certes somptueuse mais très ancienne, visiblement, et sans équipements modernes remarquables.

Une fois certain qu'aucun œil espion ne risquait de les voir, Pierce se tourna vers Brianne. Il arborait l'expression d'un homme vaincu, qui capitule et se résout aux dernières extrémités, mais, dans son regard, perçait l'excitation des délices qui s'offraient à lui au moment où il les attendait le moins.

A lui et à Brianne.

— Nous allons faire l'amour, c'est bien vrai ? lui demanda-t-elle dans un souffle comme il s'approchait d'elle.

Pour toute réponse, il l'attira dans ses bras, avec un doux sourire amusé. Elle était décidément incorrigible, songea-t-il. Incorrigible, mais nerveuse. Frissonnante.

Lentement, il laissa ses mains cheminer sur ses seins déjà durs, son ventre, s'arrêta sur la ceinture de son pantalon. Tout contre lui, elle avait noué les bras autour de son cou et il l'entendait respirer.

— Oh, Pierce… Je t'ai attendu si longtemps ! Ça va être le paradis !

Tendu de désir, Pierce éprouvait une émotion très proche. Là, juste à côté, le lit les attendait. Il plongea dans le regard enflammé de Brianne, déboucla la ceinture de son pantalon. Et quand la fermeture Eclair céda, il ne pensa plus à rien. Le monde autour d'eux pouvait bien s'effondrer, plus rien ne le concernait. Non, plus rien, sauf ce qui allait se passer ici et maintenant.

Chapitre 8

Brianne mordit dans le baiser de Pierce avec une avidité d'affamée qui le fit sourire. Il reprit son souffle et murmura en se défaisant de son pantalon :

— Doucement, bébé… Le temps nous presse, c'est vrai, mais pas à ce point.

— Je m'assure juste que tu ne vas pas changer d'avis, murmura-t-elle en retour tandis qu'elle enfonçait les ongles dans les épaules de Pierce.

— Aucun risque…

Elle qui avait cru que Pierce expédierait ce moment d'intimité exigé par les circonstances… Elle qui avait cru que, vu les circonstances, justement, elle serait elle-même incapable de savourer ce qui lui arrivait… Comme elle s'était trompée ! C'était tout le contraire…

Le contact des belles et grandes mains de Pierce sur sa peau nue lui faisait l'effet d'une drogue merveilleuse qui montait à la tête. Il la touchait délicatement, tendrement, tout en cherchant ses lèvres pour les mordiller de manière terriblement excitante. Elle n'en revenait pas… Jamais elle n'aurait imaginé réagir si vite et si violemment aux caresses d'un homme, même celles de Pierce. Et pourtant. C'était bien elle, qui se sentait ainsi submergée, bouleversée.

A présent, Pierce la débarrassait de sa tunique et de son soutien-gorge. Il s'inclinait sur sa gorge, posait les lèvres sur l'un de ses seins et le taquinait des dents, attrapant la pointe pour en éprouver la sensibilité. Mon Dieu…, songea Brianne, tout son corps en tremblait. Et voilà que la main de Pierce s'insinuait entre ses jambes, massait sa chair déjà moite d'un suc onctueux. Cela devenait physiquement intolérable. Alors, elle se pressa contre lui, gémissante, en l'invitant explicitement à pousser plus loin ce jeu qui la rendait folle.

Elle était si enivrée, maintenant, qu'elle entendait sa propre respiration, rapide, presque rauque. Même lors de son expérience avec Pierce au bord de la piscine, quand il l'avait déflorée, elle n'avait pas éprouvé de sensations si aiguës. Aujourd'hui, on aurait dit que Pierce jouait de tous ses talents pour la transporter. Et quel virtuose il était ! Quelques caresses incendiaires lui avaient suffi pour mettre le feu à son corps de vierge, un corps si déchaîné, que Brianne bataillait avec leurs vêtements à tous deux pour s'en débarrasser.

— Oui, oui…, gémit-elle contre les lèvres de Pierce… Encore… S'il te plaît, continue…

Fiévreuse, elle le guidait, réclamait, et Pierce la comblait, lui-même étonné par la passion enragée qui s'était emparée de lui en dépit des menaces qui les guettaient.

Il la prit dans ses bras et la porta sur le lit, s'allongeant avec elle et près d'elle avec un plaisir presque douloureux. Cette intimité à la fois si nouvelle et si bouleversante, entre eux deux, creusait encore la faim qui le tenaillait au ventre depuis la mort de Margo et, surtout, depuis sa rencontre avec Brianne. En cet instant, il la désirait si fort que son corps était dur comme jamais.

Avide, il l'embrassa à pleine bouche, étroitement enlacé à elle. Et là, lentement, doucement pour ne pas la blesser, il la posséda pour la toute première fois.

Ce fut pour lui comme un tremblement de terre. Démuni devant sa propre réaction, il laissa la passion rugir dans ses reins. Quant à Brianne, il l'entendit crier. Pas de douleur ; de plaisir, sans aucun doute possible. Alors, plongeant dans ses yeux verts, il se mit à bouger en elle. Rien n'aurait pu l'arrêter, à présent, pourtant il fallait qu'il pose l'inévitable question :

— Ton médecin... Tu lui as demandé de te prescrire quelque chose... ? murmura-t-il.

Brianne hocha la tête et répondit que oui, mais sa voix mourut dans une plainte de plaisir avant qu'elle ait pu ajouter l'essentiel : bien sûr, son médecin lui avait prescrit des pilules contraceptives... seulement, elle avait oublié de prendre la boîte avec elle. Si bien qu'elle n'avait pas dû avaler plus d'un cachet. Il était tout à fait possible qu'elle tombe enceinte, songea-t-elle, tout à fait possible.

Devait-elle s'en inquiéter ? Curieusement, la perspective de courir un risque de cette nature ne jetait aucune ombre sur ce miraculeux moment d'intimité. Au contraire, à l'idée qu'elle et Pierce étaient peut-être en train de faire un bébé, Brianne se sentait plus émue, plus vibrante encore.

Portée par cet élan, elle se donna totalement, griffa de

ses ongles le dos de Pierce qui se plaignit doucement tout en s'enfonçant plus profondément en elle.

Puis, il glissa un bras sous les reins de Brianne et la souleva un peu, mordit sa bouche tout en la creusant plus fort. Brianne gémit à son tour, éperdue. Cette étreinte enfiévrée dépassait décidément tous ses rêves. Jamais elle n'aurait osé imaginer que Pierce donnerait tout, baisserait enfin la garde et renoncerait si bien au contrôle de lui-même. Elle le sentait en elle si brûlant, si puissant, tandis que, du fond de son propre corps, enflait maintenant une pulsation qu'elle ne connaissait pas…

Autour d'eux, la chambre sordide n'existait plus que par le duo rauque et affolé de leurs souffles mêlés, et par le bruissement de leurs corps en sueur qui glissaient l'un sur l'autre au rythme fou de la passion.

C'était comme marcher au bord du cratère d'un volcan, songea furtivement Brianne, comme sentir la brûlure âpre et impitoyable de la lave en fusion. Et soudain, la pulsation se fit plus intense. Dans l'attente, ignorante de ce qui allait se passer mais disponible de toutes les fibres de son être, Brianne se cambra sous la violence de la sensation.

Puis, elle sentit son corps se raidir, une sorte de convulsion la tétanisa, sorte de fièvre inconnue…

… L'instant d'après, une succession de sensations à la fois douloureuses et magnifiques déferlaient en elle comme autant de secousses et de séismes. Le monde disparut dans une explosion d'étoiles. Seul un souffle brûlant, au creux de son cou, parvint encore à atteindre Brianne là où elle était partie, puis un dernier cri rauque — le souffle et le cri de Pierce, tandis qu'il s'abandonnait à son tour.

Les ultimes frémissements de l'extase parcouraient Pierce. Sous le poids de son corps, celui de Brianne frémissait aussi et tous deux luisaient de sueur. Désespérément accrochés l'un à l'autre, ils essayaient tant bien que mal de recouvrer leur souffle et leur conscience.

Au creux de ses cuisses, là où ils étaient toujours intimement unis, Brianne éprouvait encore la sensation physique très vive du plaisir, et elle bougea, maladroitement, pour en réveiller le désir de Pierce.

Mais celui-ci la cloua au lit avec un rire las.

— Non… On n'a plus le temps, murmura-t-il en l'embrassant.

Un baiser très doux, très tendre qui se prolongea le temps qu'ils se séparent.

Le moment était venu de se déprendre, hélas, de se rhabiller. Pierce se rajusta le premier, aida Brianne à le faire aussi. Elle se sentait si lasse, si délicieusement faible qu'elle pouvait à peine se relever seule, après cette merveilleuse expérience.

Pierce embrassa chacune des paupières de la jeune femme, lui encadra le visage de ses mains avec une tendresse qu'il n'avait plus éprouvée depuis des années. Puis il posa un baiser sur ses lèvres, cherchant dans ses yeux verts la lumière particulière du plaisir. Il la trouva, et aussi de l'amour et de la plénitude. Elle le gratifia d'un irrésistible sourire et lui chuchota :

— Et voilà comment on trompe la vigilance du geôlier…

— Oui, Sabon peut pleurer : il a perdu.

Il passa la main dans ses cheveux et prit une profonde inspiration avant d'ajouter :

— Je regrette seulement que nous n'ayons pas pu prendre notre temps. Je te le jure, un jour, je te ferai l'amour comme tu le mérites vraiment.

Aussitôt, un sourire impudique flotta sur les lèvres de Brianne tandis qu'elle défiait Pierce du regard.

— Quand ? Fixe-moi un jour et une heure, je serai au rendez-vous.

Pierce encaissa le coup. Jamais il n'aurait dû dire ce qu'il avait dit. D'un haussement d'épaules, il repoussa la provocation de la jeune femme mais elle avait touché juste. Car par son commentaire, elle le mettait face à ses contradictions et à sa culpabilité. Que pouvait-il lui promettre, lui *jurer* ? Rien. Certes, il avait consenti à lui faire l'amour pour d'excellentes raisons, et il ne s'était pas montré égoïste ; pourtant, maintenant que l'aveuglement de la passion se dissipait, il mesurait la gravité de son acte.

— Tu peux prendre le cabinet de toilette, si tu veux, dit-il en lui ouvrant la porte.

Brianne passa devant lui, décontenancée, mais elle ne demanda pas d'explications.

Une fois qu'elle fut entrée, il ferma la porte derrière elle puis se laissa tomber lourdement sur la chaise, bras croisés, jambes étendues devant lui. De l'extérieur, il devait offrir l'image même de l'indifférence et du détachement, mais il n'éprouvait rien de tel, tandis qu'il réfléchissait à ce qui venait de se passer entre Brianne et lui.

Bon sang, jamais il n'aurait imaginé atteindre avec elle

un tel degré de passion — et encore moins *jouir* avec elle, en même temps qu'elle, comme s'ils étaient amants depuis longtemps, comme s'ils se connaissaient aussi intimement qu'avec…

… *Margo*.

Pierce serra les dents. Le nom, le visage de sa femme venaient d'envahir sans prévenir son esprit. Il avait trahi Margo en couchant avec Brianne ! Lui qui s'était fait le serment solennel de ne plus jamais toucher une autre femme, aussi longtemps qu'il vivrait !

Mais peut-être se jugeait-il trop sévèrement, songea-t-il. Y avait-il d'autre moyen d'épargner à Brianne l'horreur des griffes de Philippe Sabon ? Il n'avait pas pu se résoudre à laisser cet homme-là devenir le premier amant de la jeune femme. Oui, voilà pourquoi il avait pris dans ses bras une autre femme que la sienne : il ne s'agissait ni de désir ni d'amour mais seulement d'un geste généreux.

Un geste généreux ? Pierce éclata de rire. Allons, il n'y croyait pas lui-même ! Pourquoi refusait-il de voir les choses en face : il avait connu son plus bel orgasme depuis des lustres, une passion presque égale en ardeur à celle qu'ils partageaient ensemble, Margo et lui ! Et pendant qu'il lui faisait l'amour, il ne pensait certes pas à sauver Brianne de Sabon ! Non. Il ne pensait qu'à la douceur de Brianne, à son corps sous le sien, à la sensualité de sa bouche et à ses larmes de plaisir au moment de l'extase.

Pierce éprouvait d'ailleurs une extraordinaire fierté d'avoir su la faire jouir, elle, la vierge, elle qui n'avait encore jamais eu d'amant et dont c'était la toute première fois.

« De la fierté, songea-t-il, mais aussi une espèce de

honte ». Certes, ils étaient mariés, il n'avait pas profité de Brianne, leurs vœux lui permettaient, en tant qu'époux, de coucher avec sa femme. Seulement, comment oublier quelle sorte de mariage était le leur ? Comment se réfugier derrière des vœux qui n'étaient que simulacre ?

Qu'éprouvait-il pour elle, exactement ? se demandat-il, jeté en pleine confusion. Qu'avait-il fait et pourquoi ? Ce qu'il ressentait allait au-delà d'un désir purement physique et superficiel, il n'aurait pu le nier. De fait, pour s'en convaincre, il suffisait à Pierce de revivre en pensée le violent plaisir qu'il avait pris avec Brianne. Avant elle, il avait connu beaucoup d'autres femmes, dont de très belles et de très expérimentées, et il s'était repu de ces rencontres sensuelles. Mais elles brillaient aujourd'hui d'une lumière bien pâle, au regard de son incandescente étreinte avec Brianne.

Il était troublé, bouleversé même, par cette expérience… L'innocence de Brianne y contribuait-elle ? Ce n'était pas rien, d'être son pygmalion, de l'avoir initiée à l'amour comme à un rite délicieusement primitif. Et, surtout, de l'y avoir initiée sans qu'elle manifeste ni peur ni douleur. Car elle avait aimé cela, se rappela-t-il, et lui avait procuré autant de plaisir qu'il lui en avait donné.

A cet instant, Pierce fut interrompu dans ses pensées par un bruit de porte : Brianne émergeait du cabinet de toilette, rafraîchie mais les cheveux encore décoiffés et emmêlés. Manifestement, elle n'osait pas le regarder, elle le fuyait, même, et cette timidité provoqua chez Pierce une bouffée de tendresse qui lui donna l'envie de la reprendre dans ses bras et de la protéger.

Seulement, revenue à l'assaut après la dissipation de l'ivresse, la peur lui nouait de nouveau le ventre, Brianne ne songeait plus à l'amour. Elle s'inquiétait de leur sort entre ces murs hostiles.

— Qu'est-ce que ces gens vont nous faire, Pierce ? demanda-t-elle en s'asseyant sur le lit, les mains sur les genoux. Je ne les vois pas nous laisser repartir d'ici...

Pierce soupira lourdement et décida d'être honnête. Cela valait mieux.

— Pour parler franchement, dit-il, moi non plus.

Elle leva les yeux vers lui, chercha son regard puis se déroba de nouveau.

— Pierce..., commença-t-elle alors. Quoi qu'il advienne de nous, je veux que tu saches une chose : ce fut merveilleux de te rencontrer.

— Ce fut un plaisir de vous rencontrer aussi, mademoiselle Martin, répondit-il gentiment.

Brianne soupira à son tour puis posa les yeux sur la lourde porte verrouillée.

— Si seulement on pouvait défoncer cette maudite porte... Ou essayer de crocheter la serrure, au moins. Mais je n'ai que de minables épingles à cheveux !

Pierce ne voulut pas la décevoir.

— Donne quand même, dit-il dans un sourire.

Trop tard.

Au même instant, le verrou grinça et la clé tourna dans la serrure. La porte s'ouvrit sur deux hommes. Le premier était armé ; l'autre s'empressa d'arracher des mains de Brianne les épingles qu'elle s'apprêtait à donner à Pierce.

— Pas de ça ! éructa le garde dans un mauvais anglais.

M. Sabon arrive ce soir ! Toi, tu es pour lui, ajouta-t-il à l'intention de Brianne avec un méchant sourire.

A ces mots, son comparse se rembrunit et rétorqua dans sa langue avec sévérité. Son regard allait de Pierce à son camarade. Du coup, l'autre cessa de rire. Brianne ne comprenait pas un mot de leur conversation mais Pierce, qui connaissait un peu l'arabe, saisit l'essentiel de la discussion : les deux hommes s'inquiétaient ; Sabon n'apprécierait certainement pas de trouver un homme dans la cellule de sa captive, cet homme fut-il un simple garde du corps.

Le plus grand des deux mit fin au débat en attrapant Pierce par le bras.

— Toi, tu viens avec nous, ordonna-t-il.

Brianne s'alarma. Elle s'apprêtait à protester mais Pierce la fit taire d'un regard éloquent, si bien qu'elle se borna à s'enquérir du sort de son prétendu garde du corps.

— Qu'allez-vous faire de lui ?

— Le mettre à part. Comme ça, pas de tentation.

— Quelle tentation ? releva Brianne avec un dédain calculé. Je ne couche pas avec les domestiques.

Mais les deux hommes ne se laissèrent pas détourner de leur décision. Du canon de leur arme, ils poussèrent Pierce hors de la chambre.

Bientôt, Pierce ne fut plus pour elle qu'un bruit de pas qui s'éloignaient dans d'interminables corridors. Elle était seule, à présent, livrée à elle-même. Et à son geôlier…

Les gardes revinrent à la nuit tombée. Ils apportaient du pain, du fromage et du vin. Tandis que le plus grand tenait Brianne en respect, l'autre posa le plateau sur la table.

— Je ne bois pas d'alcool, lança sèchement Brianne. Donnez-moi de l'eau, je vous prie.

— Le vin calme les nerfs, répliqua ironiquement le garde.

— Mes nerfs vont très bien, merci.

A ces mots, les deux hommes échangèrent des regards narquois mais l'un d'eux remporta néanmoins le vin et le remplaça par de l'eau.

— Qui êtes-vous ? demanda alors Brianne, sincèrement curieuse de connaître le nom de ses gardes. Vous savez certainement comment je m'appelle et, moi, j'ignore vos noms…

Manifestement, ces hommes ne s'attendaient pas qu'elle s'intéresse à ce genre de détail, songea-t-elle. Interloqués, ils ne cherchaient même pas à dissimuler leur surprise. Mais, la surprise passée, l'un des hommes se lança.

— Je suis Rashid, dit-il, et lui, c'est Mufti.

— Il y a longtemps que vous êtes au service de Sabon ?

— Non.

— On dit qu'il a du sang arabe par sa mère… Est-ce pour cette raison que vous le servez ?

— Toute sa famille est arabe ! Il est d'ici. Il a été très généreux avec les gens de notre village.

Rashid parlait lentement, avec un fort accent et en cherchant les mots justes, mais on sentait qu'il avait dû maîtriser la langue de Brianne, autrefois, et qu'il manquait seulement de pratique. Il poursuivit sur le même ton admiratif :

— Il a donné beaucoup d'argent pour les médicaments, la nourriture…

« Généreux, Sabon ? » songea alors Brianne, elle peinait à le croire. Pourtant, à écouter cet homme, même le démon avait un cœur et recélait au fond de lui une lueur de bonté… Intriguée, elle eut envie d'en savoir davantage et de comprendre pourquoi Sabon entourait d'un sulfureux mystère sa véritable personnalité.

— Pourquoi votre maître a-t-il un nom français, puisque toute sa famille est arabe ? reprit-elle prudemment.

Inquiet de trop parler, le garde consulta son comparse du regard, puis baissa les yeux.

— Désolé, conclut-il, il y a des choses dont je n'ai pas le droit de parler. Il vous suffit de savoir que mon maître prend à cœur les douleurs et les intérêts de son peuple, et qu'il est un homme brave et très bon.

— Un homme brave et bon qui m'a kidnappée…, rappela-t-elle au garde.

— Les choses ne sont pas toujours aussi simples que les apparences pourraient le laisser croire, mademoiselle. Nous traversons des temps difficiles, dangereux. Peut-être n'y survivrons-nous pas, d'ailleurs, mais au moins aurons-nous fait ce qu'il faut pour. *Inshallah.*

Rashid marqua une pause, puis s'expliqua :

— Nous vivons constamment sous la menace d'une invasion, voyez-vous. Parce que nos ennemis convoitent le pétrole que nous venons juste de découvrir.

Brianne écouta attentivement. Décidément, cet homme

— et surtout son maître — aiguisaient sa curiosité. Sous ses airs frustres, Rashid semblait en savoir bien plus long qu'elle sur les réalités de la vie et du monde dans lequel, pourtant, elle évoluait aussi. A présent, il évoquait les relations de l'Orient et de l'Occident, les temps anciens où les Européens s'étaient efforcés de contrôler le commerce des épices, du caoutchouc, du thé ; les exigences folles de profit et de production effrénée qui faisaient aujourd'hui reculer les grandes forêts tropicales et dévastaient la planète…

— Vous êtes très jeune, poursuivit-il. Vous ne savez sans doute pas grand-chose encore des laideurs du commerce ni des ruses de l'âme humaine dès qu'il s'agit de profit.

— Je ne suis pas tout à fait naïve non plus, affirma-t-elle. Par exemple, je me demande pourquoi un homme qui semble instruit et intelligent, comme vous, a choisi de servir…

— J'ai quatre enfants, expliqua Rashid, en guise de réponse. L'un d'eux est gravement malade : c'est M. Sabon qui paie les soins et son hospitalisation en France.

— Quant à moi, renchérit Mufti, j'ai tout perdu sous les bombes : ma maison, ma femme, mes gosses… Ils étaient encore si petits… M. Sabon a appris mon malheur par quelqu'un du village, il est venu me trouver pour m'offrir un toit et un travail.

A cet instant, Mufti s'interrompit, comme si quelque chose le tracassait. Etrange, songea Brianne, comme il paraissait âgé pour avoir de très jeunes enfants. La vie devait l'avoir éprouvé. Avec ses cheveux grisonnants, il aurait pu être son propre père, si celui-ci avait vécu.

— On parle trop, Rashid, conclut-il en désignant la porte du canon de son arme. On s'en va, c'est mieux.

Brianne contempla leurs visages burinés, durement márqués. Ces hommes-là avaient vécu, aimé, souffert. Cela les rendait humains à ses yeux, maintenant, et elle ne se sentait plus du tout en danger auprès d'eux. Comme la vie l'avait gâtée, préservée ! songea-t-elle en se comparant à ses gardes… Jamais elle n'avait eu à affronter la guerre ni à prendre les armes pour sauver sa peau ou protéger des êtres chers.

— Votre sort est injuste, murmura-t-elle. Perdre ceux qu'on aime est horrible.

Mais l'homme était fier. La sympathie de Brianne sembla le mettre mal à l'aise et il préféra ne pas s'appesantir.

— Je ne suis pas plus à plaindre qu'un autre. Le destin n'épargne personne, affirma-t-il. Les êtres humains sont toujours ballotés par les événements, les contingences. La richesse, comme l'extrême pauvreté, décident pour eux. Certaines nécessités mystérieuses, aussi. Tout cela les pousse souvent à faire des choses immorales. Ainsi, mademoiselle, je vais vous révéler quelque chose que je devrais garder pour moi : votre enlèvement était une de ces nécessités immorales. M. Sabon n'avait pas le choix.

Sur le point de passer la porte, il ajouta encore :

— Il n'empêche que notre maître ne vous fera aucun mal. Ses intentions sont honorables ; il ne vous a fait amener ici que parce qu'il y était obligé par des personnes et des circonstances.

Et sur ces mots qui épaisissaient encore le mystère, les

gardes s'inclinèrent devant Brianne et quittèrent la cellule dans un grincement de serrures.

Brianne toucha à peine à son repas. Longtemps après le départ de ses geôliers, elle tournait et retournait encore dans son esprit ce qu'ils lui avaient dit d'eux-mêmes et de leur maître. Au fond, pourquoi avaient-ils cherché à la rassurer ? et à redresser l'image de Sabon ? Ils n'y étaient nullement tenus ; ils outrepassaient leur rôle en laissant ainsi un lien personnel s'établir entre elle et eux, de même qu'en dévoilant le vrai visage d'un homme déconcertant et puissant qui souhaitait justement avancer masqué.

Leur message rassurant la désorientait autant qu'il la soulageait...

Un bruit de voix dans le couloir interrompit ses réflexions. Elle alla coller l'oreille contre la porte, le cœur battant. Et bientôt, les voix se faisant plus distinctes, certaines intonations lui parurent familières. Pourtant, elle ne parvenait pas pour autant à identifier l'homme qui...

Mais soudain, elle sut.

Sabon ! Sabon approchait.

Alors, toute l'angoisse que les gardes avaient réussi à endormir par leurs paroles rassurantes resurgit en Brianne, intacte. Affolée, toutes griffes dehors comme un animal traqué, elle bondit loin de la porte et se réfugia sur la chaise où elle s'assit, raide et crispée, mais prête à résister à tout. Et c'est dans cette attitude que Sabon la découvrit quand le verrou céda et que le battant s'ouvrit sur lui.

A peine entré, le maître jeta durement des ordres et les

gardiens sortirent aussitôt, le laissant seul avec sa prisonnière. Brianne l'affronta du regard — son visage racé et
indéchiffrable, ses yeux insondables, noirs comme des
puits sans fond, la fine cicatrice qui griffait sa joue… Il
semblait que rien ne puisse échapper à la perspicacité de
ce personnage subtil.

D'ailleurs, tout de suite, celui-ci perça Brianne à jour.

— Ne craignez rien, mademoiselle Martin, dit-il en
accompagnant ses paroles d'un geste conciliant. Je ne suis
pas venu chercher ce que vous croyez… Sachez seulement que, vu les circonstances et ce que j'ai en tête, il est
approprié de laisser tout le monde penser que j'ai à votre
endroit des… appétits dépravés. Ainsi on ne s'interrogera
pas outre mesure sur les raisons de votre « disparition » : on
concluera immédiatement que, si je vous ai enlevée à votre
famille, c'est pour me servir sexuellement de vous.

— Mais si ce n'est pas le cas, s'écria Brianne, incapable
de contenir davantage sa colère et sa peur, alors qu'est-ce
que je fais ici ? Ce que vous me dites n'a aucun sens pour
moi ! Que cherchez-vous ?

Sabon vint s'asseoir sur le lit et croisa les jambes tout en
allumant, avec sa coutumière élégance naturelle, l'un des
petits cigares turcs raffinés dont il raffolait.

— Cette chambre n'est pas digne de vous, croyez que
je le déplore, déclara-t-il calmement, mais j'ai dû agir dans
l'urgence. Je vais donner des ordres pour qu'on remédie
très vite à cet inconfort.

— Répondez plutôt à ma question, avant que je crève
de peur ou de dégoût !

— J'essaie tout simplement de vous dire que je ne suis

pas le monstre que vous imaginez. Enlever d'innocentes jeunes filles comme vous ne me fait pas jouir, et je ne les utilise pas à des fins amorales. Quand bien même je les trouve ravissantes — et vous l'êtes, Brianne…

Il marqua une pause, puis ajouta un ton plus bas.

— J'avoue bien volontiers que la tentation serait grande, d'ailleurs, si je vous savais consentante. Et si j'étais encore un homme, bien sûr.

Un homme ?

Brianne suspendit son souffle, incertaine de ce qu'elle devait comprendre là. Ses yeux agrandis posèrent pour elle la terrible question qu'elle n'osait pas formuler. Devant sa stupeur et ses réticences à l'interroger, Sabon eut un rire glaçant.

Puis il se pencha vers elle et dit :

— Puisque vous ne quitterez *jamais* cette île, je vais vous instruire de mon état, et dire à votre place les mots qui vous effraient tant…

… J'ai sauté sur une mine, alors que j'étais en voyage d'affaires en Palestine. Depuis, je ne peux plus coucher avec une femme comme le ferait un homme normal. D'où ces rumeurs qui courent sur mes déviances sexuelles. Imaginez, dit-il avec un geste de dégoût, la bassesse des attaques dont j'aurais été la cible si la vérité vraie s'était répandue… Mieux vaut encore passer pour un monstre de perversité que pour un pauvre émasculé.

— Ce doit être…

— Dévastateur ? Humiliant ? Oui, ça l'est, acheva Philippe Sabon en tirant sur son petit cigare.

Il fixait Brianne, comme s'il la défiait d'exprimer de la

pitié, ou cherchait sur ses traits l'expression d'un sarcasme nourri de vengeance.

Mais en vain. Car malgré le grand soulagement que la jeune femme éprouvait à savoir que Sabon ne la toucherait pas, et en dépit de l'angoisse qu'elle ressentait déjà de l'avoir entendu lui confirmer qu'il ne la relâcherait jamais de l'île, Brianne plaignait de tout son cœur le maître de Jameel.

Celui-ci plissa les yeux.

— Une autre que vous, dans la situation où vous êtes, se réjouirait de mon malheur, lui fit-il remarquer.

— Me réjouir ? Au contraire, répondit-elle avec une sincérité et une tendresse qui la déconcertèrent elle-même.

— Alors, confia Sabon, mais sans se départir pour autant de sa pudeur glacée, vous êtes la femme que j'aurais voulu rencontrer sur ma route. Ma vie s'en serait trouvée illuminée. Hélas, le destin en a décidé autrement. Dans sa rigueur, ajouta-t-il moins sombrement, il m'aura tout de même laissé la dignité d'une mission.

— Une mission ?

— Mon peuple. Désormais, je lui consacre toute mon énergie. Lutter pour lui comble tous mes manques et soigne mes plaies.

— Puisque vous n'êtes pas le monstre que l'on dit, souligna alors Brianne, jurez-moi que vous épargnerez aussi l'homme qui m'accompagnait, mon garde du corps.

Sabon haussa les épaules.

— Je prendrai des décisions plus tard.

— Qu'attendez-vous ?

Il prit le temps de répondre, comme le fin politique

oriental qu'il était, et en homme habitué à calculer ses effets sur ses interlocuteurs.

— De voir comment Pierce Hutton va réagir.

Brianne ne bougea pas un cil ; mais tout son corps se tendit.

— Quand il apprendra votre disparition, poursuivit Sabon, il va forcément se lancer à votre recherche et nous causer de gros soucis, à votre beau-père et à moi.

— Mon beau-père ?

Sabon hocha la tête, se leva, fit quelques pas dans la pièce.

— J'ai impliqué Kurt Brauer dans une stratégie qui vise à amener votre gouvernement à envoyer dans mon pays des troupes armées qui protégeront nos champs de pétrole pendant que nous préparerons les futurs forages.

— Et quel est le rôle de Kurt ?

— Il a payé une bande de mercenaires pour lancer un assaut sur mon pays avant que nos vrais ennemis ne fondent eux-mêmes sur nous. Mais nous attribuerons à ces derniers l'initiative et la responsabilité de cette agression subite. Ceci justifiera que nous réclamions alors l'intervention des Etats-Unis, soutenus par les contacts puissants et persuasifs que Kurt a au Sénat. Votre pays ne se fera pas prier pour couper la route des champs de pétrole à nos ennemis, qui ne sont pas non plus ses amis. Ainsi, je vais palier la faiblesse de mon peuple et le protéger d'une invasion non-dirigée qui le priverait de sa richesse et de son avenir.

— Vous êtes fou…, murmura Brianne, atterrée. Vous allez mettre cette région du monde à feu et à sang. Elle n'en a pourtant pas besoin ! Et si mon pays s'en mêle, d'autres nations puissantes le suivront, qui feront encore enfler ce conflit !

Le regard perdu dans les volutes de fumée de son cigare, Sabon répliqua avec détermination :

— Mieux vaut une guerre que de livrer mon peuple, et ce qui lui appartient, en pâture à des voisins avides. Je ne laisserai personne s'emparer du pétrole que nous avons découvert et l'exploiter à la place du Qawi ! Je ne reviendrai pas en arrière ! Si vous saviez quelle énergie et quelle force de persuasion il m'a fallu pour convaincre notre vieux cheikh de ne pas garder plus longtemps ses richesses enfouies sous le sable ! De les utiliser à servir la cause de la croissance et de l'éducation, et à sauver le pays du désastre. Notre cheikh est un vieil homme ; il croit néfaste de conclure des alliances avec l'Occident, même pour aider au développement de notre nation. J'ai discuté dur, et longtemps avec lui, et je ne renoncerai pas au bien de mon peuple !

— Le bien ! Plutôt des rêves de puissance et de mégalomane ! s'écria Brianne, révoltée.

Touché, Sabon la regarda longuement.

— Décidément, rien n'effacerait la mauvaise image que vous vous faites de moi, mademoiselle... En dépit de mes explications, vous continuez de penser que je suis un monstre, un être vicieux et pervers qui ne vise rien d'autre que son enrichissement personnel, le pouvoir, et qui violente les jeunes filles !

Mais si vous voyez le village de ma grand-mère, là où je suis né, vous comprendriez... Les gens sont démunis, tout leur manque — la nourriture, les soins, l'instruction.

Alors qu'autour de nous nos voisins producteurs de pétrole comptent leur or, nos enfants mendient à leur porte et même le plus pauvre des domestiques qui les chassent, est plus riche qu'eux. N'est-ce pas intolérable ? Cela peut-il durer davantage ?

— Il y a l'aide internationale, objecta Brianne.

Philippe Sabon sourit avec lassitude.

— Que vous êtes naïve… Naïve et confiante. Comme toute jeune fille dont l'assiette est toujours pleine et qui vit dans un pays opulent jusqu'à l'indécence, vous ne soupçonnez même pas l'état de pauvreté dans lequel vivent les deux tiers du monde, mademoiselle !

Quelques nouvelles volutes de fumée, puis Sabon reprit :

— Séjourner dans mon pays serait très instructif pour vous. Vous verriez de vos yeux que l'habitat y est encore très précaire, qu'on tire l'eau du puits, que nos enfants courent pieds nus, qu'ils ne mangent pas à leur faim et ne sont pas vaccinés. La maladie et les fièvres font des ravages. Au Qawi, mademoiselle, vous ne verrez s'élever nulle part une de ces métropoles modernes qu'ont construites nos voisins enrichis par le pétrole… Mais vous semblez enfin touchée ? conclut-il en voyant l'expression désolée qui se peignait sur le visage de Brianne.

— Le tableau que vous brossez paraît si…

— Dramatique, oui. Mais pas désespéré, si je mets tout en œuvre pour éduquer mon peuple et l'arracher à la pauvreté.

Brianne se sentit comme anéantie par ce qu'elle était en train de découvrir. Pas seulement à propos du Qawi, mais aussi de Sabon. Quelle image devait-elle se faire de lui ? Qui était-il exactement ? Un mégalomane dangereux et manipulateur, qui mettait son peuple en avant pour défendre ses propres intérêts et son pouvoir grandissant — ou bien tout simplement l'homme brave, fier, et bon qu'avaient déjà décrit ses gardes et qui défendait devant elle une cause noble et juste ?

Bouleversée, elle resta sans voix et sans arguments. Mais Sabon n'en avait pas fini.

— Et maintenant, je dois affronter un autre problème de poids, dit-il.

— Lequel ?

— Que faire de vous pendant que Kurt intervient en ma faveur auprès de ses contacts américains.

— Ne comptez-vous pas me retenir ici ? me séquestrer dans cette cellule ? répliqua amèrement Brianne en embrassant du regard la pièce. C'est pourtant ce que vous m'avez laissée entendre, tout à l'heure. Mais, mon Dieu, dans quel but !

Il soupira.

— Je vais être honnête avec vous : si je vous ai fait amener ici, c'est pour m'assurer de la coopération de votre beau-père. Pour qu'il continue de croire que je veux vous épouser et allier nos deux familles.

— Je ne comprends pas…

— Il a tout de suite approuvé mon projet de mariage — son âpreté au gain et son avidité de profit ne lui ont pas permis d'y résister — mais il s'est montré plus enthousiaste que je ne l'aurais souhaité : un homme prêt à frapper une jeune fille si elle résiste, ou à frapper la mère de cette jeune fille pour qu'elle fasse pression sur sa fille, cet homme-là devient dangereux. J'ai donc parlé d'enlèvement, au cas où vous résisteriez à ce mariage, afin de me réserver la possibilité de vous éloigner de ses éclats si je le jugeais nécessaire. Or, sa récente conduite m'a montré qu'il était grand temps d'agir…

— Que s'est-il passé ?

— Il a cherché à « convaincre » votre mère du bien-fondé de notre mariage…

— Que voulez-vous dire ? s'enquit aussitôt Brianne, affolée.

Sabon la rassura d'un geste de la main.

— Votre mère n'a rien de sérieux, j'ai pris mes renseignements. Sachez seulement que, par tempérament, j'ai en horreur les hommes qui lèvent la main sur les femmes.

— Mon Dieu…, murmura Brianne. Ma mère n'est décidément plus en sécurité avec cet homme. Et si j'ai bien compris, poursuivit-elle, vous me retenez ici pour que Kurt ne tente rien ni contre vous… ni contre *moi*.

— Exactement, répondit Sabon avec un ses sourires froids. Mais votre beau-père l'ignore. Comme tout le monde, il croit qu'il a livré sa jeune belle-fille en pâture au dépravé que je suis, et que mon impatience à vous posséder m'a conduit à vous kidnapper. Je tiens à ce qu'il continue à le croire.

Des étincelles étranges dansèrent dans ses yeux noirs tandis qu'il ajoutait :

— Je suis certain que votre mère l'a menacé de le quitter si on vous fait du mal. Etonnant, n'est-ce pas, de la part d'une femme qui vous a habituée à plus d'égoïsme et d'opportunisme ?

— Comment en savez-vous autant sur Eve ?

— J'ai mes sources. Partout.

Sabon contempla le visage désolé de Brianne. Il sembla profondément sincère quand il avoua :

— Vous n'êtes peut-être pas la beauté classique dont rêvait votre mère ni qu'elle souhaitait pour fille, mais vos qualités personnelles, la compassion dont vous faites preuve, cette manière si douce d'écouter les autres… tout cela fait de vous un être unique, rare et précieux.

Quand je vous regarde, Brianne, comme en ce moment, je donnerais tout ce que j'ai pour redevenir l'homme que j'étais avant, pour vous épouser vraiment et vous chérir toute ma vie.

Brianne écouta, le souffle court. Aussi inattendus soient-ils, les aveux de Sabon ne sonnaient pas faux, elle le reconnaissait. Cet homme déconcertant et mystérieux se révélait résolument, profondément sincère et vrai avec elle.

Alors, soudain, il lui apparut sous les traits d'un être vulnérable, torturé par les accidents de la vie — un homme pour lequel son cœur se serrra.

— Ne me regardez pas comme ça, ordonna-t-il sèchement, avant de se détourner.

Qu'avait-elle exprimé, à son insu et involontairement, qui offensât ainsi Philippe Sabon ? se demanda-t-elle, secouée. Avait-il cru percevoir chez elle de la pitié ? Ce n'était pourtant pas ce sentiment-là qu'elle éprouvait — plutôt de la compassion, comme il l'avait dit lui-même.

Elle chercha son regard, pour le détromper. Mais, entretemps, il s'était repris et en revint à ses rapports avec Kurt.

— Votre beau-père est devenu ingérable, imprévisible, dangereux pour moi comme pour son entourage. Si je n'en étais pas convaincu, je ne vous aurais jamais enlevée. J'aurais inventé un autre moyen de le tenir dans ma main.

— Ici, vous me protégez de ses manigances… Vous m'avez mise à l'abri, en quelque sorte.

— Oui. Me croyez-vous ?

Brianne se leva, saisie d'émotion, et s'approcha de Sabon. Le démon que l'on décrivait et auquel elle avait elle-même cru, lui glissait entre les doigts. Cependant, elle ne savait pas encore par quel visage remplacer ce masque.

Pourtant, elle prit le parti de la confiance. Timidement, elle posa la main sur son bras.

Ce contact fut une sorte de révélation. Soudain, toute peur la quitta. Elle se sentit simplement… malheureuse. Sabon, lui, venait de baisser les yeux sur cette main posée sur lui avec douceur, surpris de la trouver là. Comme il paraissait pudique, soudain, dans ce moment d'intimité qu'il n'avait sans doute jamais imaginé possible… Brianne songea qu'il avait l'air d'un de ces garçons de son âge, lors d'un premier rendez-vous.

De sa main racée, il toucha Brianne à son tour. Puis il lui demanda en l'attirant doucement à lui :

— Me permettrez-vous… ?

Elle hocha la tête, et, bientôt, elle fut dans le cercle de ses bras. Sabon l'étreignait. Peut-être tout cela n'était-il pas réel, après tout ? songea-t-elle. Peut-être ne fallait-il pas croire à cette histoire de jeune captive consentante qui laissait le geôlier la prendre dans ses bras ? Jusqu'où le fantasme irait-il ? Qu'allait faire le geôlier, à présent que la prisonnière était vaincue ?

Mais Sabon ne fit rien de plus. Il ne franchit pas un degré de plus dans l'intimité, et rien n'indiqua non plus qu'il userait de force si Brianne le repoussait. Il se contenta de toucher les cheveux qui le fascinaient par leur blondeur et leur texture de soie, et elle l'entendit juste soupirer contre son oreille.

Un profond soupir, qui contenait toute la douleur d'un homme.

Alors, pour un instant qui ne se reproduirait peut-être jamais plus, elle posa sa joue contre celle de Philippe Sabon.

Il eut un frisson. Lui, un monstre ? songea alors Brianne. Un criminel ? Un animal ? Non. Juste un homme qui tremblait dans ses bras.

— Est-ce qu'il y a quelque chose à faire ? demanda-t-elle avec toute la délicatesse dont elle se sentait capable.

Il saisit l'allusion à son état physique et répondit d'une voix brisée :

— Non.

Puis il encadra le visage de Brianne de ses mains magnifiques et le leva vers lui. Il avait des larmes dans les yeux et, sans aucune honte, il la laissa l'observer tandis qu'un silence pudique les réunissait.

Même une toute jeune femme comme Brianne pouvait comprendre ce qui se jouait en cet instant dans ces yeux-là : on y voyait des rêves d'amour envolés, des rêves si proches que Sabon en percevait le parfum dans les cheveux de Brianne. Si proches, et pourtant aussi éloignés de lui que les étoiles.

— Si vous saviez…, murmura-t-il. Il ne me reste en partage que mes souvenirs et mes désirs… Mais, désormais, ajouta-t-il avec un sourire tendre, il me restera aussi votre regard sur moi.

Il lui prit les mains, les porta à ses lèvres, puis dit simplement.

— Merci.

Brianne le regarda qui se dirigeait vers la porte, à présent. Il se tint devant quelques secondes, pour reprendre le contrôle de lui-même.

— Avant de partir, je veux vous réaffirmer que vous ne subirez aucune violence, ni de ma part ni de celle de mes proches. Vous avez ma parole. Et si, par hasard, vous aviez… besoin de moi, je suis à votre service.

— Pourquoi, demanda-t-elle doucement, pourquoi faites-vous tout cela pour moi ?

— Peut-être, commença-t-il… Parce que vous avez le cœur le plus admirable qu'il m'ait été donné de connaître et que vous avez réussi à attendrir même un monstre comme moi.

— Vous n'êtes pas un monstre. Vous me l'avez prouvé.

— Si, j'en suis un. Depuis la Palestine, répondit-il. Et je n'avais encore pas mesuré combien, avant l'instant que nous venons de partager.

— Monsieur Sabon, dit alors Brianne. Avant que vous ne partiez… J'ai absolument besoin de savoir…

— Quoi donc ?

Elle baissa les yeux, presque honteuse de profiter de sa générosité en lui dissimulant quelque chose d'important. Mais c'était plus fort qu'elle : elle ne pouvait pas laisser Sabon passer cette porte, sans savoir même s'il reviendrait la voir, et ne pas lui poser la question qui la brûlait de l'intérieur.

— Qu'allez-vous faire de mon garde du corps ? On l'avait installé ici avec moi, et ensuite on nous a séparés.

— Un garde du corps pour protéger votre vertu de mes mains vicieuses, c'est ça ? Pierce Hutton me considère donc comme une terrible menace pour vous.

— Oui.

Sabon eut un rire amer.

— Fut un temps, déclara-t-il, où il aurait peut-être eu raison de s'inquiéter pour votre vertu, en effet. Avec une peau comme la vôtre, des cheveux comme les vôtres, vous auriez valu de l'or pour un homme tel que moi. Après tout, mieux vaut sans doute pour vous que je sois allé en Palestine.

— Taisez-vous ! Ce que vous dites de vous est horrible et ne vous ressemble pas !

Mais il était lancé et de nouveau décidé à se faire passer pour ce qu'il n'était pas.

— Qu'en savez-vous, finalement ? Autrefois, les femmes blanches et blondes valaient vraiment de l'or. A l'époque où florissait le commerce des esclaves, je n'aurais pas hésité à payer votre poids pour vous avoir à moi. Le double, même.

Lassé, cette fois, il consulta sa montre et jeta sèchement :

— Je dois retourner à ma mission, à présent. Les ordres seront donnés pour qu'on pourvoie à tous vos désirs.

Il frappa au battant, et conclut avec un curieux sourire :

— Mufti et Rashid parlent de vous avec beaucoup de respect et d'estime, mademoiselle Martin. Décidément, vous êtes une surprise pour nous tous.

— Comme vous en êtes tous une pour moi, répliqua-t-elle. Les préjugés cèdent quand les masquent tombent.

— Votre sagesse m'impressionne. Et je suis d'autant plus désolé d'avoir à vous retenir ici contre votre gré. Mais l'enjeu est trop lourd, et le danger trop grand, pour que je vous rende votre liberté. Pardonnez-moi.

Une fois qu'elle fut seule, Brianne ne pensa plus qu'au moyen d'amener Sabon à réfléchir. Comme elle se sentait impuissante, face à cet homme déterminé à déclencher une guerre s'il le fallait ! Ne pouvait-elle le détourner de ses projets, le convaincre que sa logique n'était pas la bonne, qu'il pouvait sauver son pays autrement qu'en provoquant un conflit ? Il fallait arrêter cette machine infernale ! Empêcher Kurt d'agir à Washington ! Avertir quelqu'un des plans que Sabon avait en tête ! Mais, mon Dieu, comment ? et qui ?

« Pense d'abord à te sortir d'ici ! s'ordonna-t-elle alors. Avec Pierce. » Car, en dépit de toute l'exquise courtoisie dont Sabon avait fait preuve, en dépit de l'assurance qu'il lui avait donnée qu'elle n'avait rien à craindre de lui, elle savait bien ce que le maître de Jameel éprouverait quand il découvrirait qui était vraiment « Jack ». Il verrait qu'il tenait dans le creux de sa main son rival, son ennemi, et qu'il n'avait qu'à refermer les doigts pour le broyer !

Résisterait-il à cette jouissance-là ?

Sûrement pas. Au contraire, il utiliserait probablement Pierce. Pour laisser la vie à son otage et le restituer à son pays de résidence, il exigerait une contrepartie — de l'argent ? des armes ? quoi d'autre ? Ici, sur ces territoires pauvres, un riche Occidental valait lui aussi de l'or, et courait un très grand danger.

Une fois de plus, elle observa sa cellule sous tous les angles, cherchant désespérément le moyen de s'échapper. Impossible de grimper jusqu'à la fenêtre, impossible aussi de venir à bout des solides barreaux. Quant à la porte, elle était verrouillée et gardée. Brianne pouvait-elle tenter de jouer avec les émotions de ses gardes et de les amadouer afin qu'ils lui ouvrent ?

« Et après ? songea-t-elle en secouant la tête. Tu espères peut-être les mettre K.-O. ? Des costauds comme eux, armés, en plus ? Pauvre fille… ». Malgré toute l'estime qu'ils semblaient lui porter, ni Rashid ni Mufti n'hésiteraient à appliquer les ordres et à tirer si elle cherchait à gêner les projets de leur maître.

Le maître de Jameel… Cet homme à l'étrange attitude la laissait décidément perplexe. Hier encore, elle tremblait à la seule idée de le voir, dégoûtée par la rumeur qui souillait sa personne. Et aujourd'hui, il avait réussi à chasser toute mauvaise pensée de son esprit et à provoquer sa sympathie. N'y avait-il pas de quoi être bouleversée, déconcertée ?

Aussi longtemps qu'elle vivrait, elle garderait à la mémoire le regard voilé de larmes de cet homme quand elle lui avait ouvert les bras...

« Est-ce que tu oublies que tu es l'otage ? la victime ? se reprit-elle soudain, tandis qu'elle se voyait prendre fait et cause pour son ravisseur. Tu ne vas tout de même pas pousser la sympathie jusqu'à lui donner raison ! » Pierce aurait ri de sa folie. D'ailleurs, elle-même eut envie d'en rire.

En ce moment, qu'étaient-ils en train de lui faire, à Pierce ? Une rougeur lui monta aux joues. Mon Dieu, elle devinait sans peine ce qu'il éprouverait lorsqu'il découvrirait qu'il n'y avait rien à redouter du maître de Jameel, sexuellement parlant ! Ils avaient fait l'amour dans la crainte d'un danger qui n'existait pas. Dans ces conditions, elle n'oserait sans doute pas avouer qu'elle pouvait parfaitement être enceinte...

De toute façon, Pierce ne voulait ni d'elle ni d'un bébé ; aussi les aveux n'étaient-ils vraiment pas nécessaires. Tout ce qui importait, maintenant, c'était de quitter cette île maudite ! Plus tard, beaucoup plus tard, quand elle serait en sécurité sur le sol américain — si elle arrivait jusque-là —, elle disposerait d'un temps infini pour s'inquiéter de la réaction de Pierce, et pleurer sur leur bonheur impossible.

Chapitre 9

Tate Winthrop raccrocha le téléphone. Son observateur — l'un des nombreux hommes de son réseau personnel à surveiller la situation internationale — venait de lui en dire suffisamment pour qu'il mette fin à la communication.

Posté près de la baie vitrée de son immense appartement, il posa un regard pensif sur les lumières de Washington, à cette heure de la nuit. La ville scintillait comme une caverne au trésor. C'était beau — mais tellement moins bouleversant que les couleurs du soleil lorsqu'il se couchait sur la terre indienne qui l'avait vu naître. La terre sioux de Pine Ridge.

Tate détourna les yeux du tableau nocturne et mouvant qui s'offrait à lui en contrebas, pour contempler une photo encadrée sobrement et posée sur le bureau : celle d'une jeune femme blonde aux yeux bruns. Cecily. Cette photo, Tate la cachait chaque fois que Cecily venait souper avec lui — ce qui ne se produisait qu'occasionnellement, et quand les Smithsonian ne la retenaient pas. Il la cachait, oui, car il n'était pas question que la jeune femme devine la profondeur des sentiments qu'il éprouvait pour elle.

Ni qu'elle apprenne ce qu'elle lui devait.

Car si Cecily travaillait aujourd'hui auprès du FBI pour exercer son métier d'expert en anthropologie, c'était qu'il lui avait ouvert des portes, sans qu'elle le sache. Il lui avait évité d'affronter la méfiance machiste d'un milieu d'hommes. Il l'avait aussi arrachée aux griffes de sa famille, afin qu'elle puisse faire des études.

C'était son secret, et Tate tenait à ce que ce secret ne s'évente jamais. Qui sait si Cecily n'aurait pas voulu s'acquitter de sa dette, dans le cas contraire ?

Qui sait aussi, si elle n'aurait pas cherché à aller un peu plus loin avec lui, en découvrant qu'il possédait une photo d'elle et qu'elle ne le quittait pas de la journée, toujours à sa place, sur le bureau, et qu'il la regardait mille fois par jour ?

Seulement voilà, Tate ne permettrait jamais que la moindre intimité physique se noue entre eux. Jamais il ne courrait le risque de mêler son sang à celui d'une femme d'une autre race, de donner naissance à un gosse déchiré entre ses deux identités et qui grandirait avec cette blessure.

Tate soupira. Si Cecily avait été indienne, comme lui, il n'aurait même pas hésité à se laisser tenter.

Du regard, il caressa la photo : ce visage aux traits délicats, cette beauté incroyable. Oui, Cecily Paterson était une femme superbe. Et aussi une belle personne, courageuse, pleine d'esprit, vive comme l'éclair. Elle était sa faiblesse, son talon d'Achille, son unique vulnérabilité.

Et justement, depuis quelque temps, elle le rendait plus vulnérable que jamais.

Aussi, d'une certaine façon, le téléphone avait sonné très opportunément pour le rappeler aux réalités dont le distrayait Cecily Paterson. Ce qu'on venait de lui dire allait l'éloigner d'elle et lui permettre de reconstituer ses défenses contre les sentiments qu'elle lui inspirait.

De temps en temps, il n'avait plus le choix : il fallait qu'il parte, qu'il la fuie. Parfois, cet exil imposé le mettait à l'agonie ; de même que résister à la folle envie de la coucher dans son lit lui demandait un effort surhumain.

Il fallait des nerfs d'acier — et beaucoup de scrupules — pour ne pas succomber.

Dire que cela durait déjà depuis des années…

Tate s'approcha du bureau, en fit le tour machinalement en laissant courir ses doigts sur la surface de bois. Comment allait-il s'y prendre pour retrouver la trace de Pierce Hutton ?

Celui-ci avait fait demander qu'on envoie deux hommes l'attendre à l'aéroport de Freeport. Seulement, l'avion avait atterri et Pierce demeurait introuvable.

Personne ne l'avait vu débarquer à Freeport, il ne s'était pas non plus présenté à l'hôtel où il avait retenu une chambre sous un faux nom.

Quant à Brianne Martin, elle s'était évanouie dans la nature elle aussi.

Autrement dit, quelqu'un les avait fait disparaître.

Or, Tate avait déjà son idée sur l'identité du prestidigitateur qui avait réussi ce tour : Sabon.

Il s'étira, fatigué par les heures de réflexion qui l'avaient mené jusqu'au cœur de la nuit, et dénoua ses muscles. Puis il passa une main lasse sur son front et lissa la masse noire de ses cheveux, qu'il portait longs et nattés comme les hommes de son peuple. Des cheveux qui lui valaient bien des regards curieux, dans le monde blanc où il évoluait. Mais Tate se serait fait tuer plutôt que de les couper. Ils faisaient de lui un dépositaire respectueux de traditions et de croyances préservées, transmises par des générations et des générations de Sioux. Ainsi croyait-il lui-même aux objets magiques. D'ailleurs, la seule fois où il avait eu l'audace de braver les esprits de ses ancêtres en coupant ses cheveux, il avait frôlé la mort. Une balle l'avait atteint en pleine poitrine, pendant une mission pour une agence gouvernementale secrète. Depuis cet étrange rappel à l'ordre, il se contentait d'un discret coup de ciseaux de temps à autre. Rien de plus.

Il était peut-être temps de prendre un peu de repos, à présent, songea Tate, en prévision des heures dangereuses d'intense vigilance qui l'attendaient là où il s'apprêtait à partir. Il entra dans la salle de bains et sortit de l'armoire à pharmacie une petite boîte dont il allait avoir grand besoin. Elle contenait les précieuses ampoules d'adrénaline qui le gardaient éveillé en cas d'attente prolongée ou d'extrême fatigue.

Déjà, l'excitation envoyait dans ses veines de quoi faire battre son cœur comme un fou : la suite des événements serait forcément périlleuse mais, bon sang, il adorait son métier.

Pierce enrageait. Bouclé dans sa minuscule cellule, il s'acharnait en vain contre la serrure avec une grosse agrafe de bureau, trouvée par hasard dans le tiroir de la table. C'était une partie perdue d'avance, il le savait bien, mais il avait voulu la jouer tout de même, par acquit de conscience, et aussi pour apaiser l'insupportable impression qu'il éprouvait de subir son sort dans la plus totale impuissance.

Mais, en dépit de tous ses efforts, le verrou ne bougeait pas. Si bien que Pierce écrasa l'agrafe du talon et se jeta de toutes ses forces contre la porte dans un cri de colère, et ne réussit qu'à s'écraser douleureusement l'épaule.

Bon sang, combien de temps encore allait-on le maintenir dans cette pièce, loin de Brianne ? Il était fou d'inquiétude de la savoir seule à la merci des gardiens, d'imaginer que ces deux types pouvaient lui faire du mal sans qu'il ait aucun moyen d'intervenir ! Qui sait si Sabon ne les laissait pas profiter de ses victimes ? On pouvait attendre le pire de ce démon ! Et si quiconque touchait à un seul des cheveux de Brianne, Pierce ne se le pardonnerait pas. Une vie ne lui suffirait pas à s'en remettre.

Un bruit attira soudain son attention. Une rumeur, plutôt. Des voix, dans le couloir, qui bientôt se précisèrent. Quelques pas de plus, et Pierce n'eut plus aucun mal à reconnaître le timbre et l'intonation de quelqu'un qu'il avait si souvent entendu : Sabon.

L'heure de vérité avait donc sonné ? Allait-il être découvert et se retrouver face à son rival ? Pierce colla l'oreille contre la porte.

— Nous sommes allés trop loin pour que je puisse me permettre de les relâcher, disait Sabon à un autre homme qui l'accompagnait.

— Vous ne comptez tout de même pas éliminer la petite ? s'exclama l'autre.

— Pour qui me prenez-vous ? Je n'ai l'intention d'éliminer personne. Mais je ne prendrai pas le risque de les libérer avant que nous ayons atteint notre objectif. J'ai besoin de cette intervention américaine et de la protection des Etats-Unis ; or, je pense qu'ils ne me suivraient plus s'ils apprenaient que je détiens deux de leurs ressortissants — même si mes motivations sont honorables.

— D'accord. Seulement on pourrait peut-être installer la jeune fille dans un endroit plus confortable...

— J'y ai réfléchi. La vieille citadelle, sur le continent, me paraît appropriée.

— Et Hutton ?

— Toujours pas de réaction. Apparemment, il est dans l'Ouest.

— Eh bien, souhaitons qu'il y reste tant que Kurt n'a pas bouclé les transactions à Washington ! Sans compter qu'avec leurs foutues chaînes d'information continue, il sera bien assez tôt au courant...

— Je ne suis pas absolument certain qu'il ait les moyens de nous couper l'herbe sous le pied, de toute façon...

— Lui ? Allons, Sabon, ne sous-estimez pas Hutton !

— Ce que je veux dire, c'est qu'il n'est pas plus Américain que moi : son pouvoir de pression est donc limité. Kurt, au contraire, a la double nationalité, ce qui nous donne un avantage, à travers lui. Venez, je veux voir si les hommes de Kurt sont arrivés...

Sur ces mots, les voix s'éloignèrent, laissant Pierce avec ses réflexions. A en juger par ce qu'il venait d'entendre, et contre toute attente, Brianne n'était pas du tout la priorité de Sabon : il était avant tout question de stratégie politique, dans cette conversation. Et Kurt était impliqué.

Mais de quelle stratégie s'agissait-il ?

Démuni, impuissant, Pierce ne pouvait se raccrocher qu'à l'espoir — c'est-à-dire prier pour que Tate soit déjà sur sa piste, et accomplisse l'exploit de débarquer ici.

Les heures qui suivirent furent agitées. Depuis sa chambre, postée derrière la porte, Brianne participait avec inquiétude au mouvement incessant qui animait les couloirs. Elle n'avait pas revu ses geôliers, depuis la visite de Sabon ; sans doute étaient-ils occupés, comme les autres hommes, à préparer… quoi, au juste ? On marchait à pas vifs et déterminés, des cliquetis métalliques inconnus accompagnaient des ordres lancés sèchement. Il semblait à Brianne que toute une armée se déplaçait. Et au-dessus de sa tête, elle entendait des grondements de moteurs et de rotors…

A l'idée que Sabon était en train de mettre son plan à exécution, elle frissonna. C'était insensé ! songea-t-elle. Cet homme avait réellement l'intention de lancer une agression contre son propre peuple et de déclencher une escalade de violence ! Jusqu'où Kurt était-il informé de cette stratégie diabolique ? Que savait-il, exactement, de ce qui avait germé dans le cerveau de Sabon ? Mon Dieu, dire que Eve et Nicholas évoluaient dans l'entourage de ces deux personnages infiniment dangereux…

N'y tenant plus, morte de peur, Brianne poussa le long

du mur les quelques meubles dont elle disposait, les empila comme elle put, et, déjouant les lois de l'équilibre, se hissa au sommet de la pyramide branlante avant de s'accrocher au bord de la fenêtre pour essayer de voir ce qui se préparait à l'extérieur. Mais elle ne réussit à voir que les pales d'un hélicoptère qui faisaient vibrer l'air saturé de chaleur et celui-ci s'apprêtait à décoller.

La panique se saisit d'elle tandis qu'elle dégringolait jusqu'au sol et courait tambouriner contre la porte. On n'allait tout de même pas la laisser se faire tuer ici ? Sabon n'irait pas jusqu'au bout de son plan ? il ne tuerait pas ses propres gens dans le seul but de faire croire à une agression ? Forcément, ce serait une simulation !

Mais rien, aucun raisonnement ne parvenait à rassurer Brianne. Affolée, elle allait d'un mur à l'autre de sa chambre comme un insecte pris au piège. Et lorsqu'elle entendit se produire une explosion, elle crut que son cœur allait s'arrêter de battre. D'où venait cette déflagration ? du continent ? marquait-elle le début des violences armées ?

Figée d'angoisse, à présent, elle réfléchissait à toute allure, essayant désespérément de comprendre ce qui lui arrivait. Kurt était aux Etats-Unis ; il était au courant, pour l'agression ; il allait agir en conséquence ; le Sénat serait informé de la situation explosive au Qawi…

Non, non, on ne déciderait pas précipitamment d'une intervention américaine. Il faudrait des consultations, des avertissements, cela prendrait du temps… Le danger n'était donc pas imminent, conclut Brianne. Elle devait recouvrer un peu de sang-froid, de la lucidité, cesser d'imaginer qu'elle était déjà au cœur d'une guerre.

Elle s'obligea à s'asseoir, à respirer, à penser positivement, et à se concentrer sur son propre sort, ainsi que sur celui de Pierce. Et bientôt, alors qu'elle reprenait progressivement la maîtrise d'elle-même et réussissait à s'isoler du bruit et de la fureur extérieurs, des images montèrent en elle jusqu'à envahir son esprit. Que lui importait ce qui se passait actuellement au-dehors, finalement, alors qu'elle était peut-être enceinte d'un petit être ?

Elle se laissa aller à rêver d'un petit garçon rieur. Il aurait les yeux noirs de Pierce, la même masse drue de cheveux sombres et brillants que lui... Un rêve bien triste puisque Pierce ne voulait ni d'elle ni d'un enfant. Margo continuait de régner depuis sa tombe. Même au plus fort de l'intimité, alors que Brianne s'abandonnait corps et âme, comme jamais encore auparavant, et qu'elle se donnait tout entière à Pierce, elle avait entendu son époux prononcer le nom fatal. « Margo... », avait-il murmuré à son oreille, dans la presque inconscience du plaisir. Elle avait essayé de ne pas s'en souvenir ; pourtant, l'écho continuait de la frapper au cœur.

Brianne ferma les yeux, s'efforçant d'étouffer sa mémoire. Au fond, elle et Pierce n'avaient rien partagé de vrai. Elle n'était que la misérable remplaçante charnelle d'un fantôme que son époux aimait toujours. Ce n'était pas elle, Brianne, qu'il avait tenue dans ses bras, tout à l'heure, mais Margo !

Et dire qu'elle avait failli lui dire qu'elle l'aimait ! Maintenant qu'elle prenait conscience du peu de place que lui accorderait jamais Pierce, elle se félicitait de s'être tue, de ne pas s'être humiliée davantage.

Assez ! songea-t-elle alors en s'enveloppant de ses bras, frissonnante de colère et de chagrin. Elle allait devenir folle, seule, dans cette cellule, si elle ne s'obligeait pas à se reprendre. Le temps viendrait, un jour, d'affronter tout ce qui la faisait souffrir en tant que femme.

Mais que venait-elle d'entendre ? On aurait dit le choc d'un caillou contre du métal. De nouveau, le bruit se produisit. Brianne leva les yeux vers la fenêtre. A cette heure, la lumière était éblouissante et la chaleur étouffante, si bien qu'elle dût mettre sa main en visière. Et soudain, quelque chose passa entre les barreaux et tomba à ses pieds, sur le sol. Elle se pencha. C'était bien une pierre enveloppée dans du papier. Alors, fébrile et incrédule, Brianne défroissa le papier et vit apparaître un message grossièrement écrit en lettres bâton : « ATTIREZ LEUR ATTENTION. »

Des larmes irrépressibles lui vinrent aux yeux. Il y avait donc du secours à l'extérieur ! Quelqu'un était arrivé jusqu'à elle ! Il fallait juste qu'elle leur donne un coup de pouce, qu'elle se montre à la hauteur !

Vite, elle fourra le papier dans sa poche. Puis, sans plus réfléchir, elle se mit à hurler.

De l'autre côté de la porte, la réaction fut immédiate. Sabon avait donné des consignes ; les gardes devaient veiller sur elle et sur ses moindres besoins. Aussi ses hurlements déclenchèrent-ils aussitôt des bruits de pas précipités et de clés.

Mais le geôlier n'eut même pas le temps d'entrer. Une ombre parut surgir du mur et fondit sur lui, avant de le neutraliser d'un coup de crosse sur la nuque. Des hommes en noir, masqués, se débarrassèrent silencieusement et méthodiquement de tous les gardes qui arrivaient, arme au poing, les uns derrière les autres. Jusqu'à ce que la voie soit libre.

Figée de stupeur, Brianne regarda la scène se dérouler comme dans un rêve.

— On y va, lança l'un des hommes en noir. Ne me lâchez pas d'une semelle et restez toujours juste derrière moi. Mon nom est Tate Winthrop.

— Savez-vous où se trouve Pierce ? demanda Tate tandis qu'ils commençaient leur prudente progression dans le couloir.

— Pas du tout, chuchota Brianne en jetant des regards affolés autour d'elle. On nous a séparés tout de suite après notre arrivée ici.

— Alors, on va le trouver.

Un sifflement très semblable à celui d'un oiseau se fit entendre. Tate s'arrêta aussitôt, en alerte. Puis il répondit par un sifflet similaire, et se remit doucement en marche. Le couloir faisait un coude, dérobant à leur vue la perspective du corridor. Et soudain, avant même qu'elle ait pu comprendre ce qui se passait, Brianne entendit des coups de feu et vit s'effondrer aux pieds de Tate des hommes en treillis surgis de nulle part.

— Ne regardez pas, ordonna Tate, avancez !

Elle fit ce qu'il disait mais la terreur ruisselait en sueur froide le long de son dos, de ses tempes, entre ses seins. Enjamber ainsi, en toute indifférence, les corps d'hommes qui étaient peut-être en train de mourir, lui donnait envie de vomir. Elle déglutit, déglutit encore, pour refouler la nausée qui lui soulevait l'estomac et ne pas s'écrouler en sanglots. Qui étaient ces hommes en treillis ? Ils avaient la peau claire, certains étaient blonds. S'agissait-il des mercenaires payés par Kurt pour le compte de Sabon ? Ces hommes-là ne semblaient pas jouer à la guerre, en tout cas — ils la faisaient, contrairement à ce qu'avait prétendu Sabon ! Quand ils s'étaient jetés sur Tate Winthrop et son commando, ils avaient l'air prêts à tuer.

Sabon avait menti.

— Ça y est, annonça Tate en ajustant son oreillette. On vient de localiser Pierce. Encore quelques secondes, et il sera libre ; juste le temps qu'on vienne à bout de cette foutue serrure.

— Et si d'autres hommes nous coupent la route ? murmura Brianne, tremblante.

— Pour l'instant, ils ont trop à faire sur le continent pour s'intéresser sérieusement à nous. Seulement, ça ne va pas durer longtemps. Dès que Sabon sera de retour sur l'île, les choses seront moins faciles.

— Il dit qu'il veut sauver son peuple...

— Et vous le croyez ? Nous ne sommes pas dans un monde parfait, mademoiselle Martin.

A cet instant, deux silhouettes se profilèrent. Un homme en noir — suivi de Pierce. Un soulagement indicible et un irrépressible élan emportèrent Brianne. Et comme elle allait se jeter dans le couloir à la rencontre de Pierce, Tate referma une poigne de fer sur son bras et la tira violemment en arrière.

— J'ai dit, derrière moi ! ordonna-t-il, les dents serrés, en la clouant de son regard glaçant. Vous êtes folle ?

Et maintenant, on se bouge ! On a deux minutes pour débarrasser le plancher avant que tout saute !

— Quoi ? hurla Brianne.

— J'ai miné tout leur central de communication. Allez, venez !

Ils se mirent tous à courir, entraînant dans leur fuite éperdue Brianne qui trébuchait, les yeux brouillés de larmes. A travers son cauchemar éveillé, les voix de Pierce et Tate Winthrop lui parvenaient comme dans un brouillard qui aurait absorbé les sons. Le second informait le premier des démoniaques manigances de Sabon : l'agression simulée, la mise en cause truquée du pays voisin, la provocation d'une intervention américaine…

— Bon Dieu ! jura Pierce. On ne peut pas arrêter ça ?

— C'est le temps qui risque de manquer. La décision américaine peut être prise très vite et sans consultation, dans un cas pareil. Les intérêts géopolitiques et économiques des Etats-Unis sont touchés de trop près pour que notre gouvernement reste les bras croisés à regarder le Qawi s'enflammer et les champs de pétrole lui échapper !

A présent, ils entendaient rugir le rotor de l'énorme hélicoptère militaire qui les attendait devant la demeure. Encore quelques mètres, et ils monteraient à bord. La liberté était au bout de leurs doigts.

Enfin, ils passèrent la grande et lourde porte qui s'était refermée sur eux quelques heures auparavant, faisant d'eux des prisonniers à la merci du maître de Jameel. Puis ils coururent courbés en deux vers le terre-plein qui les séparaient encore de l'appareil, et embarquèrent. Sitôt à bord, Tate fit signe au pilote. L'appareil s'éleva au-dessus du sol dans un tourbillon de sable et de chaleur. L'instant d'après, sa carcasse rugissante devenait la cible d'une véritable pluie de balles.

— Ça y est, Sabon est au courant ! hurla Winthrop pour couvrir la fureur générale. Six, cinq, quatre…

Encore quatre secondes, et une énorme explosion transforma en brasier les bâtiments que dominait maintenant l'hélico.

— Seulement, il n'a plus aucun moyen d'appeler du renfort depuis l'île, ajouta-t-il.

— Il faut qu'on fiche le camp aussi vite que possible vers les Etats-Unis ! déclara Pierce. L'avion, où l'as-tu laissé ?

— Sûrement pas à l'aéroport. Bien trop risqué. Il est…

Winthrop n'acheva pas. Son sourire satisfait s'évanouit en même temps que la radio crachait dans une langue rude des informations contrariantes confirmées par le pilote.

— Merde, il va falloir se poser. Et dès qu'on peut ! maugréa-t-il sombrement. Les hommes de Sabon ont détruit l'aéroport, les pistes sont impraticables. Et ils ne s'en sont pas tenus là : ils ont trouvé l'avion. C'est foutu.

— Alors, il n'a pas pris des amateurs, déclara Pierce. Ses gars sont entraînés.

— Je suis bien placé pour le savoir : c'est moi qui ai formé au moins deux de ceux qui ont fait le coup. On a tous travaillé ensemble pour le gouvernement.

Tate baissa les yeux et observa la situation au sol.

— J'aurais peut-être mieux fait de m'abstenir, conclut-il avec une amère ironie.

Puis il donna ses ordres au pilote, et expliqua à Pierce :

— Vu le tour que prennent les événements, notre pilote n'est pas en sécurité avec nous à bord. Si nous ne voulons pas qu'il y laisse la vie, il faut que nous quittions ce chopper.

— Tu as un plan B ? s'enquit Pierce.

— On va sauter dans un cargo. Ils ne sont pas regardants sur la nationalité et la situation des passagers, du moment qu'on y met le prix.

— Tu as du cash ?

— Evidemment.

Tate se pencha par-dessus le siège et extirpa une mallette.

— Il y en a autant dans une autre mallette, précisa-t-il.

— Et que vas-tu faire de tes hommes ?

— Ils ont leurs ordres.

Brianne reprenait lentement conscience de ce qui l'entourait. Le cauchemar n'était pas fini, elle l'avait bien compris, et l'énorme insecte qui les transportait pour l'instant n'était pas la bulle de sécurité qu'elle avait d'abord crue. Mais au moins se trouvait-elle auprès de Tate Winthrop et de Pierce — deux hommes dont elle était certaine qu'ils ne lui voulaient aucun mal et qu'ils feraient tout ce qui était en leur pouvoir pour la mettre à l'abri et la ramener aux Etats-Unis. Quant aux autres hommes, elle ignorait toujours qui ils étaient. Aucun d'eux n'avait enlevé son masque, et ils ne disaient pas un mot.

— Alors, je ne saurai jamais quel visage ils ont ? demanda-t-elle à Tate.

— C'est inutile, puisque vous ne les reverrez plus, répondit-il.

Puis il vérifia son arme et tira de sa veste un pistolet automatique qu'il vérifia aussi avant de le tendre à Pierce.

— Tu saurais encore t'en servir ?

Pierce hocha la tête. Il se saisit de l'arme, l'observa, la fit tourner dans sa main en la soupesant, et il la glissa dans la poche arrière de son pantalon. Au milieu de ces hommes, Brianne se sentit soudain terriblement mal à l'aise. Tous, Pierce compris, connaissaient le maniement d'une arme, certains avaient sans doute tué au moins une fois — elle, elle était inexpérimentée et inutile.

Elle se recroquevilla dans son siège et observa le pilote, puis regarda par le hublot le sol au-dessous d'eux. L'appareil amorçait sa descente à proximité de ce qui ressemblait à un petit port. Le bourg grouillait de monde, mais au milieu de tous ces costumes traditionnels, il n'allait pas être facile de passer inaperçu...

Quelques instants après, le pilote posait le chopper au milieu des sables, suffisamment loin du bourg pour ne pas être remarqué, mais suffisamment près aussi pour qu'il reste accessible à pied. Sitôt Brianne, Pierce et Tate débarqués, le pilote leur jeta un énorme sac de marin. Puis, sans s'attarder, il s'envola de nouveau en leur faisant un signe d'adieu.

— Et maintenant ? demanda Brianne.

— Maintenant, reprit Tate qui ôta son masque et lui révéla son visage, on va se fondre parmi ses gens !

Lui, peut-être, se dit-elle, atterrée. Avec son teint si mat, ses traits rudes et typés, ses yeux noirs et presque bridés — mais elle, blonde comme les blés, et dont les transparents yeux vert clair ne pouvaient pas passer pour ceux d'une fille d'ici ?

— Je ne te remercierai jamais assez Tate, déclara Pierce avant qu'elle ait pu faire valoir ses réserves. Sans toi, on ne s'en serait pas sorti de sitôt.

— Tu me paies pour ça, non ? répliqua Tate dans un grand sourire, tandis qu'ils échangeaient une longue et chaleureuse poignée de main. J'aurais mauvaise grâce de ne pas t'en donner pour ton argent !

— Comment nous as-tu dénichés ?

— Pourquoi veux-tu toujours tout savoir ? Garde donc aux choses leur délicieux mystère !

— Vous avez juré le secret ? lança Brianne, qui sentait venir un peu de soulagement et recouvrait son humour.

— S'il n'avait juré que celui-là ! rétorqua Pierce. Cet homme est un secret à lui tout seul ! C'est comme ça qu'il tient ses ennemis.

Mais Tate avait déjà repris son sérieux.

— Sauf que cette fois, je ne sais pas comment arrêter Brauer avant qu'il intervienne à Washington et mette le feu aux poudres. Il m'aurait fallu un téléphone, une radio, quelque chose — seulement ici, il n'y a rien. Et communiquer depuis un bateau me semble très risqué.

— Alors, on verra ça quand on pourra. En attendant, on s'habille ?

— Comment ça, on s'habille ? demanda Brianne.

En guise de réponse, Tate déballa sous ses yeux étonnés et las le contenu du sac de marin — d'amples vêtements traditionnels blancs, chemise et pantalon, ainsi qu'un foulard à draper sur la tête et les épaules, comme en portent les hommes de la région.

— Enfilez tout ça, dit-il. Surtout vous, Brianne, cachez vos cheveux, et drapez le foulard très bas sur votre front afin qu'on ne remarque ni votre blondeur ni vos yeux. Sinon, vous seriez aussi visible qu'un phare en pleine mer, ici !

— Je sais, répondit-elle en se glissant dans les vêtements. Je vaux de l'or, dans cette région du monde. Au moins le double de mon poids.

A ces mots, Pierce fronça les sourcils.

— C'est Sabon qui t'a dit ça ?

— Absolument. Il sait m'apprécier à ma juste valeur, lui. Il a dit que j'aurais fait une esclave précieuse et très recherchée.

— Vraiment ? reprit Pierce dont le regard s'était assombri de contrariété. Et toi, tu l'as cru, idiote !

— Pourquoi me mentirait-il ?

— Parce que c'est un salaud !

— Je n'en suis plus si sûre...

C'était le mot de trop ; Brianne vit la colère éclater dans les yeux de Pierce.

— Comme c'est intéressant ! lança-t-il. Nous serions-nous mariés inutilement, alors ?

« En tout cas, songea Brianne, pas pour les bonnes raisons, hélas. » Pour ne rien arranger, il n'était plus question d'annulation, maintenant que leur mariage avait été consommé — à moins qu'ils ne se mettent d'accord, elle et Pierce, pour mentir sur le degré d'intimité de leurs relations. Non, la seule issue, c'était le divorce. En somme, elle serait une femme divorcée avant même d'avoir été vraiment une épouse.

Elle regarda Pierce au fond des yeux et se sentit rougir, en même temps que lui revenaient les souvenirs de leur passion, dans la cellule de Jameel. C'était bien le seul moment, de tout le temps qu'ils avaient passé ensemble, où il s'était abandonné à lui montrer ses sentiments.

S'il en avait.

Depuis, il mettait un point d'honneur à reléguer cet épisode au fond de sa mémoire, se concentrant entièrement sur ses conversations avec Tate.

— Tout le monde est prêt ? Alors, en route, ordonna ce dernier.

Finalement, il n'était pas si difficile de se frayer un passage au milieu des autoctones, ainsi vêtu. Et d'autant moins que, comme dans n'importe quel port, se mêlaient à la foule locale des marins venus de loin, dont le type et la complexion s'éloignaient souvent des traits arabes. Il aurait été impossible de se cacher dans un petit village de l'intérieur, où tout le monde connaît tout le monde ; mais ici, le mélange des hommes et l'activité incessante des bateaux et des marchands assuraient un formidable anonymat.

Même à la blonde Brianne. Enveloppée des pieds à la

tête, elle avait juste l'air juvénile d'un garçon dont le teint très pâle différait des figures burinées de ses camarades.

Elle respira très fort. De nouveau, l'air de la liberté semblait souffler pour elle. Dans le vent chaud du désert et de la mer, les amples chemises flottaient, et les foulards ressemblaient à de longues écharpes d'écume ou aux étendards d'anciens guerriers. Et s'il n'y avait pas eu tant de pauvreté tout autour, le bonheur semblait presque au rendez-vous.

La pauvreté… Sabon ne mentait pas, quand il lui avait dit qu'elle ne trouverait jamais, au Qawi, une de ces villes modernes que les autres pays de la région avaient élevées.

A présent, Tate les guidait vers un petit cargo.

— On va embarquer là-dessus, glissa-t-il. J'ai un contact avec le capitaine.

— On peut se fier à lui ? s'enquit Pierce.

— On ne peut se fier à personne, ici. Mais si on met le prix, il sera peut-être honnête. Restez ici, tous les deux, je monte à bord négocier.

Sur ces mots, Tate emprunta la passerelle et disparut à l'intérieur du cargo. L'équipage allait et venait du pont au quai et du quai au pont, chargeant et déchargeant une cargaison qui semblait inépuisable. C'était la première fois depuis leur délivrance que Brianne se trouvait seule avec Pierce. Et, bizarrement, elle ne se sentait plus du tout à l'aise près de lui.

— Alors, voilà donc le fameux Tate Winthrop, murmura-t-elle, incapble de trouver mieux pour masquer sa gêne et briser le silence.

— Oui. Assez impressionnant, n'est-ce pas ?

Elle acquiesça d'un signe de tête. Rien ne lui venait. Elle ne réussissait même pas à regarder Pierce — son propre mari !

Pierce sentit l'émotion de Brianne. Il la tourna vers lui, l'obligea à lever les yeux. Comme il se sentait coupable, quand il lisait dans ces grands yeux-là ! Bon sang, il se rappelait très bien, en effet, l'avoir appelée par le nom de Margo, quand ils faisaient l'amour à Jameel. Elle n'avait pas tort de le lui reprocher — comme en ce moment, sans rien dire.

— Je suis désolé, admit-il sans avoir besoin de préciser. Je t'avais dit que je n'étais pas prêt pour ça.

Brianne saisit tout de suite ce qu'il voulait lui dire.

— Deux ans, Pierce... La plupart des gens seraient prêts, après tant de temps.

— Elle était toute ma vie.

— Je sais. Et ça n'a pas changé, malheureusement pour moi, dit-elle en se dégageant. Enfin, ajouta-t-elle avec un froid cynisme, au moins, maintenant, je ne suis plus un mets de choix pour les amateurs de vierges.

— Ne reproche pas ça, gronda Pierce. Ce n'est pas juste. J'ai fait mon devoir, et c'est involontairement que je t'ai blessée.

— Dans ce cas, tout est bien, n'est-ce pas ? conclut-elle en s'enveloppant de ses bras, soudain plus vulnérable.

Que pouvait-elle ajouter ? Il n'était pas question de révéler le secret de Philippe Sabon, évidemment.

Non, tout n'était pas bien ! voulut répliquer Pierce. Qu'est-ce qu'elle croyait ? Qu'il se sentait fier de lui ? Qu'il ne souffrait pas, lui aussi ? Et que l'amour qu'ils avaient fait ensemble ne le brûlait pas ? Eh bien, c'était tout le contraire ! Cette expérience avec elle l'avait dévasté, il ne pensait qu'à ça, depuis qu'ils étaient sortis de la maudite forteresse de Sabon. Il la désirait comme un fou.

Cette pensée le foudroya. Oui, c'était exactement ça : comme un fou. Il la voulait de toutes les fibres de son être. Mais Margo veillait. Tapie dans son cœur, elle lui rappelait sans cesse : « Tu m'appartiens… Tu m'appartiens. Ne me trahis pas, Pierce. »

Brianne observait et examinait maintenant le vieux cargo qui allait sans doute les emporter un peu plus loin encore vers la liberté. « A condition qu'il ne coule pas avant », songea-t-elle. On aurait dit une vieille lessiveuse toute rouillée, transportant par l'opération du Saint-Esprit une demi-douzaine d'hommes. Tate leur faisait prendre un sacré risque, tout de même, en confiant leurs vies à ce rafiot et à son capitaine mercenaire. Seulement, il n'y avait pas le choix. Plus ils s'attardaient ici, plus ils donnaient de chances à Sabon de les localiser. Le pays était petit ; trois Occidentaux retomberaient vite dans les griffes du maître. Brianne ne redoutait rien pour elle-même. En revanche, elle ne donnait pas cher de Pierce et Tate, qui en savaient beaucoup trop.

Que se passerait-il, d'ailleurs, si jamais… Non, elle ne devait surtout pas laisser son imagination dérailler, et la peur ne faire d'elle qu'une bouchée. Il fallait aller de l'avant, avoir du cran, et se tirer de cet enfer. « Ça implique aussi que tu arrêtes d'enquiquiner Pierce avec tes états d'âme de bonne femme, s'ordonna-t-elle. Tu ne l'aides pas, en pleurant sur ton mariage.» D'ailleurs, que lui reprochait-elle, exactement ? Il avait fait ce qu'elle lui demandait, non ? Alors qu'il n'en avait pas vraiment le désir, en plus. Rien que pour elle, il avait accepté de trahir sa femme. En retour, elle n'allait pas lui en vouloir toute sa vie de ne pas être amoureux d'elle, la capricieuse petite Brianne !

Il fallait qu'elle se raisonne. « C'est Margo sa femme, pas toi, mets-toi bien ça dans la tête, s'ordonna-t-elle encore. Et tu auras beau lui pourrir l'existence, ça ne changera pas. »

Alors, elle se tourna de nouveau vers Pierce, prête à lui demander pardon de tout son cœur. Il la regardait intensément, et surpris de la voir toute colère envolée.

— Oublie ce que je t'ai dit, déclara-t-elle. Tu n'as absolument rien à te reprocher. Tu ne me dois rien. Moi non plus, d'ailleurs.

Ce n'était peut-être pas tout à fait vrai, songea-t-elle aussitôt, car si par hasard elle était enceinte…

Eh bien, si elle était enceinte, elle fuirait se cacher quelque part pour que Pierce ne l'apprenne jamais !

— Tu veux vraiment que j'oublie ?

— Ecoute, dans quelques jours, on sera sortis d'affaire, toi et moi. Je vais aller à l'université et toi tu vas reprendre ta vie. On peut très bien envisager un divorce discret. Personne n'a même besoin de savoir qu'on s'est mariés un jour.

Soudain, pour Pierce, tout alla trop vite. Oublier. Divorcer. Effacer la trace de leur mariage. Pourquoi ne pas ralentir, prendre le temps d'y penser une fois qu'ils seraient de retour aux Etats-Unis et en sécurité ? On ne pouvait pas prendre ce genre de décision en pleine confusion, comme en ce moment, les idées embrouillées par les événements extérieurs et les priorités. Ils cherchaient à sauver leur peau, et, elle, elle parlait d'aller à l'université et de divorcer !

Surtout, elle était en train de lui échapper, ce qu'il n'avait jamais, jamais envisagé. Il s'était toujours cru le maître de la situation.

Il chercha les mots justes pour traduire ses sentiments. Mais avant qu'il ait pu parler, il y eut du mouvement sur le bateau. Tate revenait vers eux ; il avait l'air satisfait.

— C'est bon ! annonça-t-il.

Puis il ajouta mystérieusement :

— On trouve parfois des amis là où on s'y attend le moins.

D'un geste de la main, il invita alors Pierce et Brianne à regarder qui se tenait maintenant sur le pont, bien en vue.

C'était Mufti, le garde de Jameel.

Chapitre 10

L'histoire de Mufti méritait d'être écoutée. Espion à la solde du Salid — ce pays voisin du Qawi sur lequel Sabon comptait faire retomber la responsabilité de l'assaut donné par les mercenaires —, il était devenu un témoin très gênant, au fil des récents événements. Il n'entra pas dans les détails, mais Brianne comprit qu'il avait été capturé par un des hommes de Tate, avant de prendre la décision de révéler son vrai statut, et les vraies raisons de sa présence sur l'île. Une fois ses dires vérifiés par radio auprès des autorités du Salid, Mufti avait assuré Tate de sa loyauté. En guise de preuve, il s'était chargé de négocier la traversée à venir...

Justement, le capitaine du rafiot faisait signe depuis la passerelle. Tate le rejoignit. A son expression, Brianne — que la situation rendait extrêmement sensible à tous les menus changements — comprit qu'il y avait une complication.

— Il ne peut pas quitter le port avant l'aube, expliqua Tate. Sabon a fait passer l'interdiction par radio à tous les bateaux. Impossible de griller la consigne sous peine

233

de tomber entre les mains des mercenaires. Il faut qu'on trouve un abri pour la nuit.

— Et où ? s'écria Pierce, les dents serrés. On pouvait passer inaperçu le temps d'embarquer sur ce rafiot, pas toute une nuit !

— Si, déclara alors Mufti. Dans mon village.

Brianne n'en pouvait plus.

Deux heures à dos de chameau avaient eu raison des quelques résistances qui lui restaient. A présent, misérablement avachie sur de l'herbage, au milieu des chèvres, elle n'avait plus la force que de regarder Pierce et Tate décharger des sacs de grains d'un vieux camion — leur tribut pour remercier la famille de Mufti de son hospitalité.

Ce village... On s'y serait cru au premier siècle après Jésus Christ, songea Brianne en soupirant de lassitude. Et comment réussissait-on à survivre aussi isolé, loin de tout ? En tout cas, c'était bien le dernier endroit où Sabon et ses hommes penseraient à les chercher ! Il était sans doute encore en train de passer le port au peigne fin. Pendant ce temps-là, elle et ses deux compagnons dormiraient sur leurs deux oreilles. Et demain, à l'aube, ils se faufileraient de nouveau jusqu'à la mer dans leurs grands vêtements blancs, et embarqueraient enfin !

Normalement...

Tandis qu'elle embrassait du regard le spectacle lent et lourd de chaleur qui se déroulait autour d'elle, les paroles de Sabon lui revinrent une fois de plus. Les gens d'ici vivaient péniblement. Cela se lisait sur le visage prématurément vieilli des femmes, à l'allure fatiguée des hommes pourtant encore jeunes. Le poids du travail et des larmes écrasait tout.

Quant aux enfants… sales, visiblement mal nourris, ils se rendaient utiles à leur communauté comme ils pouvaient. Certains s'y mettaient à plusieurs pour tirer l'eau miraculeuse d'un puits improbable au milieu de l'aridité environnante. Ils actionnaient une pompe — sans doute celle dont Sabon les avait équipés, comme Mufti l'avait évoqué, lors de leur bref échange à Jameel.

En fait, remarqua Brianne, les enfants se disputaient la joie de faire marcher la pompe. C'était l'attraction du village, le grand jeu autour duquel tous ces gosses riaient de bon cœur, leurs grands yeux noirs pétillant de malice. On aurait dit une heureuse volée de moineaux autour d'un morceau de pain. Les gens d'ici donnaient une sévère leçon aux Occidentaux. Pas parce qu'ils acceptaient leur dure existence, non, mais parce qu'ils s'émerveillaient d'avoir de l'eau ; parce que, depuis qu'elle était arrivée, Brianne n'entendait personne se plaindre ou reporter son aigreur sur autrui. Pourtant, beaucoup des villageois avaient tenté leur chance dans les pays voisins ; ils avaient vu la richesse, sans doute connu un peu plus de confort. Seulement, faute d'instruction, ils n'avaient pas trouvé à qui vendre leurs services. Ils étaient revenus ici, sans plus aucun espoir de prospérité. Sabon avait raison : sans éducation, son pays ne sortirait jamais de la pauvreté.

Jamais… ce mot qui fleurait l'éternité, le temps infini et suspendu, correspondait bien au rythme de ce village où l'on vivait aujourd'hui exactement comme des siècles plus tôt.

— A quoi penses-tu ?

Brianne sursauta. Pierce l'avait surprise. Il faisait une pause.

— Je me disais que ce village est hors du temps. Et aussi que ces gens qui n'ont rien se plaignent bien moins que nous autres, Occidentaux, qui possédons tout.

— Ils sont fidèles à leurs valeurs. Elles les soutiennent.

— Mais la maladie les dévaste. Et l'ignorance leur barre tout avenir.

— Je crois entendre Sabon.

— Et tu as raison. C'est lui qui m'a dit que, s'il ne réussit pas à éduquer son peuple, il ne faut même pas espérer qu'ils sortent de leur condition actuelle.

— Quoi d'autre ? répliqua Pierce sèchement en la dévisageant. Qu'est-ce qu'il t'a rentré de plus dans la tête ? Qu'il est le prince charmant ?

— Qui parle de ça ? Je n'approuve pas ses méthodes politiques, mais je dis que, sur le fond, il a raison.

— Et moi, déclara Pierce d'une voix menaçante, en s'agenouillant devant elle pour la regarder au fond des yeux, je veux savoir pourquoi tu n'as plus peur de lui. Qu'est-ce qu'il t'a fait ?

— Rien, dit-elle en jouant nerveusement avec son foulard. Il n'est pas comme tu crois, c'est tout. Et je pense même que Kurt est beaucoup plus malfaisant.

— Explique-toi.

— Dans ma cellule, j'étais à la merci de Sabon, il pouvait

faire de moi ce qu'il voulait. Il ne m'a pas touchée. Et il a donné des ordres pour que je ne manque de rien. Un homme pervers n'agirait pas comme ça.

— Cet homme que tu défends a tout de même laissé des mercenaires tirer sur son propre peuple. Il y a eu des morts, Brianne.

— Si tu veux mon avis, il ne l'avait pas prévu.

— Nom de Dieu, Brianne, s'écria Pierce en se redressant, exaspéré. Qu'est-ce que tu racontes ? Qu'à la place qu'il occupe dans son pays, ce type ne sait pas ce qui s'y trame ?

— Il m'a affirmé que l'assaut serait une simulation, quand il m'a confié ses plans, dans ma cellule ! s'exclama à son tour Brianne. Et je le crois ! Sa famille est née ici ! Mufti te racontera tout ce qu'il a fait dans les villages ! Ce serait absurde qu'il ait tiré sur les siens !

— Ça s'appelle une guerre. Il y a des sacrifiés ! Surtout quand il s'agit de tromper ses voisins et de faire de l'argent. Ta naïveté me désole.

— La vérité, poursuivit Brianne, des larmes dans les yeux, c'est que ça t'arrange de continuer à penser que Sabon est un monstre !

— Parce qu'il en est un !

— Pourquoi refuses-tu d'envisager une autre hypothèse ? Imagine que Kurt ait bien lancé ses mercenaires sur les ordres de Sabon, mais avec des instructions différentes ? des instructions que Philippe ignore ?

— Tu es folle…, conclut Pierce, à bout de nerfs.

Il se détourna, épongea la sueur qui ruisselait sur son

visage et lui brouillait la vue. Puis il baissa la tête, comme s'il cherchait des réponses à d'impossibles questions.

— Va au bout de ton idée, dit-il doucement après quelques minutes. Parce que si, vraiment, Kurt a trahi Sabon, il ne vivra pas assez longtemps pour en voir les fruits, crois-moi : Sabon le traquera jusqu'en enfer.

— Sauf que, pour l'instant, il est bien à l'abri à Washington, et peut raconter tout ce qui l'arrange à ses amis les sénateurs. Suppose que Kurt prétende que Philippe est devenu fou et veut enflammer tout le Moyen-Orient ? qu'il veut instituer une dictature ? Philippe n'a aucun moyen de faire entendre sa voix et de se défendre.

— Continue…

— Kurt n'a rien à perdre. C'est lui qui est devenu fou — de peur — quand Sabon l'a menacé à demi mots de revoir les conditions de leur *deal*. Alors, Kurt cherche un moyen de mettre son ennemi sur la touche et de garder tout le pétrole pour lui avec l'appui de ses contacts à Washington. Il suffit pour ça qu'il provoque l'intervention américaine en lançant un assaut, un vrai, pas une simulation destinée à impressionner notre gouvernement pour le faire agir… Si c'est bien ce qui est en train de se passer, Philippe va être discrédité. Les droits d'exploitation du pétrole vont lui échapper. Et Kurt sera riche.

— Brianne, ce ne sont que des hypothèses.

— Mais elles tiennent debout, non ?

— Hélas, oui, répondit Pierce entre ses dents. Bon Dieu, oui, elles tiennent debout.

— Alors, il faut que Tate nous fasse rentrer au plus vite et qu'on empêche tout ça de flamber ! supplia Brianne en prenant la main de Pierce dans les siennes. Avant que Kurt tue tout le monde.

Pierce ne savait plus que penser. Brianne avait réussi à semer le doute en lui. Lui qui s'était persuadé que Sabon tenait les rênes de l'opération… Il en avait oublié combien Kurt pouvait se montrer opportuniste, cynique et déloyal quand ses intérêts l'exigeaient.

— On ne pourra pas quitter le village ce soir, soupira-t-il, les yeux rivés à l'horizon de sable qui vibrait dans le crépuscule. Il faut attendre au moins demain pour embarquer. Ensuite… Impossible de savoir exactement combien de temps ça prendra pour arriver à Miami. Ni si Kurt sera déjà sur place pour nous cueillir ou pas. Je suis certain qu'il fait surveiller les aéroports et les ports.

— Et ton Superman de Winthrop, il ne peut pas nous transporter jusqu'à Washington sur sa cape ? maugré a Brianne.

— Il le ferait, s'il avait une cape, rétorqua Pierce dans un sourire. Mais je te jure qu'on va s'en sortir. D'une manière ou d'une autre. Tu as ma parole.

Brianne baissa les yeux et dessina dans la poussière d'improbables arabesques avec ses orteils. Plutôt que d'écouter Pierce la rassurer avec des mots, elle aurait voulu qu'il la prenne dans ses bras, qu'il la berce, qu'il la câline jusqu'à ce qu'elle s'endorme en oubliant tout ça.

— Fatiguée ? demanda-t-il.

— Ça ira… Pierce, il n'y a vraiment pas moyen d'entrer en contact avec Philippe ?

Entendre ce prénom dans la bouche tendre de Brianne suffit à irriter Pierce.

— Et on ferait comment, s'il te plaît ? Il nous as kidnappés, Bon Dieu, et toi, depuis qu'on lui a échappé, tu fais comme si tu voulais le prendre sous ton aile !

— Il ne nous a fait aucun mal.

— Ça ne le rend pas blanc comme neige pour autant.

De nouveau, Pierce s'agenouilla devant elle, et prit sans ménagement son visage entre ses mains.

— Tu vas tout me dire, maintenant. Qu'est-ce qui t'a fait changer d'opinion sur lui ?

Elle soupira.

— Je ne trahirai pas son secret. Disons que quelque chose de terrible lui est arrivé. Si tu savais quoi, tu te sentirais aussi touché que moi. Tu le comprendrais.

— Si tu ne trahis pas son secret, comme tu dis, alors c'est moi que tu trahis. Je ne veux pas que tu partages des secrets avec un autre homme que moi !

En même temps qu'il prononçait ces paroles, Pierce se serait giflé. Lui, jaloux ! Et de Sabon, encore ! Il ne se serait pas cru capable d'une si minable émotion.

Du regard, il caressa le corps de Brianne. Comme il avait été doux, sensuel, de la contempler, de la toucher. A Nassau. A Jameel. Et ses plaintes, ses gémissements quand elle avait joui dans ses bras. Il brûlait de recommencer, tout son corps se consumait quand il y pensait.

D'autant qu'il la sentait totalement consentante. Maintenant qu'il la connaissait un peu mieux, il savait quand elle le désirait. Dans ces moments-là, elle oubliait son amertume, son ressentiment à l'égard du fantôme de Margo, et elle ne voyait plus que lui, Pierce, et tout le plaisir qu'il pouvait lui donner. Oui, elle le voulait.

D'ailleurs, à cet instant, tandis qu'il tenait toujours son visage, Brianne se pencha un peu plus vers lui, posa presque sa bouche sur celle de Pierce, prête à l'embrasser.

— Non, lui chuchota-t-il. On nous regarde. Il ne faut pas choquer ces gens.

— Ils seraient vraiment choqués ?

— Dans leur tradition, un homme et une femme ne sont pas démonstratifs en public… Et arrête de regarder ma bouche, comme ça, tu me rends fou.

— J'ai trop envie d'un baiser.

— On ne peut pas, je te dis.

— Si, on peut. Je suis ta femme.

— Ne fais pas l'idiote. On n'est pas seuls. Il n'y a pas d'endroit où…

— Mais je ne supporte plus de t'attendre.

— Tu crois que je le supporte mieux ? J'ai tellement envie de toi que j'en ai mal.

J'ai tellement envie de toi… Brianne sentit la joie exploser en elle. C'était la toute première fois que Pierce le lui avouait si franchement, si spontanément. Et peu importait les raisons ! c'était bien assez qu'il l'ait dit et qu'elle sache qu'ils partageaient le même désir affamé de faire l'amour ensemble !

Elle ferma les yeux et s'enivra de l'odeur de Pierce. Lorsqu'elle le regarda de nouveau, il brûlait de passion.

— Si seulement nous étions encore à Paris, murmura-t-elle tendrement, des étoiles plein les yeux.

— Je n'étais pourtant pas brillant, répliqua Pierce en souriant.

— Mais tu étais vulnérable. Au moins, tu avais besoin

de moi. Depuis, ça n'est plus jamais arrivé. Je n'ai été qu'un fardeau ou une responsabilité. Et peut-être, une fois, une compagnie. Nous n'avons pas été proches.

— On a déjà eu cette conversation, répondit Pierce entre ses dents serrées. Ne recommence pas.

— Je sais, je sais. Tu ne veux pas de moi. Seulement moi, avant que tu me jettes, je veux mon dû : ma nuit de noces. Une vraie, qui dure vraiment toute la nuit.

Pierce se tendit de tous ses muscles, comme s'il venait d'être fouetté au sang. Une nuit entière d'amour. Il en rêvait. Il luttait contre.

— Ça n'arrangera rien entre nous, déclara-t-il.

— Les choses ne seront pas pire qu'elles le sont déjà ! rétorqua Brianne.

Puis elle brisa définitivement le charme de leur intimité en s'arrachant à ses bras pour dire sèchement :

— Tu me dois cette nuit, Pierce. Avant notre divorce, montre-toi un époux jusqu'au bout ou tu n'es pas un homme ! Et fais-moi des souvenirs pour une vie entière.

Entre les lignes, il fallait comprendre : Tu m'as frustrée d'un vrai mariage, ensuite, tu as fait de notre première nuit un défi à gagner contre Sabon. Ça suffit. Pourtant, Pierce ne baissa pas la garde, aussi coupable et frustré fût-il.

— Je retourne travailler, murmura-t-il.

Brianne ne chercha pas à le retenir. Elle le regarda juste s'éloigner, le cœur gros, des sanglots dans la gorge. Il lui tournait le dos. Bientôt, lorsqu'ils seraient de retour aux Etats-Unis, elle ne verrait même plus son visage.

A la nuit, le travail achevé, ils se retrouvèrent tous autour d'un repas frugal dont Brianne se régala plus qu'elle ne l'aurait cru. Le feu éclairait les visages las et souriants, on parlait et on riait dans une langue musicale qui enchantait les oreilles. Bercée par ces mots qu'elle ne comprenait pas mais qui la caressait, Brianne se sentait enveloppée dans une exquise torpeur toute proche du sommeil. A côté d'elle, l'épaule de Pierce la tentait terriblement…

— L'enfant a besoin de faire dodo, glissa Tate. Si tu la mettais au lit ? Pendant ce temps, je vais continuer à discuter avec les villageois, voir un peu ce qu'ils savent. Je ne connais pas leur dialecte mais Mufti traduira.

Pierce tourna les yeux vers Brianne. Elle se balançait un peu sur elle-même sans même sans rendre compte, sans doute hypnotisée par le feu, le ventre plein et chaud, épuisée par l'émotion et la tension physique des dernières heures.

— Allez, on y va, lui murmura-t-il en la soulevant dans ses bras.

Il lui sourit, puis salua l'assemblée, avant de traverser le village jusqu'à la petite construction blanche où ils avaient déchargé le fourrage et le grain. Il y faisait frais. L'air sentait l'herbe séchée, la laine et le lait de chèvre.

Pierce installa un lit de fortune, et allongea Brianne dessus. Mais lorsqu'il la posa, elle ne desserra pas les bras. Toujours accrochée à son cou, les yeux fermés, elle ne le laissait pas se relever.

Et soudain, elle ouvrit grand les yeux, comme si le sommeil l'avait tout à fait fuie, et la flamme minuscule de la lampe à huile fit danser le désir dans ses prunelles.

A présent, elle respirait moins régulièrement, Pierce la sentait l'attirer à lui plus fermement. Etait-elle folle, de lui faire endurer un tel supplice ? Tendu comme un arc, il hésita une seconde.

Avant de craquer et de se coucher près d'elle dans le fourrage. Frénétiquement, ses mains cherchèrent le corps de Brianne sous son vêtement de garçon. Il défit la ceinture du pantalon, repoussa le tissu sur ses hanches, et roula sur elle. Enfin, elle était là, sous lui ! A lui ! Désirable, consentante, offerte ! Sentait-elle, elle aussi, combien il la voulait ? D'une pression du bassin, il le lui fit savoir, l'écrasant de tout son poids viril pour qu'elle n'ait aucun doute. Elle lui ouvrit les jambes sans qu'il ait eu besoin de faire un geste, et il l'entendait gémir quand, glissant la tête sous la chemise qu'elle portait, il trouva ses seins et les prit avidement dans sa bouche. C'était si bon, tellement excitant, de l'entendre ainsi se plaindre dans l'oscurité presque complète.

Il ne tiendrait pas longtemps, Pierce le savait. L'amour nonchalant, des heures durant, à se frôler et à se caresser du bout des doigts, ce serait pour un autre soir, une autre nuit. Quant à Brianne, il sentait bien qu'elle avait aussi faim que lui et qu'elle était prête. A chaque morsure, chaque caresse, elle se cambrait ; elle était chaude comme une braise, mouillée et onctueuse à souhait là où il fallait qu'elle le soit, d'une sensualité incroyable.

Pierce planta les yeux dans les siens, l'embrassa à pleine bouche, avalant ses soupirs, étouffant ses cris. D'une main, il arracha plus qu'il n'ôta ses propres vêtements, avant de s'accrocher aux hanches de Brianne, et de la clouer aux siennes. Elle retint son souffle. Alors, il entra en elle avec une lenteur qui faillit le tuer.

Voilà, ils étaient unis, arrimés l'un à l'autre mais redoutant de bouger de crainte d'exploser aussitôt. Pierce attendit que le feu reflue dans ses reins. Et quand il fut de nouveau sûr de garder le contrôle, il glissa prudemment dans Brianne, contenant sa respiration pour maîtriser son corps et prendre soin de sa compagne. Elle frissonnait de plaisir, à présent, suivait de tout son corps les mouvements amples et dirigés de Pierce. A chaque poussée, ils étaient un peu plus proches l'un de l'autre, un peu complices et emportés par le même élan.

— Oui… Oui, gémit Brianne.

— Comme ça ?

— Oui, encore…

— Griffe-moi…

Elle enfonça profondément les ongles dans ses épaules, et Pierce étouffa un cri de jouissance.

— Donne-moi ta bouche, maintenant.

Brianne lui ouvrit les lèvres. Il s'en empara, chercha sa langue, la captura, tout en continuant d'aller et venir en elle et de lui arracher des soupirs. Puis il passa les bras sous ses fesses.

— Emprisonne-moi avec tes jambes… Oui, comme ça, autour de mes reins…

— Comme ça ? demanda-t-elle dans un sourire comblé.

Mon Dieu que c'était bon ! songea-t-elle. Et beau, aussi ! Ils ne formaient plus qu'un, elle et Pierce. Ça ne pouvait pas être que du sexe, un moment pareil, une intimité si fusionnelle. Soudain, elle aurait voulu qu'il fasse grand jour, qu'ils puissent se voir, tous les deux. Voir enfin le visage de Pierce heureux et abandonné. Grâce à elle !

Elle l'enlaça plus étroitement de ses bras, savourant chacun de ses assauts, répondant à ses coups de reins par de petits cris incontrôlables. Elle l'entendit rire doucement au creux de son oreille et il s'arrêta un instant pour la contempler.

— Ça va ?

— Oh oui… Et moi, je suis comment ?

— Merveilleuse. J'adore tous ces petits bruits que tu fais.

— Je suis ridicule ?

— Au contraire. C'est très… érotique. Très sexy. Ne te prive surtout pas. Tu me laisses deux minutes ?

Brianne hocha la tête. Pierce finit alors de la déshabiller et repoussa tous leurs vêtements sur le côté afin de faire de la place. Puis il s'allongea de nouveau sur elle et ils reprirent leur danse. Dans la petite pièce blanche, on entendait le bruissement de leurs corps en sueur, glissant l'un contre l'autre. Brianne se délectait de toutes ces sensations, si nouvelles pour elle : le contact peau contre peau de chaque partie de leur corps, la toison de Pierce contre ses seins, le frottement de leurs ventres, l'intimité partagée de leurs bouches, de leurs souffles, de leurs mains.

Elle se délectait… mais, de plus en plus, elle perdait conscience. Le plaisir montait entre eux, leur faisant perdre le sens de ce qui leur arrivait. Entre ses jambes, une sensation proche de la douleur se ramassait comme un petit animal nerveux, une boule d'énergie prête à exploser. C'était étrange, et beaucoup plus puissant que ce qu'elle avait éprouvé les fois précédentes, quand Pierce l'avait touchée.

— Pierce, je t'en supplie…, murmura Brianne.

La délivrance, voilà ce qu'elle voulait. Elle voulait que Pierce la délivre de cette chose qui cherchait à sortir d'elle. Elle s'accrocha à sa bouche, à ses épaules, à ses reins. Et soudain, elle comprit que Pierce éprouvait exactement la même insupportable tension.

— Tu veux ? demanda-t-il en serrant les dents, comme si, cette fois encore, il l'avait devinée.

En guise de réponse, elle se cambra contre lui. L'instant d'après, un voile noir lui passait sur les yeux, tandis que Pierce rugissait au-dessus d'elle, et la libérait dans une déferlante de sensations qui la dévastèrent.

— Pierce, chuchota Brianne en caressant les cheveux trempés de sueur de son mari, qu'est-ce que tu m'as fait ?…

Effondré sur elle, harassé et ruisselant, Pierce rit doucement tout en essayant de recouvrer son souffle. Est-ce que une fois dans sa vie, une seule, il avait autant joui du corps d'une femme ? pris possession d'elle avec une telle volupté et une telle faim ? Il palpitait encore de toutes ses fibres, avec cette expérience auprès de Brianne. Elle était si douce, si chaude, et si excitante, quand elle se frottait contre lui comme une petite chatte câline et ronronnante.

Par miracle, il trouva encore la force de se frotter contre elle en retour, cherchant à conserver leur plaisir. Elle lui répondit par d'exquises ondulations des hanches et il soupira de sentir son corps réagir malgré l'immense lassitude qu'il éprouvait.

Il la fit rouler dans ses bras et s'étendit sur le dos, elle sur lui, les yeux dans les yeux, sans qu'ils se séparent.

— J'aime être en toi. Tu me vas parfaitement et tu es chaude et douce comme la soie.

Brianne enfouit la tête dans le creux de son épaule et chuchota :

— Au début, moi, je n'étais pas tout à fait à l'aise.

— Il faut le temps que tu t'habitues à moi, mais je te promets d'être toujours délicat, surtout quand je te désire autant que je te désirais ce soir, dit-il en la pressant contre ses hanches. Bon sang, Brianne, je suis épuisé et pourtant j'ai encore envie de toi.

— Tu pourrais recommencer ?

— Je ne crois pas, répondit-il dans un rire tendre, mais j'aurais bien voulu. C'était bon, n'est-ce pas ?

— Oui, vraiment bon.

Pierce lui caressa le dos, laissant ses mains courir sur sa peau en gestes paresseux.

— Quand tu étais tout près de l'orgasme, murmura-t-il d'une voix rauque, mon plaisir d'être en toi était encore plus fort.

Brianne frissonna à ces mots. Parler aussi intimement était une chose toute nouvelle pour elle. Sans compter qu'elle se sentait coupable de cacher à Pierce qu'elle pouvait tomber enceinte — si ce n'était déjà fait. A cet instant, il ouvrit les jambes, l'emprisonna, et elle le sentit plus profondément en elle. Il empoigna ses hanches et se mit à la faire bouger sur lui avec une sensualité qui la transporta aussitôt.

— Chérie, chérie, tu sens ce qui arrive ?

Elle gémit de plaisir, s'accrocha aux épaules de Pierce tandis que la fièvre montait de nouveau entre eux. Cette fois encore, ce qu'elle éprouvait était si intense qu'elle en avait presque peur.

— Laisse-toi aller… Tu vas venir bientôt… bientôt…

Brianne ne pouvait pas être plus près de l'extase. Tout son corps se tendait vers la libération de l'énergie qui s'accumulait en elle et, en même temps, elle ne maîtrisait plus rien. Le plaisir lui prenait tout, exigeait tout d'elle, lui ôtant les forces et le souffle.

— Allez, ma chérie, abandonne-toi…, lui murmura Pierce. Voilà, comme ça.

La sensation la faucha par surprise, une vague chaude de pure jouissance qui déferla dans tout son corps. Terrassée, elle cria et se convulsa dans les bras de Pierce, tandis qu'il continuait de creuser ses reins. Puis il la fit passer sous lui, empoigna ses cuisses, et creusa encore, haletant, cherchant la délivrance à son tour dans un ultime assaut.

Et lorsqu'il jouit au-dessus de Brianne, elle le sentit se tendre de tous ses muscles et entendit sa longue plainte rauque et sourde d'homme foudroyé.

Il se laissa lourdement retomber sur elle, le visage entre ses seins, tandis qu'un sursaut le secouait encore. Il était vidé, lessivé, et comblé.

— J'aurais dû faire plus attention, dit-il tout bas. Tu risques d'avoir des bleus partout, demain matin.

— Je m'en fiche complètement… Pierce, laisse-moi te poser une question : le sexe…, c'est toujours… comme ça ?

Pierce hésita. Il se redressa doucement, se retira et s'assit, reprenant son souffle avec effort, avant de se couvrir et de couvrir Brianne.

— Pierce ? reprit Brianne. Tu ne me réponds pas ? J'ai fait quelque chose qu'il ne fallait pas ?

Il se rallongea à côté d'elle, les mains sous la tête, et se contenta de fixer le plafond tout en se maudissant.

— C'est moi, dit-il enfin, qui ai fait ce qu'il ne fallait pas faire.

— Je ne comprends pas…

— Alors, dors, rétorqua-t-il avec impatience. Demain, une autre longue journée nous attend.

Brianne sentit qu'il valait mieux ne pas insister. Ils étaient revenus au même point de tension et Pierce jouait de nouveau l'indifférence sur le ton forcé qu'elle commençait à reconnaître.

Sans compter qu'il devait une fois de plus batailler avec le fantôme de Margo et se sentir coupable d'avoir couché avec une autre. Combien de temps encore se croirait-il marié à sa première épouse ? « Et toi, songea Brianne, quand seras-tu vraiment sa femme ? Quand pourra-t-il te faire l'amour sans se sentir déloyal, adultère ? » Elle souffrait tant, là, maintenant, immobile et silencieuse au côté de l'homme qu'elle aimait et qui ne voulait pas d'elle, qu'elle en aurait hurlé de rage et de chagrin… Mais la lucidité l'en empêchait : de quoi se plaignait-elle ? de quoi était-elle déçue ? Pierce ne lui avait jamais menti, à ce sujet. C'était à elle d'accepter la réalité : il n'y avait pas de place pour elle dans la vie de son époux ; elle serait toujours la pâle remplaçante de la femme, idéalisée, qu'il avait perdue.

Peut-être aurait-il mieux valu pour elle qu'ils ne se rencontrent jamais, finalement ! Si elle n'avait pas commis l'erreur de l'aborder, à Paris, rien ne serait arrivé ! Non rien ! Aujourd'hui, elle serait encore célibataire, le cœur entier ; peut-être aurait-elle fini par épouser Philippe, qui avait besoin d'elle, *lui*, au moins. Il ne lui aurait pas donné le plaisir sublime que lui procurait Pierce, mais, en contrepartie, il aurait su l'aimer.

— Ce n'était pas que du sexe.

Prononcée dans le silence et l'obscurité de la pièce, à un moment où elle n'attendait plus un mot de son odieux mari, la phrase de Pierce fit sursauter Brianne. Elle voulut lui demander ce qu'il cherchait à lui dire… cependant, il ne lui en laissa pas le temps. Déjà, il était debout et sortait se fondre dans la nuit.

Chapitre 11

Ereintée et désorientée par la conduite de Pierce, Brianne ne tarda plus à sombrer dans le sommeil.

Quand elle se réveilla, toute courbattue et pas vraiment reposée, elle était toujours seule dans la pièce : Pierce n'était pas venu la rejoindre, cette nuit…

Elle se leva, s'habilla, cacha ses cheveux puis sortit, à la recherche de ses compagnons d'infortune.

Pierce fut le premier qu'elle croisa sur son chemin. Il vint vers elle comme si de rien n'était, impassible et d'une froideur de marbre. Il avait juste l'air fatigué. « Voilà, tu es de nouveau inaccessible…, se dit-elle tandis qu'il approchait, et tu es mortifié de t'être laissé aller avec moi » Le jour n'avait donc rien apporté de neuf.

— On va emprunter une autre piste qu'à l'aller et rejoindre un autre port, annonça-t-il d'emblée. Ce serait trop dangereux de revenir sur nos pas. Le cousin de Mufti dit que les mercenaires se sont emparés de Jameel et que Sabon a dû fuir.

— Mon Dieu… Alors, Kurt a trahi comme je le pensais ? Est-ce que Sabon va en sortir vivant ?

— Ça, nul ne peut le dire. Mais tes hypothèses semblent se vérifier, oui : ton beau-père a vendu son partenaire et il va chercher à s'approprier le pétrole. Bref, il faut qu'on mette rapidement les voiles.

Il leur fallut moins d'une demi-heure pour rassembler leurs quelques affaires et embarquer à bord du vieux camion que conduisait le cousin de Mufti. Mais la route parut bien longue à Brianne, car ils durent faire des escales et des détours pour s'assurer qu'ils n'étaient pas suivis. Dieu merci, plus ils s'enfonçaient dans les terres, moins ils croisaient de mercenaires ou de rebelles : apparemment, les désordres ne s'étaient pas encore étendus à l'intérieur du pays.

Enfin, ils arrivèrent au port. Le bateau qu'ils espéraient prendre ressemblait à s'y méprendre au précédent : une vieille lessiveuse rouillée... Comme la veille, Tate négocia avec le capitaine, puis ils montèrent à bord tandis que la confusion s'installait dans la petite ville. Car la toute récente nouvelle du coup militaire échauffait les esprits. La rumeur courait déjà que des mercenaires avaient pris d'assaut le petit palais princier, avant de chasser les conseillers du vieux cheikh et de destituer, *de facto*, le cheikh destitué lui-même. Puis ils s'étaient assuré l'obéissance des représentants dirigeants du consortium pétrolier ainsi que des équipes de forages, cadres et ouvriers. Le Qawi était désormais entre leurs mains, et privé de toutes communications avec l'extérieur. En somme, songeait Brianne, Kurt avait réussi son coup : en isolant le Qawi, il était devenu maître du pays aux dépens de Sabon et de son peuple, en toute impunité, et sans que la communauté internationale puisse l'identifier comme véritable responsable des soulèvements locaux. Sabon allait payer à sa place.

Le capitaine les cacha au milieu des caisses de sa petite cargaison, leur fournit de quoi boire et manger. Selon lui, il faudrait peu de temps pour entrer dans la zone des eaux internationales et échapper ainsi aux risques d'arrestation ou de représailles. D'ailleurs, affirmait-il, ils étaient en toute sécurité à son bord. Pourtant, Brianne craignit jusqu'au dernier moment qu'on ne les empêche de partir ; et elle ne respira librement que lorsque le bateau largua les amarres et fut sorti du port. Et comme elle fermait les yeux de soulagement, elle eut une pensée pour Philippe : comme il devait se sentir trahi, meurtri, en ce moment… Jusqu'au fond de son âme mortifiée ! Mais avec un peu de chance, elle et ses compagnons rejoindraient les Etats-Unis vivants, et dénonceraient les agissements de Kurt avant qu'il n'ait eu la peau de Philippe.

— Il y a du changement…, annonça Tate alors qu'elle les imaginait presque tirés d'affaire.

— C'était trop beau, répliqua Pierce avec lassitude.

Hirsute, les joues ombrées de barbe, la peau plus mate que jamais, il avait tout l'air d'un mercenaire, lui aussi.

— Le capitaine ne nous emmènera pas plus loin que Saint-Martin. Quelqu'un le paie de l'or pour qu'il débarque une cargaison là-bas. Nous ne sommes pas de taille à rivaliser.

— Donc, nous resterons en rade à Saint-Martin pendant que mon beau-père aura le champ libre, soupira Brianne.

Tate lui sourit et précisa :

— Non, car nous pouvons négocier la traversée sur un autre bateau.

— Pas avec mon argent, en tout cas, pesta Pierce. Je n'ai plus un cent.

— On trouvera, affirma Tate avec sa sérénité coutumière.

— N'y a-t-il vraiment pas moyen de rejoindre un aéroport, une piste ? s'enquit Brianne.

— Impossible. A l'heure qu'il est, notre évasion a forcément été découverte et nous sommes probablement déjà recherchés. Il ne faut pas nous exposer. Nous rentrerons aux Etats-Unis comme des clandestins.

— Quand je pense que c'est à cause de Kurt que nous nous retrouvons dans cette situation abracadabrante…, reprit Brianne.

— Pierce m'a parlé de vos brillantes hypothèses, déclara alors Tate, dans un sourire. Drôlement futée, la petite étudiante qui n'y connaît rien en politique…

— C'est juste que je sais de quoi est capable mon beau-père. Bon sang, quand je pense qu'il ose faire passer Philippe pour un type dangereux !

— Pauvre Sabon, renchérit Pierce. Il doit se sentir complètement c…, en ce moment.

— Vous n'avez pas tort, Hutton.

La voix familière, rauque et ironique, venait de s'élever depuis l'écoutille. Tous les regards se tournèrent dans cette direction, avec la même stupeur partagée. Aucun doute, ce grand Arabe au visage griffé d'une cicatrice, et qui souriait de sa propre humiliation, c'était bien Sabon.

Il se joignit au groupe sans aucun embarras apparent, et sortit de sous son ample vêtement une outre en peau de chèvre qu'il tendit à Pierce :

— Un peu de vin, mon cher ? En tant que musulman, je ne bois pas d'alcool, mais ne vous gênez pas pour moi.

— Je craindrais trop de ne pas m'en relever, répliqua Pierce sur un ton cinglant.

Sabon éclata de rire.

— Je ne suis pas stupide au point de vous empoisonner sous les yeux de vos amis ! Figurez-vous, ajouta-t-il en saisissant une tranche de pain et une part de fromage, que je ne veux pas me les mettre à dos alors que je risque d'avoir grand besoin de leur soutien, quand je donnerai ma version des faits, à Washington. A condition que le gouvernement soit rétabli, bien sûr.

— Et comment comptez-vous vous y prendre ? jeta Pierce avec un regard glacial.

Sabon lui retourna son regard, avant d'expliquer :

— A la minute où les mercenaires de Brauer ont lancé leur jeu de massacre, j'ai compris qu'ils ne suivaient pas mes ordres et qu'il ne s'agissait pas d'une simulation. Alors, j'ai envoyé le cheikh et mes hommes les plus fidèles se réfugier de l'autre côté de nos frontières. Votre beau-père, poursuivit-il en fixant Brianne, est l'être le plus vicieux qui m'ait été donné de rencontrer dans ma carrière, je crois ; quant à moi, je me suis montré le roi des imbéciles.

— Un roi prêt à provoquer les Etats-Unis..., lui souligna Pierce avec acidité.

— Un roi qui voulait sauver son peuple, rectifia Sabon. Hutton, avez-vous jamais vu un enfant mourir, de la nourriture dans la main, parce qu'il est devenu trop faible pour la porter à sa bouche ?... Le pays connaissait une véritable famine et l'aide internationale restait bloquée à nos frontières. C'était une sanction, expliqua-t-il amèrement, qui frappait le Qawi, en représailles de son soutien à un ennemi des Etats-Unis, dans le dernier conflit qui a soulevé la région. Les enfants et les faibles n'ont pas résisté. Si vous saviez comme je suis las de voir les pays les plus riches du monde dicter leur loi et ignorer les plus pauvres.

Pierce coula un regard à Tate. Autant que lui-même, ce dernier demeurait circonspect.

— Si vous nous disiez plutôt ce que vous faites à bord, Sabon ? demanda Tate.

— Qu'allez-vous imaginer ? s'étonna Sabon. Je veux échapper au couteau de Brauer, tout simplement !

— Sur ce rafiot pourri ? Alors que vous avez les moyens d'acheter une flotte entière pour vous tirer d'ici ?

— On a mis la main sur mes biens, on ne vous l'a pas dit ? Par ailleurs, je mets un point d'honneur à ne jamais emprunter aux banques.

— Continuez à vous payer ma tête, Sabon, et je...

— Calmez-vous. Et croyez-moi quand je vous affirme que je n'ai rien pu m'offrir de plus sûr que ce rafiot pourri, comme vous dites. Une fois que je serai en territoire neutre — si jamais j'y suis —, j'espère pouvoir remédier à ce... revers de fortune.

— Avec l'aide de qui ? s'enquit Pierce.

— Mais la vôtre, cher ami.

Il y eut un lourd silence atterré. Puis Pierce gronda.

— Vous avez complètement perdu l'esprit, Sabon, si

vous imaginez que je vais financer votre retour sur la scène internationale ! Bon Dieu, je n'en crois pas mes oreilles ! Vous êtes mon ravisseur, je vous le rappelle !

— En quoi vous abusez. Je vous rappelle à mon tour que ce n'est pas vous que j'ai séquestré, mais le garde du corps de Mlle Martin. Je n'ai compris qui vous êtiez qu'après votre évasion. A ce propos…

Il fouilla dans les plis de son vêtement et en sortit le portefeuille de Pierce, qu'il lui tendit. Rien n'y manquait, ni l'argent liquide — plusieurs centaines de dollars — ni les cartes de crédit.

— Mon pilote a découvert ceci sous l'un des sièges de mon jet privé — dont il ne doit rester que des miettes, à cette heure-ci. Mais tant pis, puisque j'ai réussi à convaincre le capitaine de ce cargo de m'emmener jusqu'à Saint-Martin.

— C'était vous, la fameuse cargaison ?

— Je le crains, mon cher Hutton. Alors, m'aiderez-vous à revendiquer la restitution de mon pays à son cheikh, et à récupérer ma fortune ? M'aiderez-vous à écraser Kurt Brauer ? Cela ne vous coûtera que quelques dollars…

— Vous ne tirerez rien de moi ! s'exclama Pierce, hors de lui.

— Bien sûr que si.

— Cette histoire vous monte à la tête, Sabon !

— Vous devriez reprendre votre sang-froid et réfléchir davantage. Savez-vous que j'ai les moyens d'établir la preuve d'un lien entre Kurt Brauer et ceux qui cherchent à saboter votre plate-forme en mer Caspienne ? Je peux même vous livrer leurs noms.

— Parce que c'est vous-même qui avez loué leurs services, salaud ! Comme vous avez loué les services des mercenaires qui ont commencé à massacrer votre peuple !

— Non. Brauer s'en est chargé. Il m'a trahi en pervertissant mes ordres ! Et ceux qui l'ont suivi ont préféré travailler pour lui, qui est riche, que pour moi, dont les milieux bien informés savent que je ne suis pas solvable.

— Pas solvable ? releva Tate. Qu'est-ce que vous racontez ?

— Seul mon peuple me voit riche, parce qu'il est lui-même très pauvre. Hélas pour moi, Kurt a découvert la vérité.

— Je ne comprends pas, intervint doucement Brianne. Tout le monde dit que vous êtes une des plus grosses fortunes de cette région du monde, et peut-être même au-delà. On vous voit partout : les casinos, les *resorts* de luxe, les villas, les yachts…

— Vous avez raison. J'ai tout fait pour qu'on me croit richissime et puissant. Ce n'est qu'une image, une illusion. Elle m'a servi à ranger certains partenaires de mon côté, des hommes qui n'auraient jamais daigné écouter le conseiller indigent du vieux cheikh d'un pays reculé. Kurt, par exemple. Malheureusement, avec lui, j'ai misé sur le mauvais cheval. J'imagine que, en ce moment, il me fait porter le chapeau du coup militaire qu'il a exécuté lui-même.

— Vous aussi, vous le soupçonniez ? murmura Brianne.

— J'en suis logiquement arrivé là, oui. Mais sa traîtrise va lui exploser à la figure.

— Vous êtes bien sûr de vous…, répliqua Pierce.

— J'ai mes raisons. Les Etats-Unis découvriront très bientôt les preuves de tractations frauduleuses dans lesquelles Kurt est mouillé jusqu'au cou. Sans compter de précieuses informations sur le projet qu'il nourrit : d'incendier les champs de pétrole et d'en rejeter la responsabilité sur des nations hostiles aux Américains.

— Mais pourquoi Kurt détruirait-il des champs de pétrole, alors qu'il fait tout pour se les approprier ? s'enquit Brianne atterrée.

— Pour provoquer un conflit, bien sûr. Oubliez-vous, ma chère, qu'il est d'abord et avant tout un marchand d'armes ? A moins que je ne vous l'apprenne ?

Un silence accueillit cette révélation.

— Kurt aime l'argent, reprit Sabon. Le pétrole est un excellent moyen d'en gagner… mais aussi d'avoir accès à des informations sensibles sur les nations qui l'exploitent. Aujourd'hui, Kurt en sait assez pour manipuler les événements et les diriger dans le sens de ses intérêts, qui sont les intérêts d'un marchand d'armes, sans perdre son aura de respectabilité à Washington. Il a perdu lourd, récemment, et, maintenant, il espère se renflouer en créant de toutes pièces une énorme menace militaire qui lui permettra d'armer les nations impliquées. Voilà l'objectif qu'il vise, depuis le début, depuis ses premiers contacts avec moi, et j'ai été suffisamment stupide pour ne pas le voir venir.

— Quel rôle joue l'enlèvement de Brianne, dans tout cela ? demanda Pierce.

— Je n'étais pas sûr du soutien inconditionnel de Kurt. En lui laissant croire que je souhaitais épouser sa belle-

fille, je m'attachais son intérêt. Il se voyait déjà riche à
millions, et pour la vie, grâce à moi !… Apparemment,
quelqu'un lui a mis la puce à l'oreille et il a découvert
la vérité, me concernant. Quelle ironie, n'est-ce pas ? Il
aurait pu profiter du rendement des champs de pétrole,
s'il avait accepté d'attendre quelques années. Seulement,
il lui fallait de l'argent tout de suite, beaucoup d'argent.
Alors il a choisi de tout miser sur la vente d'armes.

— Sa situation financière était désespérée, disait-il,
admit Brianne.

— Je crois aussi, Brianne, qu'il a su qu'il me serait
absolument impossible d'honorer mon offre de mariage,
ajouta Sabon avec un triste sourire.

— Que voulez-vous dire ? releva aussitôt Pierce sur
un ton hostile.

— Que je ne pourrai jamais me marier. Ni avec Brianne ni
avec qui que ce soit d'autre, répliqua sèchement Sabon.

Sur ce, il se leva, étira son grand corps élégant et regarda
autour de lui avec résignation.

— Je n'aurais jamais imaginé que tout finirait ici,
murmura-t-il. Que j'enterrerai dans une cale les espoirs
que j'avais formés pour mon peuple…

Puis il se tourna vers Pierce et ajouta avec une détermination inattendue :

— Il suffirait de cinquante mille dollars pour détruire
Brauer.

Pierce s'esclaffa amèrement et rétorqua :

— Vous déraisonnez, mon vieux ! On ne monte pas
une révolution avec si peu d'argent.

— Moi, je peux le faire, affirma Sabon. Pas avec les

mercenaires cupides de Brauer, évidemment. Les hommes auxquels je pense ont d'autres valeurs que l'argent.

— Je ne veux pas tremper dans vos magouilles, Sabon. Un seul carnage suffit.

— Il n'y aura pas de carnage, cette fois. Mais je veux qu'on me rende mon pays ! Et que Brauer paie pour ce qu'il a fait ! Alors, vous allez m'aider Hutton.

— Quoi ? s'exclama Pierce, hors de lui. Ce n'est pas demain la veille que je vous tendrai la main, Sabon !

— Je ne suis pourtant pas votre ennemi. Sans ma naïveté politique, je ne me serais jamais allié à Kurt, et vous ne m'associeriez pas au sabotage qu'il a fait pratiquer sur votre plate-forme.

— Pierce, fit valoir Brianne, Kurt a trompé tant de gens… Y compris ma pauvre mère.

— Dieu merci, affirma Sabon, il a peu de temps à lui consacrer en ce moment. Mais, ajouta-t-il avec inquiétude, dès que Kurt en aura fini avec ce qui l'occupe ici, la vie de votre mère sera menacée. Elle en sait trop, sans doute, et Kurt ne peut pas prendre le risque de garder vivants trop de témoins de ses agissements. C'est très facile, d'arranger un « accident »…

— Vous voulez dire qu'il va se débarrasser d'elle ? s'écria Brianne, affolée.

— Nous l'en empêcherons, je te le jure, objecta aussitôt Pierce. N'est-ce pas, Tate ?

— Sitôt que nous serons tirés d'affaire. Je vais envoyer un message à mon contact, à Freeport. Il emmènera votre mère et votre frère loin de Nassau avant que Kurt rentre de Washington.

— Voilà donc comment vous avez pu retrouver Brianne et Hutton…, souligna Sabon à l'adresse de Tate. J'ai eu tort de vous sous-estimer, cher monsieur Winthrop.

— Vous n'êtes ni le premier ni le dernier, répondit Tate dans un sourire sarcastique.

— Hé ! lança alors Pierce, interrompant le fil de la discussion. J'ai entendu quelque chose, dehors…

Ils prêtèrent l'oreille — et soudain le bruit se précisa, enfla, devint strident.

— Des sirènes ! s'exclama Brianne. C'est la police ?

— Peut-être la patrouille du port, suggéra Tate.

A travers le hublot, il surveilla les évolutions de la patrouille, avant de conclure :

— Ce n'est pas pour nous. Ils viennent de monter à bord d'un autre bateau.

Des soupirs de soulagement accueillirent la nouvelle. Si jamais on les découvrait dans cette cale, le capitaine n'aurait pas d'autre choix que de faire demi-tour sur ordre des autorités, pour les ramener sur la terre ferme. Là, la sanction serait immédiate : Brauer les éliminerait.

Comment pouvaient-ils atteindre le plus vite possible un endroit sûr ?

Pierce et Tate échangèrent des regards préoccupés. Par bateau, la route serait longue. Mais pour fuir par d'autres moyens, il fallait de l'argent et des contacts. Or, sous peine d'être repérés par Brauer, ils ne pouvaient ni utiliser les cartes de crédit de Pierce ni communiquer librement avec l'extérieur. Même une fois à Miami, il leur faudrait passer entre les mailles du filet des hommes de main de Kurt. A condition, bien sûr, qu'ils aient déjà réussi à changer de bateau à Saint-Martin sans se faire remarquer…

Sabon les regarda pensivement.

— Il ne faut pas aller à Miami sur ce bateau, déclara-t-il comme s'il avait lu dans les pensées de Tate et Pierce.

Puis il ajouta mystérieusement.

— Auriez-vous de quoi écrire ?

Tate lui fit passer un stylo et un morceau de papier. Sous les yeux attentifs de ses compagnons d'infortune, il écrivit un nom, une adresse, rédigea un mot en arabe, puis pressa fortement sur le papier le chaton de la bague qu'il portait à l'auriculaire.

— Tenez, dit-il à Pierce, l'air sombre.

— Qu'est-ce que c'est ? grinça celui-ci. Nos arrêts de mort ? Vous pourriez avoir écrit n'importe quoi sans que je le sache, puisque je ne lis pas l'arabe !

— Mais lui, si, rétorqua Sabon en dévisageant Tate.

Tate prit la note, la parcourut avant de la rendre à Pierce, puis dévisagea Sabon à son tour. Il paraissait perplexe. Pourtant, il finit par expliquer :

— Il s'agit d'une requête. Le destinataire est sommé de nous apporter toute l'aide possible.

— La requête d'un homme qui n'a plus aucun crédit ne vaut rien ! objecta Pierce. Qui va en tenir compte ? Personne !

— Je ne suis pas en droit de traduire l'intégralité de cette note, précisa alors Tate sans quitter Sabon des yeux. Mais je peux t'affirmer, Pierce, que cette requête vient de beaucoup plus haut que tu ne penses.

— Qu'est-ce que c'est que ces charades ?

— Rien qui puisse t'être révélé pour l'instant. Ne cherche pas à en savoir plus.

— Nous approchons de Saint-Martin, annonça Sabon tandis que la côte de l'île se dessinait. Je suis presque arrivé.

Il rabattit la capuche de son vêtement sur sa tête et prit le temps d'expliquer à ses compagnons :

— L'homme dont j'ai donné le nom est espagnol, mais sa grand-mère vit au Qawi. Il fera son possible pour vous aider, parce que je le lui demande et parce qu'il me doit un service. Faites-lui confiance — à lui, mais à personne d'autre. C'est une question de vie ou de mort.

— Pourquoi nous aidez-vous, Sabon ? demanda Pierce d'une voix sourde.

— Demandez-le donc à votre camarade, répliqua calmement Sabon en désignant Tate. Puis il reprit : Je vais rester trois jours sur l'île, sous un faux nom. Si vous vous décidez à m'aider en retour, comme nous en avons parlé, faites passer l'argent à Alfredo Cantada, banque Gardell.

— Je ne reviens jamais sur ma parole, répliqua Pierce, même quand je me suis engagé bêtement.

— Je saurai me souvenir de votre bienveillance, cher ami…

— Gardez vos sarcasmes et filez. Kurt pourrait vous repérer, s'il a des hommes ici.

— Ils ne me reconnaîtront pas. Pas ici, en tout cas.

— Alors, bonne chance.

— A vous tous aussi, je souhaite bonne chance. Y

compris à Mufti… qui fait des pieds et des mains pour m'éviter depuis que je suis monté à bord. Dites-lui que je savais qui il était. Dites-lui aussi que, s'il sait garder mon secret, je saurai garder le sien. Il n'y aura aucune représailles contre sa famille, quand j'aurai repris les rênes de mon pays. En prenant soin de vous, Brianne, il a sauvé sa vie et celle de ses proches.

Brianne refoula ses larmes. Le départ de Sabon l'émouvait beaucoup plus qu'elle ne l'aurait voulu. Elle se sentait si triste, et même vaguement coupable d'avoir mal jugé l'homme qui lui parlait maintenant noblement.

— Faites attention à vous, Philippe, murmura-t-elle en lui prenant les mains. Bonne chance.

Il la regarda intensément, puis s'inclina devant elle en ajoutant quelques mystérieuses paroles en arabe, avant de tourner le dos et de quitter la cale.

— Quel personnage fascinant, déclara Tate lorsqu'ils furent de nouveau entre eux. Cela vous intéresse-t-il de savoir ce qu'il vous a dit en dernier, Brianne ?

Brianne hocha la tête.

— Il a dit : « Je me meurs d'amour pour toi. Et puisque je te perds, je n'en aimerai plus jamais une autre. » A présent, mes amis, nous ferions bien de quitter ce rafiot. Nous n'avons pas beaucoup de temps pour trouver le bateau dont Sabon a parlé.

— S'il ne nous jette pas directement dans un piège…, murmura Pierce.

Chapitre 12

Se fondre au milieu des touristes de Saint-Martin ne fut pas difficile. Pas plus que de trouver le bateau — un autre cargo, mais en meilleur état que le précédent, et qui battait pavillon espagnol. Quand il eut pris connaissance de la lettre de Philippe Sabon, le capitaine observa longuement Brianne, puis, sans poser la moindre question, il leur offrit à tous l'hospitalité à bord. Presque tout de suite après, ils quittaient le port.

— En route pour Miami, maintenant, murmura Brianne. En priant pour qu'aucune mauvaise surprise ne nous attende sur place...

— Il sera beaucoup plus facile de passer inaperçus là-bas qu'ici, affirma Pierce.

— Mais la douane ?

— Il n'y aura pas de douane. Nous entrerons clandestinement.

— Quoi ?

— C'est le seul moyen de ne pas être repérés.

— O.K. Alors, explique-moi comment tu comptes t'y prendre.

— Nous n'entrerons pas par Miami mais par Savannah, intervint Tate, là où personne ne pensera à venir nous cueillir. J'ai pris contact avec quelqu'un depuis la radio du capitaine.

— Et si celui-ci nous trahit ? objecta Pierce.

— Je réponds de lui.

— Comment peux-tu être aussi affirmatif ?

— J'ai mes raisons. Ne te préoccupe pas de cela.

— Est-ce que tu vas aider Sabon, Pierce ? demanda alors Brianne.

— Dieu seul sait pourquoi mais, oui, je vais le faire…

— N'aie pas de regrets : il défend une cause juste, tu sais.

— Mais c'est au cheikh du Qawi de décider de l'avenir de son pays, pas à Sabon.

— Un cheikh qui a fui, lui rappela Brianne.

— Il n'a pas fui, répliqua Tate à cet instant. Là où il est, il est même très actif.

— Comment sais-tu cela ? s'enquit Pierce.

— Si tu avais regardé de près la signature, au bas de la lettre qu'a écrite Sabon, tu le saurais aussi.

Troublé, Pierce sortit de sa poche le papier et le relut. Brianne l'étudiait aussi, par-dessus son épaule. Les caractères arabes étaient indéchiffrables pour eux deux, mais ils n'auraient pas pu ne pas remarquer le sceau en filigrane qui accompagnait la signature.

— Vous vous rappelez, demanda Tate, la bague que Sabon porte à l'auriculaire ?

— Bien sûr, répondit Pierce.

— Il s'agit d'un sceau officiel, poursuivit Tate. Celui du cheikh de Tatluk.

— Quoi ? Es-tu en train de nous dire que…

— Sabon est le prince héritier. Fils de l'actuel vieux cheikh du Qawi, un homme trop âgé et en trop mauvaise santé pour diriger encore son pays. C'est Philippe qui détient le pouvoir, mais dans l'ombre. Voilà pourquoi il a dû tromper tout le monde : pour agir à la place de son père. Il s'est glissé dans le personnage du richissime business man afin d'attirer les investisseurs au Qawi. Agir dans la lumière était bien trop risqué : imaginez qu'il ait été pris en otage ou tout simplement tué : sans lui, son pays n'aurait plus eu aucune chance de sortir de la misère.

— Je comprends mieux, souligna Pierce, qu'il ait eu les coudées franches pour diriger les transactions…

— Il a beaucoup de pouvoir, en effet. Il a même sa propre armée — ces hommes dont il a évoqué la loyauté, tout à l'heure. Il s'agit d'un groupe d'élite surentraîné. Associés à des recrues de renfort, ces hommes sont tout à fait aptes à sauver le Qawi des griffes de Brauer.

— A condition que nous alertions Washington à temps, et que les Etats-Unis ne pilonnent pas le Qawi, fit valoir Pierce. Peux-tu envoyer un message, Tate ?

— Je peux, oui. Seulement qui voudra nous écouter si nous n'apportons pas de preuves de ce que nous affirmons ? Il faut que nous conduisions Mufti chez le secrétaire d'Etat, et qu'il crache toute la vérité. Après, ce sera l'affaire des diplomates, et ça peut prendre beaucoup de temps…

Brianne ne disait plus rien. Tout lui paraissait maintenant si compliqué, si éloigné de la vie qu'elle menait quand elle avait rencontré Pierce à Paris. Il s'était passé tant de choses, depuis ce jour, au Louvre…

Elle joua tristement avec son alliance et, tout naturellement, son regard se porta sur l'annulaire de Pierce où brillait l'anneau d'une autre femme. Les événements et les épreuves qu'ils traversaient les avaient-ils seulement rapprochés ? L'aimait-il un peu, juste un peu, maintenant ? Elle n'aurait même pas pu en jurer. Sitôt leur aventure terminée, ils se sépareraient, chacun emprunterait une route différente, et elle serait divorcée sans avoir eu seulement la chance d'apprendre à être l'épouse de Pierce… Oh, bien sûr, il ne la détestait pas, elle ne le laissait pas indifférent ; il la trouvait charmante, il aimait l'avoir dans son lit. Mais elle n'égalerait jamais Margo. Margo se dresserait toujours entre eux pour les empêcher d'être heureux ensemble. « Tu aurais mieux fait de le livrer pieds et poings liés à cette blonde, chez George, songea-t-elle avec amertume. Au moins, il ne t'aurait pas brisé le cœur. »

Brianne s'approcha du hublot et fixa l'horizon.

— Je vais monter parler à Mufti, déclara Tate. On aura bientôt grand besoin de lui.

Une fois que Pierce fut seul avec Brianne, il la rejoignit près du hublot.

— Je crois que cette histoire n'est pas loin de toucher à sa fin, murmura-t-il.

— Tant mieux, répondit-elle d'une voix tendue.

Mais, au fond, elle n'en pensait pas un mot. Elle aurait donné cher pour que l'aventure continue et lui permette de rester près de Pierce. Mieux valait le danger avec lui que la sécurité sans lui.

Il enfonça les mains dans ses poches de pantalon et la dévisagea.

— Que tu as l'air triste, Brianne... Ecoute, si c'est à cause de moi... A cause de l'autre nuit, je veux dire... Pardonne-moi... Ça n'aurait jamais dû se produire. C'est ma faute, je n'ai pas su me contrôler.

Elle haussa les épaules avec lassitude.

— Laisse tomber. Je voulais une nuit d'amour avec toi, je l'ai eue. C'est tout ce qui m'importe.

— Ne dénigre pas ce qui s'est passé entre nous, rétorqua Pierce en la saisissant par le bras pour l'obliger à le regarder en face. Ne joue pas à ça avec moi.

Elle le sonda calmement et répondit d'un air de défi :

— Tu veux vraiment qu'on en parle ? Alors, allons-y ! Raconte un peu à qui tu pensais pendant que tu me faisais l'amour ! A moi ou à Margo ?

A ces mots, l'expression de Pierce devint si intense que Brianne en baissa les yeux.

— Excuse-moi, dit-elle tout bas, excuse-moi... Seulement, tu comprends, Pierce, je ne veux pas que tu mentes. Toi et moi savons parfaitement que tu ne m'aimes pas, que tu ne veux pas de moi dans ta vie. Je n'ai ni la classe de Margo ni l'âge de prendre sa place dans ton cœur.

Elle leva vers lui son visage résigné.

— Je suis d'accord pour aller à l'université, tu sais. J'ai même déjà choisi, ajouta-t-elle en s'efforçant de sourire. Ça me plairait d'étudier à Paris, à la Sorbonne. Si ça ne te dérange pas, bien sûr.

— Tu feras comme tu voudras, répondit Pierce en

se perdant dans la contemplation de la mer, à travers le hublot.

— Et quand on sera rentrés, assura-t-elle, je te promets de ne pas faire de difficultés pour le divorce.

— On n'aura qu'à retourner à Las Vegas. C'est là que ce sera le plus rapide, répondit Pierce avec un sourire glacial. Je m'occuperai de tout. Dès que j'aurai trouvé un créneau dans mon agenda, je te ferai signe.

— Et après, tu feras quoi ?

— J'ai l'intention de voyager. Beaucoup.

Brianne en aurait bien fait autant mais l'idée de retourner à Paris la consolait un peu. Soudain, elle eut froid, et elle s'enveloppa de ses bras pour se réconforter.

Pierce l'observait en silence. Elle était si jolie, pieds nus, avec ses longs cheveux blonds défaits et un peu emmêlés ! Si jolie, et si sensuelle, et tellement amoureuse de lui… Tout ce qu'un homme peut rêver. Pourtant, il allait renoncer à elle, pour continuer à croire que Margo n'était pas vraiment morte, qu'elle s'était juste absentée quelque temps et qu'elle finirait par lui revenir.

Nom de Dieu ! Combien de temps allait-il encore vivre dans le mensonge ? Voulait-il vraiment foutre toute sa vie en l'air ? N'était-il pas capable d'affronter la réalité telle qu'elle était ?

Bien des hommes se seraient damnés pour tenir dans leurs bras la jeune femme qui voyageait avec lui, pour conquérir son cœur. Brianne n'était pas seulement jolie à regarder, elle était intelligente, spirituelle, généreuse. Bientôt, elle serait loin de lui, elle étudierait à la Sorbonne — et là, il y aurait forcément un jeune crétin plus futé que lui qui tenterait sa chance. Ce petit imbécile serait fou d'elle ; sans doute la traiterait-il comme une reine. « En tout cas, mieux que toi, tu ne la traites », songea-t-il. Avec tendresse, prévenance. Il l'entourerait d'attentions, la couvrirait de petits cadeaux, lui téléphonerait dix fois par jour, même tard. Il l'emmènerait prendre un brunch à Montmartre, le dimanche matin ; l'entraînerait sur les quais, les soirs d'été… S'il était suffisamment cultivé, ils iraient au concert, au théâtre, à l'opéra.

Pierce retint un soupir. Brianne méritait ce bonheur-là. C'était une fille formidable.

Pas une fille, une femme, corrigea-t-il tandis que, soudain, les images de leur nuit d'amour envahissaient son esprit. Un frisson lui parcourut le dos. Faire l'amour avec elle, c'était entrer au paradis. Elle était à la fois si douce et si passionnée, si sensible aux baisers, aux caresses. Et surtout, elle ne trichait pas, elle ne cherchait ni à lui cacher le plaisir qu'elle éprouvait ni à simuler le plaisir qu'elle n'éprouvait pas.

Brianne devina-t-elle qu'il souffrait atrocement, en cet instant ? En tout cas, elle se tourna vers lui et le regarda avec une douceur, une tendresse qui le bouleversèrent. Alors, inexplicablement, Pierce se demanda ce qu'avait fait Brianne pour bouleverser Sabon de la même façon. Car Sabon était tombé amoureux d'elle, passionnément, il le lui avait même dit ! Comment s'y était-elle prise ? Que lui avait-elle donné ?

La jalousie le prit au ventre — un sentiment violent et très nouveau qui s'accompagna de colère et de dépit.

— Qu'est-ce que tu as, Pierce, tout d'un coup ? s'enquit Brianne. On dirait que tu m'en veux.

— Je me demandais pourquoi Sabon se démène autant pour toi, répliqua-t-il entre ses dents.

— Il se démène pour nous tous, Pierce.

— Non. Il t'aime. Il l'a dit. Qu'est-ce que tu lui as fait ?

— Mais rien… rien.

— Ne te paie pas ma tête ! Je veux bien croire qu'il ait menti sur sa fortune mais j'ai des doutes pour le reste. Sabon est un homme à femmes, tout le monde le sait ! Dis-moi la vérité !

Elle baissa les yeux. Trahir le secret de Sabon, elle ne pouvait pas. C'aurait été trop cruel de livrer cet homme aux plaisanteries, de faire de lui un objet de pitié dans un monde qui confondait virilité et performance. Certes, Pierce était digne de confiance et capable de garder un secret de cette importance ; mais comment être certaine que rien ne lui échapperait jamais, ou qu'il n'éprouverait pas, un jour, le besoin d'en parler à quelqu'un ? Alors, la nouvelle se répandrait comme une traînée de poudre.

Aucun homme ne pouvait supporter une telle humiliation. Encore moins un homme destiné à de très hautes responsabilités dans une région du monde où il devait impérativement inspirer le respect.

Courageusement, Brianne tint tête à Pierce.

— Crois ce que tu veux, après tout, lança-t-elle. Et si tu t'imagines que je suis capable de me servir de mon corps comme monnaie d'échange, ça prouve seulement que tu me connais bien mal.

— Un si joli corps…, reprit Pierce en la toisant avec un mépris presque insultant. Tu as tout ce qu'il faut pour rendre un homme complètement fou ! Sabon a dû adorer ça !

— Au moins, il ne pensait pas à une autre femme, lui ! s'écria Brianne, soudain hors d'elle. Il ne criait pas le nom d'une autre à mes oreilles !

Pierce devint pâle comme la mort. Que pouvait-il répondre à cela ? Brianne ne mentait pas. Cependant, plus encore que l'allusion à Margo, ce fut l'aveu de Brianne qui le frappa en pleine poitrine : alors, elle l'admettait, elle avait couché avec Sabon… ?

Il serra les poings, pris d'une rage meurtrière.

Brianne comprit aussitôt qu'elle venait de commettre une terrible erreur. A présent, Pierce risquait de revenir sur sa parole et de ne pas aider Sabon à monter sa contre-révolution. Mon Dieu, elle avait entamé les chances de cet homme par orgueil et colère ! Quelle idiote !

Elle improvisa un demi-mensonge.

— Je n'ai pas pu coucher avec lui, déclara-t-elle dans un soupir.

— Pourquoi t'es-tu privée d'une si belle occasion ? rétorqua Pierce avec acidité.

— Parce que je suis ta femme ! s'écria-t-elle, lasse et blessée de l'insistance qu'il mettait à douter d'elle et de sa fidélité. Même si, toi, tu ne te conduis pas comme un époux, je ne veux pas te tromper. Je ne *peux* pas, tout simplement.

Pierce détourna les yeux. Sur ce point, Brianne ne mentait pas, il ne pouvait pas en douter. Soudain, il eut honte de ses soupçons. Décidément, songea-t-il, la jalousie lui allait mal, il se maudissait d'en éprouver.

— Autant pour moi, dit-il pour couper court. Je te présente mes excuses. Seulement, voir que tu accordes de l'estime à cet homme me rend... nerveux. Quelque chose m'échappe.

— Nous avons un peu discuté, lui et moi, expliqua honnêtement Brianne. J'ai appris à le connaître. Et puis, crois-moi : je n'ai jamais représenté pour lui qu'un moyen d'obtenir l'engagement inconditionnel de Kurt, rien d'autre.

Elle éclata de rire.

— Imagine la tête de mon beau-père quand il a découvert que Philippe n'était pas le puissant multimillionnaire qu'il croyait !

— Kurt n'est pas au bout de ses surprises, je pense, renchérit Pierce. Il a laissé sa chemise dans ses magouilles, et si on apprend que, dans l'espoir de se renflouer, il a organisé l'invasion du Qawi, il est cuit. Tu avais raison, Brianne, Kurt est bien plus malveillant qu'il n'y paraît : le méchant de l'histoire, c'est lui, plus que Sabon.

— Je suis contente que tu commences à l'admettre, murmura Brianne. On croit que Sabon a tout... mais il a très peu. Même riche, il serait plus pauvre que toi.

— Encore ce secret que tu ne veux pas me confier, n'est-ce pas ?

Brianne hocha la tête, puis s'éloigna de Pierce.

— Ce sera très long, jusqu'à Savannah ? demanda-t-elle en s'asseyant.

— Impossible à dire, répondit distraitement Pierce.

Pourquoi n'essaierais-tu pas de dormir un peu ? Moi, je vais rejoindre Tate et Mufti.

— On va s'en sortir, n'est-ce pas, Pierce ?

— Oui, affirma-t-il.

Et il paraissait si confiant, que Brianne s'allongea et se laissa sombrer dans le sommeil sans plus de questions.

Ils n'avaient pas sitôt posé le pied à terre, à Savannah, que des hommes en noir les interpellèrent. L'un d'eux s'attarda particulièrement sur Tate, puis il déclara :

— Veuillez nous suivre, s'il vous plaît.

Ils se mirent en route et Brianne chercha la main de Pierce qu'elle serra de toutes ses forces. Qu'allait-il se passer ? Elle imaginait déjà le long interrogatoire auquel on allait les soumettre, la difficulté qu'ils auraient à se faire entendre, le temps qu'il faudrait pour qu'on vérifie en haut lieu leurs identités et leurs déclarations... De nouveau, ils seraient enfermés, questionnés, et jamais elle n'irait à la Sorbonne ni nulle part !

On les fit entrer au bureau des douanes, où l'un des hommes en noir échangea discrètement quelques mots avec ses collègues, puis on les conduisit sans explications à l'extérieur du bâtiment. Dehors, la chaleur humide de Savannah tomba sur leurs épaules comme une chape. Savannah..., songea Brianne. Dire qu'elle rêvait depuis si longtemps de visiter la ville, ses jardins secrets, de profiter de l'ombre de ses chênes. Hélas, il n'y aurait pas de tourisme, aujourd'hui.

On les fit monter dans des limousines qui, semblait-il,

n'attendaient qu'eux. Et lorsque la voiture dans laquelle il était installé démarra, Tate fit glisser la vitre de séparation et se pencha vers le conducteur :

— Très bon job, dit-il d'un air satisfait.

— Franchement, répondit l'autre, ça n'a pas été facile. J'aurais préféré vous attendre à l'aéroport de Miami.

— Impossible, répliqua Tate. Il y avait un comité d'accueil très déplaisant, là-bas.

Et comme Brianne le regardait avec des yeux interrogateurs, il ajouta :

— Je vous présente Marlow, il bosse pour moi. Ses deux potes aussi.

— Evidemment…, murmura Brianne. Plus rien ne devrait m'étonner.

— Où nous conduisez-vous ? s'enquit Pierce.

— On va tâcher d'aller directement à Washington, répondit Tate, mais par avion, et depuis une piste privée.

On pouvait faire confiance à Tate pour avoir des contacts partout, songea Pierce, vaguement amusé tandis qu'ils roulaient sur une route poussiéreuse.

Finalement, ils s'arrêtèrent à proximité d'une petite piste désaffectée où les attendait un jet.

— Encore quelqu'un qui te doit un retour d'ascenseur, je suppose, glissa Pierce à Tate, dans un sourire, au moment où ils montaient à bord de l'appareil.

— Eh bien, oui, admit Tate, et le pilote aussi.

— Tate, déclara alors Pierce, le jour où je t'ai embauché, j'ai fait la meilleure affaire de toute mon existence.

— Content de te l'entendre dire.

Sur ce, Tate alla s'installer à l'avant. Brianne, elle, se

retrouva assise entre deux gardes du corps. De l'autre côté du couloir, Pierce et Mufti avaient des sièges voisins.

— Vous êtes mariée ? demanda l'un des gardes du corps à Brianne.

— Oui, elle l'est, lança Pierce sèchement.

— C'est toujours comme ça, répliqua l'autre. Les jolies filles ne sont jamais libres. Votre mari va être drôlement content de vous retrouver, n'est-ce pas ?

— Son mari est assis à un mètre de toi, mon vieux, précisa Pierce sans aménité. Alors, tiens-toi tranquille.

— Je vois… Je suis désolé monsieur Hutton, je vais m'installer ailleurs.

Sur ces mots, l'homme déboucla sa ceinture de sécurité et se leva. Brianne foudroya Pierce du regard. « Tu parles d'un mari ! songea-t-elle, agacée. Quand ça l'arrange, oui ! ». Et pour éviter toute conversation avec lui, elle ferma les yeux et fit semblant de s'assoupir.

L'avion se posa en Virginie, sur la piste d'une propriété privée. Le domaine, apprit Brianne, appartenait à une autre de ces hautes figures de l'ombre que côtoyait Tate.

Ici aussi, deux voitures les attendaient.

— Cette fois, nous sommes en sécurité pour de bon, déclara Pierce. Reste à contacter le secrétariat d'Etat et à laisser parler Mufti pour nous.

— Ce qui ne devrait pas poser de gros problèmes, renchérit Tate. J'ai fait prévenir. On nous écoutera. Allez, en route.

— Brianne, tu montes avec moi, lança Pierce en voyant la jeune femme hésiter devant les deux véhicules.

Elle le rejoignit donc, notant avec tristesse qu'il se comportait de nouveau froidement. La fin approchait. L'avenir ressemblait à un grand point d'interrogation.

Elle eut une pensée pour sa mère, pour son petit frère. Une pensée pour Philippe, aussi. Puis elle prit place à côté de Pierce, et laissa, sans dire un mot, la puissance voiture dévorer les kilomètres de route.

Chapitre 13

Tate ne leur accorda pas une pause avant Charleston. Là, ils se garèrent devant un petit immeuble rose aux balcons de fer forgé, niché dans la végétation tropicale et les palmiers.

— C'est le meilleur restaurant de poisson de Charleston, affirma Tate. Une petite affaire familiale. Je connais le propriétaire depuis des années.

Ils grimpèrent les marches qui menaient au restaurant et firent connaissance avec le propriétaire en question. Contre toute attente, il s'agissait d'un Indien, aussi typé que Tate, aussi grand de taille, et qui portait, comme lui, les cheveux attachés en queue-de-cheval.

— Je vous présente Mike Smith, les amis. Evidemment, c'est un faux nom, mais c'est celui qu'il utilise depuis si longtemps que je m'y suis fait. Il gère ce restaurant avec sa femme et sa fille.

— Vous êtes installés bien loin de votre Dakota natal, fit remarquer Pierce en lui serrant chaleureusement la main. Vous ne souffrez pas du mal du pays ?

— J'adore le poisson, répondit Smith en riant. Donc où serais-je mieux qu'ici ?

— Il a gagné ce restaurant au poker, expliqua Tate.

— Pas de sarcasme, vieux, je gagne très bien ma vie. Mais soyons sérieux et parlons des moyens de vous acheminer discrètement jusqu'à Washington.

— Tu as des idées ?

— J'ai besoin d'un peu de temps pour m'organiser, répondit pensivement Smith. En attendant, si vous preniez place à table ? Maggie va vous servir de quoi vous régaler !

Brianne n'avait pas fait de plus délicieux repas depuis des lustres. Et jamais elle n'avait goûté poisson plus savoureux que celui préparé par Maggie. Le cadre contribuait certainement à son plaisir. C'était si beau, ici, si apaisant. Depuis la fenêtre ouverte, elle voyait la ville et le port comme sur une charmante carte postale ancienne. Elle se sentait transportée des années en arrière dans le temps, avant la Guerre civile, à la grande époque du Sud.

— Tu ne trouves pas, dit-elle à Pierce, que l'architecture d'ici rappelle un peu celle des Caraïbes ?

— Ce n'est pas faux, répondit-il en savourant son café. Après la guerre, de nombreux planteurs de Caroline du Sud se sont installés aux Caraïbes pour éviter d'entrer dans l'Union contre leur gré.

— Oui, j'ai lu ça quelque part dans un livre d'histoire, à l'école…

L'école…, songea Pierce. Ce seul mot suffisait à lui rappeler combien Brianne était jeune. Il la regarda, désolé.

A vingt ans, elle aurait dû être en compagnie d'un amoureux de son âge, insouciant et drôle, avec qui elle aurait partagé des fous rires et fait mille expériences amusantes. Au lieu de quoi, elle avait fait un mariage de convenance avec un homme trop âgé pour elle, et qui l'avait entraînée avec lui dans de très gros ennuis.

A cet instant, elle se tourna vers lui et surprit son regard.

— Qu'est-ce qui ne va pas ? demanda-t-elle doucement.

— Je fais le compte de mes regrets, répondit-il sans la quitter des yeux. Je m'en veux de t'avoir mêlée à toute cette histoire.

— C'est ma mère qu'il faut blâmer, répondit Brianne. Elle m'a jetée dans le pétrin le jour où elle a épousé Kurt. Pourtant, je l'aime de tout mon cœur, et je m'inquiète pour elle et pour Nicholas. Elle doit être morte d'angoisse, à l'heure qu'il est.

— Rassure-toi, affirma alors Pierce. Je comptais justement te dire que Tate a fait le nécessaire : un de ses hommes est allé récupérer par bateau ta mère et ton frère. Ils sont en route pour la Jamaïque et il les confiera à sa famille, à Montego Bay, où ils resteront cachés jusqu'à ce que tout danger soit écarté.

— Oh, merci ! Merci ! s'exclama-t-elle, les yeux plein de larmes.

Mais elle n'osa pas pour autant se pendre au cou de Pierce comme elle en brûlait d'envie.

— Tate est plein de ressource, murmura ce dernier.

— C'est vrai, répondit-elle. Je me demandais si…

Si… s'il y a place pour une femme, dans sa vie. Il est tellement dévoué à son travail, toujours en mission…

Pierce soupira.

— Il y a quelqu'un, oui. En quelque sorte. Elle donnerait tout pour être à lui mais il ne la laissera jamais l'approcher.

— Je la plains, murmura Brianne qui ne connaissait que trop bien ce genre de situation. A-t-elle un métier ?

— Elle est anthropologue.

— Quelle chance ! J'ai suivi un séminaire d'anthropologie, un seul, mais ça m'a passionnée ! Qui sait si je ne vais pas m'y remettre, une fois que je serai à l'université…

Le visage de Pierce se ferma comme elle évoquait l'avenir. Il se contenta de répondre laconiquement :

— Qui sait.

— Mais je ne laisse pas tomber les chiffres pour autant, poursuivit Brianne. Ça me plaît trop d'apprendre à les faire parler !

— Eh bien, deviens un as, et je te donne un job.

Elle regarda Pierce avec un triste sourire.

— Non, ce ne serait pas une bonne idée. J'aimerais autant trouver du travail très loin de toi. Aussi loin que possible, en fait.

— Tu cherches à me faire du mal, en disant cela ? Tu te venges ?

Elle posa sa tasse de café et prit le temps de répondre.

— Tu sais bien qu'il ne s'agit pas de vengeance, Pierce. Simplement, je ne peux pas passer le reste de ma vie à me morfondre parce que tu ne veux pas de moi. Je dois t'oublier, et ce sera plus facile pour moi si je suis là où tu n'es pas.

— Tu t'es monté la tête, à mon sujet, rétorqua-t-il en serrant les dents. Tu prends pour de l'amour ce qui n'est que de la fascination pour un homme plus âgé que toi et qui t'a fait connaître ta première expérience sexuelle. Tu confonds tout. Grâce à Dieu, tu es très jeune : avec le temps, tu comprendras ton erreur et tu m'oublieras.

— Bien sûr, que je t'oublierai, dit-elle en se levant. Tout comme tu as oublié Margo.

Sur ces mots, elle tourna les talons et partit se rafraîchir et écraser ses larmes. Au même instant, Tate arrivait et venait s'asseoir à côté de Pierce.

— Il y a une légère complication, glissa-t-il à l'oreille de Pierce. Brauer sait que nous sommes aux Etats-Unis. Il a lancé ses hommes à nos trousses. D'ici à quelques heures, il nous aura trouvés.

— Que dit Smith ?

— Il peut nous faire monter en douce sur un petit bateau de pêche. Pendant ce temps, mes hommes donneront le change en continuant de rouler vers Washington avec les deux limousines.

— C'est jouable ?

— Je le crois.

— Et si tes hommes sont rattrapés ?

— Ils sauront s'en tirer. Autant que tu le saches, maintenant, deux d'entre eux sont des fédéraux.

— Hein ?

— A ce stade, tu n'as pas besoin d'en savoir plus.

— Autrement dit, si par hasard Kurt leur tombe dessus, il va directement à la case prison.

— C'est ça.

— Tate, tu es un véritable génie.

— C'est ce qu'on dit, oui.

— Et tu sais choisir tes étapes, ajouta Pierce en souriant. Ce restaurant est décidément excellent.

— Smith a le tour de main, n'est-ce pas ?

— Notre présence ici ne le met pas en danger ?

— Le restaurant lui sert de couverture. Quand à sa « femme » et sa « fille », elles n'ont aucun lien de parenté avec lui.

— Brauer s'en fiche pas mal. Il ne fera pas de détail.

— T'inquiète. Dans cette maison, on est habitué à défendre sa peau.

— Et, une fois encore, tu ne m'en diras pas plus ?

— Gagné. Allez, partons, maintenant.

Avant de quitter les lieux, Pierce embrassa du regard la salle de restaurant. Qui étaient vraiment ces gens — les Smith, leurs serveurs ? Il ne le saurait jamais. Tout ce qui touchait à Tate était toujours entouré de mystère et, sans doute, était-ce aussi bien ainsi. Et l'heure n'était pas aux conjectures. Le temps pressait. Pierce suivit Tate dehors, où ils retrouvèrent Brianne. Là, Smith les fit embarquer à l'arrière de sa camionnette, et ils prirent la direction du port.

— Ne le prenez pas mal, déclara Brianne, mais je commence à en avoir plein le dos des croisières.

Assise au fond du petit bateau de pêche, elle se bouchait le nez tant l'odeur était insupportable. A côté d'elle, Mufti s'était enfermé dans le silence depuis qu'ils avaient quitté le port. L'air soucieux, il semblait plongé dans de sombres réflexions.

— Ça ne va pas, Mufti ? murmura Brianne. Nous sommes presque libres, maintenant.

— Vous, peut-être, mais pas moi. Je redoute le pire pour ma famille. Si Sabon apprend quel rôle j'ai joué dans cette aventure…

— Il a dit qu'il ne se vengerait pas.

— Rien n'est constant, en ce monde, rétorqua Mufti en haussant tristement les épaules. Il peut ne pas tenir parole.

Brianne posa gentiment la main sur le bras de son compagnon de voyage.

— Arrive ce qui doit arriver, Mufti, dit-elle. N'est-ce pas ce que ta religion enseigne ? On doit accepter ce qu'on ne peut changer.

— Je ne m'y résous pas.

— Nous n'avons pas le choix.

Brianne en savait quelque chose : ainsi, que pouvait-elle contre l'indifférence de son époux ? Elle tourna les yeux vers lui. Là-bas, à l'autre bout de la cale, il discutait à mi-voix avec Tate. Soudain, elle eut l'impression d'étouffer. Il fallait qu'elle respire, qu'elle prenne l'air, qu'elle échappe à cette atmosphère à la fois pesante et viciée par les odeurs de poisson.

Sans plus réfléchir, elle quitta la cale et monta sur le pont. Enfin, enfin, elle recouvrait un peu de liberté, loin des dangers qui les guettaient et des côtes hostiles. Elle respira à pleins poumons le grand air de la mer. Nonchalamment installés à l'avant du bateau, deux des pêcheurs ravaudaient d'immenses filets tout en l'observant. Leurs mains travaillaient habilement...

Leurs mains.

Brianne frissonna. Ces mains-là n'étaient pas des mains de travailleurs. Elles étaient nettes, propres. En fait, à y regarder de plus près, une foule de menus détails indiquaient qu'elle n'avait pas affaire à des pêcheurs. A commencer par le regard de ces hommes, qui lui rappelait celui de Tate et de ceux qui travaillaient pour lui ou en relation avec lui.

Cette fois encore, on ne lui avait pas tout dit ! Ils n'étaient pas à bord d'un bateau de pêche.

Furieuse, elle s'apprêtait à descendre demander des explications quand une poigne de fer s'abattit sur son bras et la fit sursauter.

— Qu'est-ce que tu fais là ? gronda Pierce. Tu veux nous faire repérer ? On est encore trop près des côtes pour que tu te permettes ce genre d'imprudence. Redescends tout de suite.

Elle ne bougea pas d'un pouce et le foudroya d'un regard meurtrier.

— Je t'interdis de me parler comme à une gosse ! J'en ai assez qu'on me raconte n'importe quoi ! Pourquoi ne pas m'avoir dit qu'il ne s'agissait pas d'un bateau de pêche ? que ces hommes ne sont pas des pêcheurs ?

— Puisque tu l'as découvert par toi-même, de quoi te plains-tu ? répliqua sèchement Pierce.

— Je veux savoir qui est Smith !

— Un pro. Il travaille parfois pour le gouvernement. Rien à voir avec les chiens assoiffés de sang dont ton beau-père a loué les services.

— Mais…

— Chut, ordonna Pierce en posant un doigt sur les lèvres de Brianne. Je ne t'ai rien dit.

— Je n'en peux plus de ton film d'espionnage, Pierce, s'écria-t-elle en repoussant sa main.

— Tu fais pourtant une bien jolie petite espionne, murmura-t-il.

Puis il encadra de ses mains le visage de Brianne et se pencha pour prendre doucement sa bouche.

— Ne cherche pas les ennuis sur ce pont, ma belle, murmura-t-il encore.

— Chercher les ennuis, moi ? murmura-t-elle à son tour, infiniment troublée. Inutile, c'est eux qui se précipitent vers moi…

Puis elle enroula les bras autour du cou de Pierce et lui offrit ses lèvres :

— Encore. S'il te plaît.

Il soupira, vaincu, et l'embrassa. Ce fut un baiser d'affamés, très long, fiévreux, que Brianne aurait voulu prolonger indéfiniment…

Mais Pierce se détacha brusquement d'elle, brisant le charme.

— Ça suffit.

— Pourquoi ?

— Parce que dans quelques jours tu ne seras plus ma femme.

Désespérée, elle chercha son regard, accrochée à l'espoir qu'il essayait peut-être de la mettre à l'épreuve. Mais non, ses yeux disaient combien il était sérieux.

— Tu ne reviendras pas sur ta décision ? demanda-t-elle. Je vaux peut-être la peine que tu me gardes, finalement…

Et comme il ne répondait pas, elle risqua le tout pour le tout.

— Pierce, est-ce que tu aimerais avoir un bébé ?

La réaction fut immédiate — et terriblement violente.

— Qu'est-ce que tu cherches ? s'écria Pierce en la repoussant sans ménagement. Non, je ne veux pas de bébé ! Ni avec toi ni avec personne ! Jamais !

Brianne ne put que bredouiller, affolée et blessée par tant de véhémence. Et au moment où elle s'apprêtait à demander à Pierce de s'expliquer, elle comprit au regard noir qu'il lui lançait qu'il vaudrait mieux se taire. Pourtant, elle insista.

— Je veux que tu me dises pourquoi.

— Ne me demande pas ça, lui dit-il entre ses dents.

Cela sonnait comme un avertissement.

Pierce se détourna. Brianne le mettait à l'agonie, avec ses questions ! C'était comme si elle retournait le couteau dans la plaie de son deuil et de ses frustrations. Ils avaient tant désiré un bébé, Margo et lui ! Et il se rappelait encore leur joie quand elle était tombée enceinte — les préparatifs, la chambre de l'enfant, les rêves partagés, les projets d'avenir à trois…

Tout s'était effondré.

Le même jour, Margo avait perdu l'enfant et appris qu'elle ne pourrait jamais en avoir d'autre.

Après tout, Brianne avait le droit de savoir, songea-t-il alors. Puis il lui raconta tout…

— Je te comprends mieux, maintenant, murmura-t-elle quand il acheva son récit.

— Je suis un homme mort, Brianne. J'ai rejoint Margo et notre enfant. Voilà pourquoi je n'aurai pas d'enfant avec toi.

— Je me sens capable de l'élever seule, si tu ne veux pas t'en occuper.

— Ne dis pas de bêtises.

— Tu me sous-estimes ?

— Je ne veux même pas en discuter. Il n'y aura pas de bébé, c'est tout. Je ne veux pas d'enfant de toi, c'est clair ?

« Je ne veux pas d'enfant de toi… » Brianne baissa les yeux et encaissa le coup. Entendre ça, c'était sans doute le plus dur. Alors, vraiment, elle ne valait pas la peine qu'il se donne une seconde chance — qu'il lui donne sa chance, à elle ? Il préférait entrer en léthargie, se retirer du monde comme il était déjà en train de se retirer de leur mariage, se retrancher dans sa citadelle avec son fantôme chéri !

Puisque c'était ainsi, elle n'allait rien lui dire.

Non, elle ne lui dirait pas qu'elle ne prenait pas la pilule. Qu'ils avaient fait l'amour comme des fous sans aucune protection et que cet enfant dont il ne voulait pas était peut-être déjà en train de grandir dans son ventre. « Ce bébé sera à moi, Pierce, rien qu'à moi, songea-t-elle. Et toi, tu es la dernière personne au monde à qui j'avouerai son existence ! »

— Je n'oublierai pas ce que tu viens de me dire, répondit-elle calmement.

Puis elle tourna les talons et redescendit dans la cale.

L'océan s'étendait à perte de vue. Le front collé au hublot, Pierce évitait le regard de Brianne. Comme il s'en voulait d'avoir été aussi dur avec elle… D'un autre côté, la bercer d'illusions, lui laisser croire qu'il pouvait changer, n'aurait pas été honnête.

Un jour, songea-t-il amèrement, elle ferait la plus jolie des mamans. Il l'imaginait, enveloppant de douceur un bébé aussi blond qu'elle. Elle saurait mieux que personne prendre soin de lui, trouver les gestes sûrs et justes pour le chérir et l'aimer.

Pierce ferma les yeux. Ces images devenaient insupportables pour lui qui ne connaîtrait jamais le bonheur d'être père. Il fallait qu'il les chasse, qu'il les tue en lui. Malgré tout, il glissa un regard vers Brianne. Avant de se dire, une fois de plus, qu'elle était trop jeune, qu'il était trop vieux et qu'il n'avait plus la force de jouer son cœur à pile ou face une seconde fois.

Le bateau arriva bientôt dans un petit port. Lorsqu'ils débarquèrent, Brianne sourit à la vue de la limousine noire qui les attendait. « Comme d'habitude », se dit-elle. Un homme en descendit, s'approcha du bateau, accompagné des deux hommes que Tate avait quittés à Savannah.

— Content de te voir, Lane, déclara Tate en échangeant une poignée de main avec le nouveau venu.

— Et réciproquement, patron, répondit Colby Lane avec un bref sourire et un regard circonspect en direction de Pierce.

— Oublie les mondanités avec moi, lança ce dernier. On est trop intime pour ça !

Colby se frotta la mâchoire.

— J'en ai gardé un fameux souvenir, figure-toi, répondit-il, et je ne te fournirai pas l'occasion de m'en laisser d'autres.

— Ne t'inquiète pas pour ça : je suis d'humeur pacifique. Pas de difficulté pour arriver jusqu'ici ?

— Un petit accrochage à la frontière du Maryland. Les fédéraux ont mis la main sur deux des hommes de Brauer.

— Parfait pour nous.

— N'empêche qu'il vaut mieux ne pas traîner, affirma Colby Lane. Nous sommes toujours suivis.

— Alors, tout le monde monte en voiture, ordonna Tate.

— Dans cet état ? objecta Brianne en se bouchant le nez. On sent le poisson pourri à cent mètres.

— Le sénateur Holden nous prendra comme nous sommes.

— Fait-il partie des amis de Kurt ?

— Ceux-là, répondit Tate, mieux vaut ne pas les approcher pour l'instant, ils préviendraient tout de suite votre beau-père qui a dû leur brosser de nous un portrait terrible… Non, Holden est… Disons que je le connais bien. Rusé comme un vieux renard et pas commode, mais suffisamment honnête et fair-play. Il nous écoutera.

Chapitre 14

Brianne n'était pas près d'oublier sa traversée de la capitale. Une voiture les prit en chasse dès leur sortie du port, et des coups de feu claquèrent jusqu'à ce qu'ils entrent dans Washington même. Là, le chauffeur conserva sa folle vitesse mais elle se sentit plus à l'abri.

Finalement, ils passèrent sans encombres la grille de la résidence du sénateur Holden, où on les attendait sur la dernière marche du perron.

— Le sénateur Holden vous attend dans la bibliothèque, monsieur Winthrop, annonça l'homme qui leur ouvrit. Et vous aussi, madame et messieurs.

— Merci, répondit Tate en prenant la tête du groupe.

Et comme il se dirigeait sans hésitation, Brianne en conclut qu'il était probablement un des familiers de cette maison. Son impression se vérifia lorsque le sénateur les reçut, de manière aussi informelle que possible, dans sa veste d'intérieur de soie, confortablement installé au fond d'un fauteuil de cuir. C'était un homme très intimidant, aux cheveux argentés, mais qui avait dû être très brun, et dont les traits taillés à la serpe évoquaient des origines indiennes.

— Ne restez donc pas planté là, Tate, lança-t-il d'un ton presque militaire. Asseyez-vous, et faites aussi asseoir vos amis. Tout de même, vous auriez pu me parler directement, au lieu de passer par vos hommes ! Toujours cette manie que vous avez de faire des mystères pour tout... C'est exaspérant.

La colère se lut fugitivement sur le visage de Tate, mais il se reprit tout de suite, comme il savait si bien le faire.

— Le temps m'a manqué, sénateur, répliqua-t-il avec sa réserve habituelle. Permettez-moi de vous présenter Pierce Hutton, pour qui je travaille, son épouse, Brianne, et notre principal témoin dans l'affaire qui m'amène, Mufti.

— Eh bien, enchanté de vous connaître tous, déclara sèchement Holden. Toute cette histoire est extrêmement embarrassante. Extrêmement embarrassante, répéta-t-il, comme pour lui-même. Que Kurt Brauer ait essayé de mêler Washington à ses basses besognes... Les bras m'en tombent.

— Et pourtant, il l'a fait, affirma Pierce. Et il pense même pouvoir s'en tirer sans dommages. D'ailleurs, il a tout mis en œuvre pour nous empêcher d'arriver jusqu'à vous.

— Dieu merci, vous êtes là. D'ailleurs, je ne m'étonne pas que vous ayez réussi, dit le sénateur avec un regard appuyé en direction de Tate. Décidément, Winthrop, vous êtes inégalable... Sur le plan professionnel, du moins.

C'était une pique, et Pierce guetta sur le visage de Tate l'effet qu'elle produirait. Tate montrait si rarement ses sentiments. Cependant, cette fois, il vit frémir fugitivement l'impassible personnage. Apparemment, Tate était particulièrement sensible au regard et à l'opinion du sénateur Holden. Là-dessous aussi, il devait y avoir un de ces mystères qui entouraient toute la vie de Tate, songea Pierce.

— Bien ! reprit alors le sénateur, il faut me raconter cette histoire de A à Z. Je vous écoute, monsieur, dit-il en désignant Mufti.

Celui-ci tremblait comme une feuille. Il dut prendre sur lui pour affronter la sévérité de son interlocuteur et relater comment il avait été mandaté pour espionner Sabon. Puis il décrivit l'intervention des mercenaires, son passage dans le clan de Tate, la fuite de Sabon…

— Jusqu'où Sabon est-il impliqué ? demanda Holden.

— Moins que vous ne le pensez, répondit aussitôt Brianne.

Si elle n'intervenait pas, à ce stade de la conversation, qui d'autre le ferait pour plaider la cause de Philippe ? Il fallait que quelqu'un le défende, brosse un portrait juste de l'homme qu'il était vraiment, et explique objectivement comment il en était arrivé à s'associer avec Kurt, avant que ce dernier ne le trahisse honteusement.

— Il est clair que Brauer présente Sabon comme le grand responsable de ce désastreux épisode, lui confirma le sénateur. Il va même jusqu'à raconter que, si Sabon a organisé ce coup militaire, c'est pour le compte du Salid, la nation voisine. Autrement dit, il serait un vendu, un traître à son propre pays.

— C'est absurde ! s'exclama passionnément Brianne. Sabon est le prince héritier du Qawi — ce que mon beau-père ignore. Pourquoi se saboterait-il lui-même ? Pourquoi détruirait-il tout, alors qu'il a remué ciel et terre pour attirer les investisseurs et les pétroliers vers son pays ?

— Il a tout de même cherché à provoquer une intervention américaine, lui rappela le sénateur. Comment expliquez-vous cela, madame ?

— Sabon ne cherchait qu'à protéger le pétrole de son peuple contre la convoitise du Salid.

— Son peuple…, reprit Holden avec un lourd soupir. Le fait est que le Qawi souffre beaucoup. Et que nous, les nations riches, nous fermons les yeux sur toute cette pauvreté. Le commerce des armes nous intéresse davantage que l'investissement dans le développement des pays misérables.

— Il faut absolument arrêter Brauer, sénateur, déclara alors Pierce. Nous craignons une escalade si jamais il découvre combien il est compromis. Il est tout à fait capable de mettre le feu aux champs de pétrole.

— Pourquoi ferait-il cela, selon vous ?

— Par pur esprit de vengeance. A défaut de réussir son coup militaire, il aurait l'odieuse satisfaction de provoquer une catastrophe.

— J'en conviens, admit le sénateur en passant une main dans ses cheveux, l'air préoccupé. Mais, croyez-moi, ajouta-t-il en regardant Pierce droit dans les yeux, je ne vais pas laisser faire cela. Nous allons immédiatement contacter INN, la chaîne d'information continue.

Holden n'eut qu'un coup de fil à passer. Dans l'heure qui suivit, toute une équipe de journalistes et de techniciens débarquait et s'installait à son tour dans la bibliothèque avec leur matériel.

Sous l'œil de la caméra, le plan diabolique de Kurt Brauer fut révélé à l'Amérique entière, et déployé jusque dans ses détails les plus odieux. Porté par le désir passionné de défendre le Qawi et de décrire Brauer comme le cynique manipulateur qu'il était, Mufti fut plus qu'éloquent. Entre-temps, Holden avait aussi donné des instructions pour qu'on se lance à la recherche du traître qui avait failli ridiculiser Washington aux yeux de toute la communauté internationale.

Une fois l'information divulguée, Brauer ne fut pas difficile à trouver. Il fut interpellé dans le bureau de son contact au Sénat, et emmené par les fédéraux. Certains de ses mercenaires, postés en Floride, en Georgie et sur la côte, en Virginie, connurent rapidement le même sort. La police internationale mit également la main sur d'autres de ses hommes, à Saint-Martin et au Qawi.

Sans que cela soit officiel, Sabon bénéficia du soutien des Etats-Unis, et reçut un renfort militaire pour reprendre en mains son pays et le rendre au cheikh légitime. Si bien qu'en quelques jours de combat, le vieux prince put rentrer d'exil, et réfléchir concrètement à l'avenir de son peuple. Quant aux champs de pétrole, ils furent placés sous haute surveillance tandis que les équipes techniques et les cadres du consortium se rasseyaient à la table des négociations.

Pour Brianne, l'heure approchait de se séparer de Pierce…

— Votre mère est à la Jamaïque, lui annonça Tate peu de temps après que Brauer fut arrêté. Avec votre frère. En sécurité. Bientôt, elle pourra rentrer chez elle sans courir le moindre risque.

— Merci, Tate, répondit-elle, émue aux larmes, merci de tout cœur. Pour tout.

— Remerciez plutôt Pierce, objecta-t-il avec un discret sourire. C'est lui qui donne les instructions.

Elle se tourna vers son mari. Depuis qu'ils étaient installés dans sa maison, à Washington, et qu'ils pouvaient enfin se reposer et respirer sans craindre pour leurs vies, Pierce retrouvait doucement ce beau visage qui avait tellement séduit Brianne, lorsqu'ils s'étaient rencontrés, à Paris. Aujourd'hui, fraîchement douché, rasé de près, il était particulièrement sexy, songea-t-elle tristement.

Elle, en revanche… Leur aventure avait laissé des marques. Brianne se sentait faible et, quand elle croisait son reflet dans le miroir, elle se trouvait pâle et amaigrie. Même ces derniers jours, pourtant passés dans le confort de la maison de Washington, la laissaient épuisée. Le seul fait de parler, de raconter leur histoire la vidait de toute énergie. Elle ne devait pas être belle à voir…

— Eh bien, merci, Pierce, reprit-elle avec lassitude.

Il se contenta de sourire.

— Il n'y a pas à me remercier. Sache seulement que ta mère aura tout ce qu'il lui faut quand elle rentrera chez elle, j'y veillerai. Je me suis déjà arrangé pour lui trouver une maison, au bord de l'océan, du côté de Jacksonville. Je suis sûr qu'elle s'y plaira.

— Tu ne lui dois rien, objecta Brianne.

— Non, mais... elle aura grand besoin d'aide quand elle apprendra qu'il ne lui reste pas un sou pour élever son fils. Brauer ne laisse rien derrière lui, Brianne. Et puis, ajouta-t-il en la regardant droit dans les yeux, j'ai les moyens. Pas de la faire vivre sur le train qui était le sien, bien sûr, mais de leur assurer une existence décente, à elle et à son enfant.

Brianne ne sut que répondre. La générosité de Pierce à l'égard de sa famille l'embarrassait, surtout à la veille de leur divorce.

— M'envoyer à l'université va déjà te coûter suffisamment cher comme ça, fit-elle remarquer sèchement.

— Le prix de ton éducation, c'est de l'argent de poche, pour moi, répliqua-t-il avec détachement. A moins que tu t'imagines que je mens sur ma fortune, comme ton ami Philippe ?

Elle lui jeta un regard plein d'éclairs.

— Je ne suis pas allée vérifier, figure-toi ! Si tu crois que ça m'intéresse, de savoir si tu es riche ou pas !

— Je sais. Je sais que tu n'es pas cupide, Brianne.

— Alors, fiche-moi la paix. D'ailleurs, il est grand temps que j'aille boucler mes valises.

A ces mots, Pierce fronça les sourcils et sentit son cœur battre plus fort.

— Déjà ?

— Oui, déjà, rétorqua-t-elle.

Puis elle tourna les talons et quitta le salon, laissant Pierce planté là, seul avec Tate qui avait assisté à leur houleux échange sans dire un mot.

Ce dernier étudia Pierce avec curiosité.

— Tu comptes la laisser faire ? demanda-t-il. Où va-t-elle ?

Pierce enfonça les poings dans ses poches, et répondit en baissant la tête :

— A Las Vegas. Avec moi. Obtenir le divorce.

— Elle est futée, cette fille, déclara alors Tate.

Pierce leva aussitôt les yeux, surpris et furieux à la fois.

— Garde tes réflexions pour toi, Tate ! Surtout si c'est pour m'imposer encore une autre de tes énigmes !

Mais Tate ne parut pas impressionné par l'humeur de son ami. Il se dirigea vers le piano, prit le cadre dans lequel figurait la photo de Margo, et jeta un regard éloquent à Pierce. Celui-ci lui répondit par un autre regard, qui semblait dire : « Je sais ce que tu penses, mon vieux, mais essaie seulement de faire un commentaire, et je te mets mon poing dans la figure ».

Tate reposa le cadre. Puis il prit le risque de défier Pierce.

— Margo était unique et très chère à ton cœur. Brianne aussi est unique et très chère à ton cœur, dit-il sobrement.

— Elle a surtout vingt ans de moins que moi, répondit Pierce. Tu imagines…

Un sourire triste flotta sur les lèvres de Tate.

— Je connais cet argument par cœur. C'est celui que j'utilise aussi. Seulement, le matin, quand je me réveille seul dans mon lit, cet argument-là ne me procure aucun réconfort.

Pierce chercha le regard de Tate. Evidemment, tous deux savaient qu'il parlait de Cecily et de l'amour dont Tate ne voulait pas entendre parler, malgré les sentiments qu'il éprouvait pour la jeune femme.

— Elle t'aime, affirma Tate. Elle est folle de toi.

— Non. Elle se monte la tête à mon sujet parce qu'elle n'a rien vécu d'autre.

Tate haussa les épaules.

— C'est toi qui décide. Elle dit qu'elle ira à l'université… Où ça ?

— Elle a choisi Paris. J'aurais préféré qu'elle reste ici, à Washington, pour prendre plus facilement soin d'elle, mais je ne peux pas m'opposer à sa volonté de s'éloigner de moi.

— Evidemment, elle serait plus en sécurité auprès de toi, admit Tate. Et moi, ça me compliquerait moins la vie que d'assurer sa sécurité de l'autre côté de l'Atlantique. J'ai assez de soucis comme ça en ce moment, surtout avec les femmes…

— Quelque chose ne va pas ?

Tate secoua la tête.

— C'est très personnel, Pierce, et pas facile à régler.

— Cecily ?

— Je n'ai pas le temps de penser à Cecily en ce moment, rétorqua Tate en se fermant immédiatement.

Autrement dit, songea Pierce, il s'agissait bien d'elle…

— Si vraiment je ne m'en sors pas seul, reprit Tate, plus conciliant, je ferai appel à toi. Je sais que je peux compter sur ton amitié.

— J'espère bien, sinon à quoi est-ce que je te sers ? Bien… pour en revenir à Brianne : mandate un de tes agents à Paris pour l'accompagner et la protéger sur place. Je veux aussi que quelqu'un veille sur Eve et le petit. Bref, fais ce qu'il faut, leur sécurité à tous est très importante pour moi.

— Ce sera fait. Je vais dédier Marlowe à Brianne. Qu'en penses-tu ? Il est jeune, très séduisant… et efficace, bien entendu. Il lui plaira beaucoup.

— Ne te fous pas de moi, sinon je te vire, répliqua Pierce, incapable de faire preuve d'humour.

Tate l'observa avec un mince sourire.

— Tu l'aimes, conclut-il seulement.

Pierce ne répondit pas. La petite phrase de Tate venait de lui mettre le nez sur ce qu'il savait déjà mais refusait de s'avouer. Oui, il aimait Brianne. Il l'aimait même avec une telle fougue, que l'idée qu'elle s'intéresse à un autre homme — y compris son garde du corps — le rendait à moitié fou.

— C'est ta vie, reprit Tate, tu en fais ce que tu veux, mais laisse-moi tout de même te dire une chose : si tu la laisses partir, il faut que tu acceptes que, jeune et belle comme elle l'est, elle ne restera pas seule longtemps à Paris. Elle est pleine d'énergie, de joie de vivre ; elle ne s'enfermera pas chez elle.

Comment aurait-il pu en être autrement, en effet ? songea Pierce, douloureusement. Brianne adorait sortir, s'amuser, se cultiver. Elle irait dîner dehors, danser, visiter des expositions. Elle côtoierait des gens de son âge, éclatants de jeunesse, qui l'entraîneraient avec eux dans leurs virées. Oui, dès qu'il n'appartiendrait plus au tableau, il ne faudrait pas trois mois pour qu'un autre homme occupe le terrain et fasse tout pour la séduire, avant de tomber fou amoureux d'elle. Plus il y pensait, plus cette perspective faisait frémir Pierce de rage et de chagrin.

— Imbécile, murmura Tate.

— C'est de moi que tu parles ? releva Pierce.

— Je parle de quelqu'un qui est en train de gâcher un beau cadeau de la vie. Une pure merveille. Brianne n'est pas une de ces poules de luxe qui rôdent autour de toi d'habitude. Ni une de ces filles blasées que tu fréquentes trop souvent. Elle aurait pu te donner le bonheur qui te manque cruellement. Mais, comme tu dis, ajouta-t-il en secouant la tête, c'est aussi bien qu'elle aille offrir tout cela à quelqu'un de plus jeune que toi. Parce que, toi, tu es déjà mort.

Brianne, Pierce et Tate conduisirent Mufti à l'aéroport, où celui-ci embarqua pour son pays. Lorsque Brianne et Pierce furent rentrés chez eux, et de nouveau seuls, Pierce se décida à rompre le silence qui s'était installé dans la voiture tout le long du trajet de retour. A mesure que les heures s'écoulaient, leurs relations étaient de plus en plus tendues.

— Mufti va faire figure de héros national, dans son pays, dit-il, se réfugiant dans les sujets impersonnels. Il représentera aussi un avertissement à lui tout seul pour ceux qui essaieraient de mettre la main sur le pétrole du Qawi. Qu'en penses-tu ?

Brianne ne répondit pas. Elle regarda la photo de Margo, sur le piano, et, entièrement absorbée par son futur départ pour Las Vegas, elle s'enveloppa de ses bras, parcourue par un frisson. Voilà, cette fois, songea-t-elle, Margo avait gagné pour de bon. « Demain, je ne serai plus la femme de Pierce… »

— Pour quelle heure dois-je me tenir prête à partir, demain ? demanda-t-elle à Pierce, sans réussir à affronter son regard.

Elle l'entendit soupirer. Quel sens pouvait-elle donner à ce soupir ? Regrettait-il un peu, un tout petit peu, sa décision de se débarrasser d'elle, de la voir sortir de sa vie ? Non, plus vraisemblablement, il était fatigué, et elle l'agaçait avec ses questions.

— Je n'ai encore rien décidé, répondit-il. Cette aventure m'a lessivé, Brianne, physiquement et mentalement. Et puis, j'ai des priorités, ajouta-t-il froidement. Il faut que j'aille en mer Caspienne, histoire de remettre tout le monde en selle.

Brianne se tourna vers lui, avec étonnement.

— Ça veut dire qu'on ne part pas demain ?

Logiquement, il aurait dû montrer plus d'empressement à organiser leur départ, afin d'obtenir le divorce au plus vite. N'était-ce pas ce qu'il souhaitait, qu'elle ne soit plus sa femme ? Elle l'étudia, laissant son regard glisser sur son beau visage et son corps si désirable. Il était si attirant, elle l'aimait tellement… Plus elle demeurait près de lui, plus elle avait envie de se jeter dans ses bras, dans son lit, pour une autre de leurs inoubliables étreintes. Qu'elle était bête ! Elle se détestait de se savoir si vulnérable !

Mais, contre toute attente, il s'approcha d'elle, comme poussé par une force invisible et irrépressible. Soudain, dans la maison, le silence changea de nature. Il n'y eut plus de tension mais une sorte d'électricité que tous deux ne connaissaient que trop bien. Pierce s'arrêta à un souffle d'elle, la dominant de toute sa taille, tandis qu'il la déshabillait d'un regard brûlant.

— Est-ce que tu as… envie de moi, Brianne ? demanda-t-il alors d'une voix qu'elle reconnaissait à peine.

Quelque chose avait changé. Son cœur se mit à battre la chamade.

— Tu m'as bien dit que tu voulais une nuit d'amour, une vraie, n'est-ce pas ? lui rappela-t-il en frôlant ses lèvres. Pas un de ces moments volés comme ceux que nous avons eus jusqu'à maintenant.

Brianne ne pouvait pas dire un mot. Mais quelle importance ? Ses yeux devaient parler pour elle, elle le savait, ses yeux et tout son corps qui se tendait vers Pierce.

— Tu veux vraiment ? murmura-t-elle.

— Plus que tu ne peux l'imaginer, murmura Pierce à son tour, avec une sorte d'amertume. Plus que tout au monde.

Alors, elle ne réfléchit pas davantage. Elle jeta les bras autour de Pierce, et celui-ci la souleva du sol, pour l'emporter dans sa chambre. Soudain, il se sentait vraiment un homme. Soudain, il avait de nouveau vingt ans. Contre lui, Brianne était pelotonnée et semait son cou de petits baisers délicieux.

Ils traversèrent la grande entrée, arrivèrent dans la chambre qui n'attendait qu'eux, dont Pierce ferma la porte d'un coup de talon, avant de poser délicatement Brianne sur le lit. Puis il débrancha le téléphone, déboutonna sa chemise et vint se placer au-dessus de Brianne, l'emprisonnant entre ses cuisses puissantes.

Allongée sous lui, elle le regardait se déshabiller sous ses yeux, le souffle court. Pour la première fois, ils allaient faire l'amour en pleine lumière. Les fenêtres étaient ouvertes, la lointaine rumeur de la rue en contrebas montait jusqu'à la chambre ; à travers les lames des stores vénitiens, le soleil et l'ombre dessinaient de longues bandes sur le sol.

Brianne sentait venir en elle une délicieuse sensation d'excitation. Pierce se pencha sur sa bouche. Il était tellement beau, tellement impudique, songea-t-elle. Il ne semblait gêné ni par sa nudité ni par le désir physique évident qu'il éprouvait pour elle. Bientôt, il entreprit de la déshabiller à son tour.

Et quand elle fut nue, il laissa ses belles mains chaudes glisser sur son corps, depuis les seins jusqu'au ventre, aux hanches, aux cuisses.

— Tu frissonnes, beauté ?

— Tu me donnes la fièvre, murmura-t-elle dans un souffle rauque.

Elle se cambra, électrisée tandis qu'il continuait de la caresser avec un tendre sourire. Il adorait qu'elle ne se cache pas de son désir pour lui, ni du plaisir qu'elle prenait

— cela, elle le savait bien. Et lorsqu'il toucha son intimité de femme, elle céda tout à fait.

Pierce n'aurait pas pu décrire la fierté virile qu'il éprouvait chaque fois que Brianne s'abandonnait dans ses bras. Savoir que cette femme, belle, désirable, sensuelle, ne voulait appartenir qu'à lui, le rendait fou de désir. Il l'attira doucement à lui, excité par le petit cri qui lui échappa quand il pressa son sexe contre elle. Puis il frotta sa bouche contre celle de Brianne, prenant son temps, mordillant ses lèvres, l'une après l'autre, jouant et flirtant... Enfin, il les entrouvrit de la langue et approfondit passionnément leur baiser.

Brianne soupira de volupté. Pierce la sentit qui enfonçait les ongles dans les muscles de ses épaules et se pressait davantage contre lui tandis que l'excitation augmentait en elle. Il posa les mains sur ses seins, des seins fermes, frissonnants, qu'il adorait. Il les caressa, d'abord du bout des doigts, frottant paresseusement la pointe avec son pouce pour en faire durcir la perle. Brianne se cambra, mais il ignora l'invitation et continua de l'effleurer.

Elle enfonça un peu plus ses ongles.

— Je t'en prie, Pierce...

— Chut... Sois patiente, ma belle... On a enfin tout notre temps.

Elle laissa échapper un petit cri sauvage et Pierce vint en cueillir le souffle sur ses lèvres, pour l'embrasser à pleine bouche. Cette fois, il ne put s'empêcher de refermer les mains sur les seins de Brianne et d'en éprouver toute la plénitude dans ses paumes avides.

De nouveau, elle soupira de plaisir. De nouveau, Pierce

l'embrassa fiévreusement, de plus en plus enflammé par l'incroyable sensualité qu'il découvrait chez elle. Mais il avait décidé de prendre son temps et il s'obligea à contrôler sa fougue. Quittant les lèvres de Brianne, il prit dans sa bouche, l'une après l'autre, les pointes de ses seins, et les mordilla jusqu'à la torture. Sous son joug, elle se cabrait, haletait, criait à petits cris retenus qui le rendaient fou. Lentement, il l'embrassa un peu partout sur le ventre, à l'intérieur des cuisses.

Le temps semblait avoir suspendu sa course, s'être éclipsé pour laisser toute la place aux rythmes de la passion. La chambre n'était plus qu'un brasier où Pierce se rassasiait du corps de Brianne, ne s'occupant plus que de lui donner du plaisir.

Bientôt, il vint se poser sur elle, elle l'attrapa par les épaules, le plaqua contre elle. Il la regarda pour jouir de l'expression qu'il allait y découvrir.

— Ne bouge pas…, chuchota-t-il. Laisse-moi faire.

— Pierce, tu me rends folle… Arrête de me tourmenter.

Elle s'accrocha à ses hanches. Alors, lentement, voluptueusement, il se mit à se frotter à elle.

— Pierce… je ne vais pas pouvoir supporter ça longtemps…

— Oh, si…

Il lui menotta les mains avec les siennes, et les lui tint au-dessus de la tête. Désormais, elle était sa captive, sa prisonnière. Il remonta un genou, lui fit ouvrir les jambes, et continua d'aller et venir sur son corps, sans la posséder.

Brianne se sentait en feu. A chaque mouvement du

corps puissant de Pierce, un frisson tout aussi puissant la traversait. Son cœur battait comme un fou. Au-dessus d'elle, Pierce ondulait et la regardait se tordre d'impatience et de désir, comme totalement maître de lui-même. Ce n'était pas juste, songea-t-elle dans un demi-sourire. Ce corps à corps entre eux ne se jouait pas à égalité. Pourquoi serait-elle la seule à perdre la tête ? Dans un élan de tout son corps, elle prit son souffle et se redressa pour enlacer Pierce et l'entraîner avec elle.

Mais il l'en empêcha et laissa son regard glisser lentement sur elle, jouissant de la vue de ses seins, de son ventre, de ses jambes et du désir qu'elle avait de lui. Son délicat parfum de femme montait jusqu'à lui.

Brianne chercha son regard. Tant d'intimité et d'impudeur était nouveau pour elle et elle se sentait à la fois excitée et gênée. Pierce se pencha et frôla ses lèvres.

— C'est la première fois que tu regardes, lui dit-il.

— Les autres fois, on n'avait pas le temps.

— Tandis qu'aujourd'hui…

De la langue, il dessina les contours de sa bouche tout en continuant de se frotter contre tout son corps.

— Je veux caresser et embrasser chaque centimètre carré de ta peau… Je veux que tu sois entièrement à moi…

Elle chercha son souffle, fouettée par les paroles de Pierce — ces mots torrides qu'il lui chuchotait d'une voix rauque et qui l'excitaient au moins autant que le mouvement de ses hanches.

Et soudain, il s'enfonça en elle.

Avant de se retirer aussi vite.

Brianne se convulsa de plaisir tant la sensation avait été violente.

Pierce retint son souffle, submergé par une montée de désir tout aussi brutale.

Alors, il bougea de nouveau, lâchant doucement prise. Il vint voler un profond baiser à Brianne. Elle se cambra. Dans ses yeux perlaient des larmes de plaisir. Elle referma fiévreusement les mains sur celles de Pierce et trembla de tout son corps.

— Que c'est bon…, murmura-t-il.

— Oui… trop bon…

Il l'attrapa par la taille, et s'assit sur le lit, lui empoignant les hanches et la plaçant au-dessus de lui. A présent, le contrôle lui échappait, et il cherchait son souffle. Incapable d'attendre davantage, il fit glisser Brianne sur toute la longueur de son sexe.

Ce fut une pure seconde de volupté pour chacun d'eux. Tandis qu'elle s'accrochait aux épaules de Pierce comme une noyée, la masse de ses cheveux blonds ruissela sur lui et l'enveloppa d'une douceur odorante. Emporté par l'insoutenable langueur du plaisir, il se mit à la faire aller et venir au-dessus de lui, s'enfonçant lentement en elle, se retirant tout aussi lentement, cherchant son regard mouillé. Dans son ventre, il sentait le plaisir monter puis refluer ; un plaisir dont les yeux verts de Brianne lui renvoyaient le reflet comme un miroir.

Il accéléra le rythme. La chambre bruissa de leurs soupirs rauques, de leurs cris et du frottement de leurs corps en sueur. Jamais Brianne ne s'était sentie aussi proche de

Pierce qu'aujourd'hui ; jamais ils n'avaient fait l'amour de façon si intime.

— Tu es la plus merveilleuse des maîtresses, lui glissa-t-il à l'oreille en s'enfonçant profondément en elle et en la serrant violemment dans ses bras.

A présent, le plaisir était si fort qu'il déformait les traits de Pierce. Il devenait de plus en plus douloureux pour lui de se retenir et de contenir sa force. Tout son corps tressaillait à chaque mouvement de Brianne.

— Encore, murmura-t-il. Encore…

Il referma les lèvres sur son épaule, mordit, prit son menton pour la regarder dans les yeux tout en bougeant plus vite et plus fort en elle.

— Est-ce que tu vois ce que tu me fais ? lui dit-il. Encore, encore, je veux aller encore plus loin en toi.

Brianne sentait son corps s'ouvrir totalement aux poussées de Pierce. Depuis la profondeur de ses reins, une vague familière, maintenant, enflait et se rapprochait dangereusement.

— Tu vas me faire jouir, chuchota-t-elle.

Pierce lui attrapa les cheveux et, les nouant comme un fouet autour de son poing, il fit en sorte que Brianne renverse la tête en arrière et ne puisse rien lui cacher des émotions qui passeraient sur son visage quand elle explo-serait de plaisir.

Soudain, tout son corps se contracta, et la convulsion se communiqua à Pierce qui gémit, empoigna plus ferme-ment Brianne et la pressa de toutes ses forces contre lui. Puis, une fois qu'ils furent ainsi rivés l'un à l'autre, tandis qu'il sentait Brianne céder à la puissance de l'extase qui l'emportait, Pierce donna le dernier assaut. Un spasme foudroyant le fit se tendre comme un arc, un cri rauque monta de sa gorge. L'instant d'après, il s'effondrait contre Brianne dans une longue plainte de pur plaisir.

Ils demeuraient l'un contre l'autre, hors d'haleine, ruisse-lants de sueur, épuisés. Le front appuyé au torse de Pierce, abandonnée, Brianne essayait de reprendre son souffle. Son corps palpitait encore, secoué d'exquis frissons. Accroché à elle, Pierce aussi frissonnait, cherchant à prolonger leur intimité et les dernières vagues de plaisir.

— Ça va ? demanda-t-il doucement en lui caressant les cheveux.

— Très bien, répondit-elle sans trouver la force de lever le visage vers lui. Ça n'avait jamais été aussi merveilleux, pour moi…

— Pour moi non plus, avoua-t-il en enlaçant Brianne. J'ai même eu peur de te faire mal, tellement j'avais envie de toi.

Il lui encadra le visage de ses mains, tendrement, embrassa ses paupières, lui caressa doucement le dos.

— Mal ? reprit-elle. Comment pourrais-tu me faire mal, quand tu me donnes autant de plaisir…

Elle secoua la tête, sourit et regarda Pierce avec toute la tendresse du monde dans les yeux.

— Je t'assure que c'était absolument sublime, dit-elle. Incroyable.

— Incroyable, oui. J'avais l'impression que je ne me rassasierais jamais d'être en toi, dit-il à son tour, d'une voix où perçait un émerveillement sincère et presque étonné. Il y a des années que je n'ai pas éprouvé cela, que je ne me suis pas senti aussi bien, aussi vivant.

Tandis qu'il prononçait ces mots, Pierce se rendit compte que son corps réclamait de nouveau Brianne. Comme elle s'en rendait compte à son tour, elle murmura en riant doucement :

— Dites donc, vous, je croyais avoir lu que les hommes ne pouvaient pas... Deux fois... Si vite.

— Lu ? Cette partie de mon anatomie ne sait pas lire, répliqua-t-il tout bas, d'une voix rauque.

Sur ce, il la prit dans ses bras et s'allongea avec elle sur le lit. Doucement, agenouillé à califourchon au-dessus d'elle, les jambes de part et d'autre de son joli corps offert, il se mit à bouger. Chaque fois qu'il glissait en elle, elle se tendait sous lui, et, de nouveau, pour ne rien perdre des émotions qui traversaient les yeux de Brianne, Pierce tint son visage entre ses mains en coupe. Il vit le plaisir renaître en elle, progressivement, faire durcir ses seins, frissonner son corps, mouiller de larmes ses yeux verts plus clairs que jamais. Et là, inexplicablement, une pensée inattendue s'imposa à lui, l'envahissant avec une extraordinaire évidence : peut-être était-il en train de faire un enfant à la femme qu'il aimait. Ils partageaient le plus émouvant des moments de tendresse qu'ils aient jamais éprouvé ensemble, et il désirait désespérément qu'elle tombe enceinte de lui...

Il lui fit l'amour de toute son âme, exactement comme s'il pouvait naître de cette union particulière entre toutes l'enfant qu'il voulait tant sans oser se l'avouer. Sans oser se rappeler, non plus, que, bientôt, Brianne ne serait plus sa femme et qu'elle s'envolerait pour Paris. Comme il était bon de se mentir un peu, de se bercer d'illusions et d'imaginer que ce mariage ne finirait pas, qu'il aurait des enfants avec Brianne et que, toute sa vie, il pourrait continuer à lui faire l'amour, à la tenir ainsi dans ses bras, rien que pour lui.

Lorsque l'orgasme l'emporta, il éprouva le plaisir le plus profond, le plus poignant qu'il ait connu depuis des années et des années. Brianne l'enlaça plus fort, et ce qu'elle lui murmura tandis qu'elle succombait à son tour, convainquit Pierce qu'elle ressentait la même émotion que lui.

Dans la nuit qui suivit, Pierce ne put trouver le sommeil. Il ne voulait pas perdre une seconde de ce bonheur. Dans ses bras, Brianne dormait comme une enfant confiante et il ne se lassait pas de la contempler ainsi abandonnée contre lui.

Mais quand le matin vint, sa lumière éclaira brutalement la réalité, rendant à Pierce sa lucidité et son désespoir. Qu'allait-il faire de lui ? Et d'elle ? Elle dormait toujours, comblée par le plaisir qu'ils s'étaient donnés l'un à l'autre quelques heures plus tôt, inconsciente de l'état de confusion et de panique dans lequel lui se sentait plongé, maintenant.

De panique, oui. Une femme jeune, belle, douce, sensuelle l'aimait à la folie. Sa femme. Il n'avait à dire qu'un mot pour la garder près de lui, pour lui faire un enfant, pour être aimé toute sa vie… Pourtant, il ne s'était jamais senti aussi mal de toute son existence tant il avait peur.

Il venait de faire l'amour à Brianne dans le lit qu'il avait partagé avec Margo ! Comment avait-il pu ? Et comment avait-il pu prendre autant de plaisir malgré tout ? A présent, il se faisait l'effet d'un pauvre type, un minable qui trahissait non pas une mais deux femmes, adorables qui plus est. Décidément, il ne valait rien. Il fallait qu'il fiche le camp d'ici ! Qu'il les laisse tranquilles, toutes les deux !

Brusquement, il se redressa, sortit du lit, et fourragea dans ses tiroirs, pour en sortir de quoi s'habiller. Puis il se rua sous la douche.

Une heure plus tard, il quittait la maison, laissant derrière lui une courte lettre :

« Brianne,

» Je pars. Loin. Avant cela, j'aurai tout arrangé pour que ton séjour à Paris se passe le mieux possible, ne t'inquiète pas. Nous discuterons de notre divorce plus tard, quand notre histoire se sera apaisée.

P.H. »

Quand Brianne ouvrit les yeux, la lettre de Pierce, posée sur l'oreiller, fut la première chose qu'elle vit. Elle n'eut même pas besoin de la lire pour en connaître le contenu. Triste, lasse, elle se laissa glisser du lit, enfila distraitement un peignoir et se traîna, la lettre à la main, jusque dans le salon. Là, elle alla s'effondrer sur le piano, devant la photo de Margo.

— Moi aussi, je l'aime, dit-elle à travers ses larmes. Dis-moi ce qu'il faut que je fasse…

Mais comme elle prononçait ces mots, elle prit conscience qu'il n'y avait pas d'alternative : elle ne pouvait que partir pour Paris, et prier de toute son âme pour que Pierce, le temps et l'éloignement aidant, voie un jour leur avenir avec plus de sérénité et, qui sait ? revienne vers elle.

En attendant, il faudrait que, le soir, elle s'endorme en se rappelant les merveilleux souvenirs qu'il lui avait laissés. « Suffisamment de souvenirs pour toute une vie », songea-t-elle.

Chapitre 15

Avant de s'envoler pour Paris, Brianne passa quelques jours avec Eve et son fils, dans la jolie maison de Jacksonville où ceux-ci avaient emménagé. Parviendrait-elle un jour à renouer avec sa mère, sur de nouvelles bases ? Il était encore trop tôt pour le dire. Brianne était surtout venue réconforter Eve, totalement dévastée par l'emprisonnement de Kurt et la perspective de devoir désormais affronter seule la vie.

Puis ce fut l'arrivée à Paris... en compagnie d'un garde du corps du double de son âge et dûment marié. Pas besoin d'être grand clerc, songeait amèrement Brianne, pour deviner que le choix en revenait à Pierce, et que ce dernier s'était débrouillé pour écarter tout risque de flirt entre sa femme et son *bodyguard*.

Mais s'il craignait tellement qu'elle le trompe, pourquoi n'était-il pas venu à Paris avec elle ? Au lieu de quoi, il travaillait sur sa plate-forme, en mer Caspienne, et n'avait pas donné signe de vie depuis son départ brutal. Pas un coup de fil, pas une lettre.

S'agissait-il vraiment d'indifférence ? Brianne ne voulait

pas le croire. Elle préférait penser que Pierce, trop troublé par ce qui leur arrivait, se réfugiait dans le silence plutôt que d'affronter la confusion de ses sentiments. Mince espoir…

Pour ne pas se morfondre, elle se jeta dans l'étude. Inscrite à la Sorbonne — Pierce s'était chargé du dossier administratif ; elle n'avait eu qu'à choisir ses cours —, elle avait décidé de perfectionner son français. Plus tard, lorsqu'elle maîtriserait la langue, elle pourrait attaquer l'économie, comme elle souhaitait.

Il devenait chaque jour plus évident qu'elle était enceinte. Tous les symptômes le manifestaient. Un mois après son installation à Paris, les premières nausées l'avaient saisie au lever, la faisant se précipiter dans la salle de bains. Puis, elle avait perdu connaissance après s'être maladroitement coupée le pouce. Si bien que, cessant de faire l'autruche, elle était allée voir un médecin.

— Vos symptômes ne sont pas dus au surmenage, avait-il affirmé. Vous êtes bel et bien enceinte.

C'est à ce moment-là que Philippe Sabon avait reparu dans sa vie, de manière inopinée.

Un jour qu'elle n'attendait personne, l'Interphone de la luxueuse résidence ultra-sécurisée dans laquelle l'avait installée Pierce s'était mis à résonner. Depuis le hall, le gardien l'avertissait qu'un visiteur demandait à la voir.

— Un gentleman souhaite monter, madame. Ce monsieur dit qu'il apporte des nouvelles de M. Sabon.

Surprise et ravie d'être arrachée à sa studieuse solitude, Brianne n'hésita pas une seconde.

— Laissez-le monter ! s'exclama-t-elle.

Elle qui pensait chaque jour ou presque à Philippe sans savoir comment le joindre ! Et voilà qu'un émissaire venait jusque chez elle lui donner les nouvelles tant espérées ! Elle n'allait pas rater ça. Tout ce qu'elle savait, elle l'avait appris par les journaux et la télévision : il semblait que les tensions s'apaisaient sensiblement, au Qawi ; le retour du cheikh et des pétroliers occupaient régulièrement la une dans la presse.

Vite, elle se donna un coup de brosse et enfila une djellaba blanche brodée de fils d'or qui lui servait de robe d'intérieur. A peine avait-elle terminé qu'on sonnait à la porte. Elle se précipita pour ouvrir…

… Pour découvrir sur le seuil Philippe en personne.

Il était absolument magnifique, songea-t-elle en le voyant. De cette élégance racée qui le caractérisait quand il venait à Nassau, mais plus détendu, plus vrai.

Elle devait avoir l'air tellement étonnée qu'il éclata de rire. Puis il lui tendit un énorme bouquet de roses blanches dont le parfum les enveloppa tous les deux.

— Evidemment, vous ne m'attendiez pas, dit-il de sa belle voix grave. C'est peut-être malvenu de ma part de me présenter chez vous, comme ça, sans même m'être annoncé, mais… j'ai éprouvé le besoin irrépressible de me déplacer pour voir de mes yeux si tout allait bien pour vous.

— Oh, Philippe, je suis tellement heureuse de vous voir ! répondit-elle en serrant sur son cœur la brassée de roses. Mais entrez, asseyez-vous, nous avons tant à nous dire. Prendrez-vous un café ?

— Je ne voudrais pas vous causer des ennuis…, objecta-t-il, se gardant d'entrer.

— Je n'en aurai pas, assura Brianne. Venez. Thérèse ! appela-t-elle alors.

Une domestique se présenta tandis que Brianne entraînait Philippe dans le salon.

— Thérèse, apportez-nous du café et du cake, s'il vous plaît. Je suis sûre que mon visiteur a faim ! Prenez un fauteuil, Philippe.

Celui-ci s'installa dans un des profonds sièges bleus du salon. De là, il regarda Brianne avec une bienveillance qui la toucha mais l'inquiéta.

— Pourquoi m'observez-vous de cette façon ? demanda-t-elle. J'ai tant changé que ça ?

— Pardonnez-moi, répondit-il, mais j'avoue que je ne vous trouve pas bonne mine. Vous êtes pâle, vous avez perdu du poids…

— C'est possible. Un peu, déclara-t-elle d'une voix aussi neutre que possible.

Philippe sourit. Pourtant, ce fut avec un certain sérieux qu'il se pencha vers elle pour lui dire :

— Rentrez avec moi au Qawi. Mon harem vous régalera de loukoums et de cornes de gazelle jusqu'à ce que vous ayez les rondeurs idéales…

Brianne éclata de rire.

— Ma foi, c'est la proposition la plus alléchante qu'on m'ait faite ces derniers temps !

Philippe rit en retour. Avant d'ajouter sur un ton doux-amer :

— Etre entouré de femmes ne me déplairait pas. Mais ces fantasmes des Mille et une nuits me sont interdits, comme vous le savez. Un harem multiplierait les risques que mon secret soit découvert.

— J'aimerais savoir : que se passera-t-il, le jour où vous deviendrez cheikh à votre tour et qu'il vous faudra un héritier ?

Philippe se renfonça dans son fauteuil, croisa les jambes et observa longuement Brianne, comme s'il s'abreuvait de sa beauté.

— J'ai déjà cet héritier, affirma-t-il. Vous le portez…

— Philippe, qui vous a dit que…

— … Que vous êtes enceinte de Pierce ? Il suffit de vous regarder, ma chère. Ecoutez-moi. Je suis sérieux. Mon père connaît mon état. C'est un grand malheur pour lui comme pour moi. Mais l'enfant que vous portez peut nous rendre l'espoir à tous deux…

— Et pourquoi voudriez-vous l'enfant d'un autre pour héritier ?

— Parce que l'illusion sera parfaite : votre époux est très brun, du sang grec coule dans ses veines ; votre fils sera brun, lui aussi, il aura la peau mate. Il fera un magnifique prince héritier aux yeux du monde.

— Est-ce la seule raison ?

— Mais non. La vraie raison, vous la connaissez.

Brianne détourna les yeux. A cet instant, la domestique apporta un plateau avec du café, du gâteau, et un verre de lait qu'elle posa devant Brianne.

— Est-ce que Pierce est au courant ? s'enquit Philippe dès qu'ils furent de nouveau seuls.

— Non, avoua-t-elle d'un air de défi, en sirotant son

verre de lait. Il ne veut pas d'enfant donc il n'y aura pas d'enfant. Je ne dirai rien.

— Compte tenu de votre impétueuse nature, je m'étonne que vous réussissiez à lui cacher quelque chose d'aussi important, fit remarquer Philippe.

— Ce n'est pas difficile : il est au bout du monde. Il joue avec sa plate-forme, en mer Caspienne.

Philippe marqua une pause, puis, tout en se resservant du café, il déclara :

— Vous pourriez lui téléphoner et lui dire de rentrer. Pourquoi ne le faites-vous pas ?

— Parce qu'il ne reviendrait pas, je le sais.

— Vous sous-estimez vos charmes et votre pouvoir, Brianne…

Comme il disait cela, Brianne se rappela les derniers mots, en arabe, qu'il avait prononcés alors qu'ils se séparaient sur le bateau. Tate avait-il correctement traduit ? Philippe était-il vraiment amoureux d'elle ? Elle voulut en avoir le cœur net.

— Qu'avez-vous dit à Tate, sur le bateau ?

Philippe saisit tout de suite l'allusion et répondit :

— Demandez-le-lui donc…

— Je ne sais même pas où il se trouve, en ce moment. Alors dites-le-moi vous-même.

— Non, déclara Philippe en secouant la tête. D'ailleurs, ajouta-t-il en terminant son café, je n'étais pas venu vous faire des confidences. Le but de ma visite, mis à part le plaisir de vous voir, c'est ceci…

Il tira de sa poche une enveloppe, et reprit :

— Un chèque pour Pierce, qui le rembourse de son

généreux prêt. Et puis il y a autre chose : l'heure de mon intronisation est venue. Je serais très honoré que Pierce et vous veniez y assister.

— Votre père est-il malade au point que…

— Il l'est, oui. Et il a enfin admis que son état de santé ne lui permet plus de diriger son pays. Il conservera un rôle consultatif, mais c'est moi qui vais devenir la tête de notre nation. Il faudra que je fédère toutes nos tribus, surtout les nomades, maintenant que les ressources pétrolières vont être exploitées, et j'aurai bien d'autres tâches encore. Tout cela serait vite devenu trop lourd pour mon père. Je prie juste pour être digne de ma mission.

— J'ai confiance en vous, dit-elle aussitôt.

— Mais vous me plaignez, je le vois à votre expression, rétorqua-t-il en se fermant un peu. Vous vous dites : Il a tout, mais en fait il n'a rien. Détrompez-vous. J'ai beaucoup plus que la plupart des hommes, Allah en a décidé ainsi pour moi.

— C'est le prince qui parle, maintenant. J'aime ça.

— Tant mieux. Alors, viendrez-vous — avec votre époux, bien sûr — me voir devenir prince ? la cérémonie est célébrée selon des rites très anciens. Vous verrez, c'est un spectacle somptueux.

— Je serais enchantée d'être présente.

— Et Pierce ?

— Comment savoir ? Je lui ferai connaître votre invitation. A quelle époque de l'année cela aura-t-il lieu ?

— Au printemps.

Philippe jeta un coup d'œil au ventre de Brianne, et ajouta en soupirant :

— Evidemment, votre grossesse sera déjà très avancée… Je ferai tout ce qui est en mon pouvoir pour que vous voyagiez dans les meilleures conditions et qu'on vous accueille comme une princesse. Et si le bébé est né, nous l'accueillerons aussi avec plaisir.

— Merci, Philippe. J'essaierai de convaincre Pierce. Nous vous devons d'être présents : sans vous, nous n'aurions jamais réussi à quitter le Qawi.

— Ne dites pas de sottises : c'est moi qui vous ai bêtement mise en danger. A présent, si vous le permettez, je vais prendre congé.

Ils se levèrent, marchèrent silencieusement jusqu'à la porte d'entrée. Et là, cédant à un élan de tendresse, Brianne donna un baiser à Philippe.

— Prenez soin de vous, cher Philippe, murmura-t-elle.

— Prenez soin de vous aussi. Et rappelez-vous toujours que vous n'avez qu'un geste à faire pour que je me prosterne à vos pieds.

— Merci. Je suis infiniment sensible à votre générosité, mais j'ai à cœur de me débrouiller seule. Au revoir, Philippe.

— Au revoir.

La porte se referma doucement sur la haute silhouette de Philippe Sabon. Brianne se dirigea vers le balcon en soupirant. Voilà, songea-t-elle en contemplant distraitement l'étendue de la ville, elle était de nouveau seule et triste. Triste pour elle, triste pour Philippe, triste pour le petit être qui grandissait en elle tandis que Pierce s'emmurait dans le silence. Il l'avait exclue de sa vie au pire moment possible, quand elle aurait eu le plus besoin de sa présence et de son amour. Peut-être, d'ailleurs, ne le reverrait-elle jamais.

— Elle a fait *quoi* ? hurla Pierce dans le téléphone.

Ce qu'il venait d'entendre l'avait mis hors de lui. Depuis des semaines qu'il avait quitté la maison de Washington et travaillait sur la plate-forme, il ne se passait pas un jour, pas une nuit, sans qu'il pense à Brianne.

Penser ? C'était peu dire. Il était totalement obsédé par son souvenir, qu'il ne réussissait pas à chasser malgré le surcroît de travail qu'il s'imposait. Le pire moment était certainement celui où, à bout de forces et persuadé qu'il allait tomber dans le sommeil comme une souche, il se retrouvait en fait les yeux grands ouverts en plein cœur de la nuit, fou de frustration, à se demander ce qu'elle faisait et avec qui elle était.

Dans ces conditions, apprendre brusquement, par ce maudit coup de fil qui interrompait en plus une conférence de première importance, qu'elle venait de recevoir la visite de Sabon... Ça, il ne pouvait pas le supporter !

Il coupa la communication puis lança à l'un de ses hommes :

— Préparez l'hélico, je pars immédiatement !

— Mais monsieur, objecta l'autre, les conditions météo ne...

— Je me fous des conditions météo ! Faites ce que je dis !

Dix minutes plus tard, il embarquait à bord de l'hélico,

à destination du premier aéroport. Là, il comptait bien prendre le premier avion pour Paris.

S'il ne mourait pas de rage avant.

La porte d'entrée claqua violemment tandis que Brianne, toutes lumières éteintes, regardait le journal télévisé de la nuit, dans son salon. Elle fit un bond, le cœur à cent à l'heure, et se retourna, certaine de voir surgir un fantôme.

C'en était un.

Hirsute, les traits tirés et tendus, la chemise déboutonnée, Pierce venait d'entrer au pas du grenadier.

A la fois rassurée et ébahie, Brianne s'ordonna de garder son calme. Elle se leva lentement, ajusta sa tenue, et se posta devant Pierce en attendant qu'il parle le premier.

— Qu'est-ce qu'il voulait ? demanda-t-il d'emblée en se débarrassant de sa veste et en la jetant furieusement sur le sofa.

— Qui ?

— Sabon ! Et ne fais pas l'innocente ! Je *sais* qu'il est venu !

A présent, il tournait dans la pièce comme un lion dans sa cage et la colère transpirait par tous les pores de sa peau. Brianne garda le silence, impuissante à trouver les mots pour apaiser son mari. De la jalousie… c'était peut-être incroyable, mais Pierce éprouvait de la jalousie ! songea-t-elle. Mais elle n'était pas sûre qu'elle doive s'en réjouir, vu l'état dans lequel ce furieux sentiment le plongeait…

Elle s'obligea tout de même à répondre quelque chose :

— Philippe est passé, en effet. Il est venu te rembourser. L'enveloppe est sur la table.

Pierce ne prit même pas la peine de regarder.

— Quoi d'autre ? demanda-t-il en se passant nerveusement la main dans les cheveux. Ne me dis pas qu'il n'est venu que pour ça, je ne te croirais pas.

— Il souhaitait aussi nous inviter à la cérémonie de son intronisation, au printemps.

— Arrête de me raconter des histoires ! Il n'avait pas besoin de se déplacer en personne, pour tout ça. Alors tu vas me dire ce qu'il est vraiment venu chercher ici, nom de Dieu !

— Et toi, rétorqua Brianne avec un demi-sourire, tu vas me dire pourquoi tu te mets dans cet état...

— Parce que ce type est fou de toi, figure-toi ! Il irait jusqu'à abdiquer, si tu le lui demandais ! Voilà pourquoi je suis dans cet « état » ! Tu y vois quelque chose à redire ?

— Et alors ? reprit Brianne sur le même ton détaché. Qu'est-ce que ça peut te faire, que Philippe soit amoureux de moi ?

— Je te rappelle que tu es ma femme !

— Moi, ta femme ? Tu es marié avec une plate-forme de la mer Caspienne. Moi, je vis seule. Alors donne-moi une seule bonne raison pour que je refuse les rares visites qu'on me fait !

— Tu es ma femme ! répéta Pierce.

— Non, je ne le suis plus, affirma sèchement Brianne. La preuve...

Elle lui tendit alors sa main. A l'annulaire, elle ne portait plus son alliance. Elle l'avait juste enlevée pour se laver les mains — mais ça, Pierce n'avait pas besoin de le savoir…

— Je l'ai perdue, reprit-elle. Impossible de dire où elle est.

Pierce serra les dents.

— Nous irons en acheter une autre demain à la première heure, déclara-t-il.

— Je ne la porterai pas. J'en ai assez de cette farce. Je veux divorcer. Ta date sera la mienne.

— Il n'y aura pas de divorce ! lança Pierce. Je ne laisserai aucune chance à Sabon de t'enlever à moi !

Brianne ne répondit rien. A chaque mot de plus, elle se délectait de ce que Pierce était — enfin — en train de lui avouer. Oui, c'était absolument jubilatoire de le provoquer et de le voir perdre pied.

— On dirait un pitt-bull, murmura-t-elle avec hauteur.

Ce fut la goutte d'eau. Elle vit Pierce se ruer vers elle, sans plus réfléchir. Il la prit par les épaules, et la jeta sur les coussins du sofa, avant de la rejoindre et de l'embrasser à pleine bouche.

Comme il était lourd, sur elle, et comme elle trouvait merveilleux de sentir ainsi son poids, sa densité ! Conquise, elle enroula les bras autour de son cou et lui rendit son baiser passionné tandis qu'il l'étreignait de toutes ses forces.

— Quel idiot tu es, Pierce, lui glissa-t-elle à l'oreille. Comme si je pouvais imaginer épouser un autre que toi… Je ne les regarde même pas, les autres.

Pierce l'embrassa de nouveau, et encore, et encore. Il ne pouvait plus se détacher d'elle et la fièvre gagnait chaque fibre de son être. Dans ses bras, il sentait Brianne brûler d'un désir égal pour lui. Déjà, elle s'offrait…

Mais, soudain, elle porta la main à sa bouche, et se raidit. Pierce se redressa, et elle s'assit sur le sofa.

— Oh la la… Je ne suis pas bien du tout, murmura-t-elle. Je crois que… Je crois que je vais…

Elle ne chercha pas à terminer sa phrase. Elle repoussa Pierce, se leva d'un bond et se précipita dans la salle de bains.

L'instant d'après, Pierce la rejoignait. Il la trouva accrochée à deux mains à la cuvette des toilettes, blanche comme un linge, qui cherchait à reprendre son souffle. Et il ne lui fallut pas longtemps pour comprendre de quoi Brianne souffrait.

— Depuis quand ? se contenta-t-il de demander.

Brianne n'avait pas la force de lui répondre. De la main, elle lui fit signe de quitter la salle de bains et de la laisser en paix. Mais il n'en fit rien.

— Tu m'avais dit que tu prenais la pilule, fit-il remarquer en lui tendant une serviette-éponge.

Elle se releva puis alla s'asperger le visage d'eau froide.

— Tu m'as menti, Brianne.

— D'accord, d'accord, admit-elle faiblement, pense que c'est entièrement ma faute si ça peut te faire plaisir. Et maintenant, retourne sur ta plate-forme, Thérèse est là pour s'occuper de moi. Je n'ai pas besoin de toi.

Il ne l'avait pas volé. Partagé entre panique et colère,

Pierce ne sut que répondre. Enceinte, elle était enceinte ! Elle portait un enfant de lui ! Et elle ne lui en avait pas parlé… Peut-être même ne l'aurait-elle pas informé, s'il n'était rentré à l'improviste, suite à la visite surprise de Sabon ? Et maintenant, comment allait-il gérer cette paternité dont il ne voulait pas, qu'il ne se sentait pas capable d'assumer ? Jamais il ne serait à la hauteur de sa tâche de père…

Sous ses yeux, Brianne tamponnait son visage exsangue et le regardait avec résignation. Elle devait lire dans ses yeux combien il se sentait désemparé et furieux, et se réfugiait dans le silence. Tout de même, songea-t-il, il fallait qu'il sache :

— Est-ce que tu comptais me le dire, Brianne ?

— Non. Pour que tu me demandes d'emblée qui est le père ? Merci bien. Je commence à connaître ta muflerie.

Celle-là non plus, il ne l'avait pas volée. Mal à l'aise, il répondit avec mauvaise foi :

— Je n'aurais jamais posé une question aussi stupide…

— Bien sûr que si.

— Tais-toi, tu n'es pas drôle.

— Je ne cherche pas à l'être. Et surtout, ne t'inquiète pas, ça ne change rien à nos accords : tu peux engager la procédure de divorce, je ne m'y opposerai pas.

Il soupira et haussa les épaules.

— Tu nous vois, devant le juge, maintenant ? Toi en robe de grossesse…

Brianne ne put s'empêcher de sourire. Pierce souriait aussi. Et tendrement, s'étonna-t-elle…

— Evidemment, on ne pourra plus réclamer une annulation, dit-elle. Mais un divorce classique, si.

— Tu as pensé à l'enfant ?

— Pour l'instant, la question de la garde ne se pose pas.

— Il est dans ton ventre, certes, répondit Pierce, mais c'est moi qui l'y ai mis.

— Et c'est à toi que je dois toutes ces nausées. Merci, Pierce, je sais.

Il éclata de rire et déclara sur un ton léger :

— Margo n'en avait pas, elle.

Les mots étaient sortis tout seul. Pierce comprit aussitôt qu'il venait de commettre une terrible erreur. L'expression de Brianne changea du tout au tout. Toute tendresse disparut de son visage et elle lui jeta violemment sa serviette à la figure.

— Fiche le camp ! hurla-t-elle, folle de rage. Dégage de ma maison, quitte Paris, disparais de ma vie ! Je ne veux plus jamais entendre parler de toi ! Je te déteste !

Un sanglot l'interrompit, mélange de colère et de chagrin.

— Et je ne veux plus jamais entendre parler de Margo non plus.

Pierce détourna les yeux. Que dire ? Vraiment, il n'avait pas voulu cela ; il n'avait pas eu l'intention de blesser Brianne — ni d'évoquer Margo. Il la regarda se traîner de la salle de bains jusqu'à la chambre et s'allonger sur le lit pour enfouir la tête dans son oreiller. A présent, elle pleurait à chaudes larmes, et lui se sentait le plus minable des hommes.

— Laisse-moi, laisse-moi…, répéta-t-elle tout bas.

Il hésita, déchiré. Certes, il ne voulait surtout pas aggraver les choses entre eux… D'un autre côté, il lui semblait impossible de faire ce qu'elle lui demandait. Comment aurait-il pu la laisser là ? Il aurait eu l'impression de l'abandonner — de les abandonner, elle et son bébé, *leur* bébé. Et puis, elle ne lui avait jamais montré ce pauvre visage vulnérable, jusque-là… Elle, si forte, si drôle, si pétillante. Elle avait l'air tellement malheureuse et perdue qu'il serait allé lui décrocher la lune pour qu'elle sourie de nouveau.

En désespoir de cause, il alla dans la cuisine lui faire préparer une tisane par Thérèse, et revint dans la chambre avec un mug et quelques biscuits.

Brianne fit l'effort de s'asseoir. Une fois calée contre les oreillers, elle plaça sur ses genoux le plateau que lui avait apporté Pierce.

— C'est de la camomille, lui dit Pierce. Il paraît que tu adores ça.

— N'importe quoi. C'est juste bon à soulager les nausées, murmura-t-elle en portant la tasse à ses lèvres. Berk…

Comme Pierce, embarrassé, n'osait rien dire, elle ajouta en désignant la direction de la fenêtre :

— Las Vegas, c'est par là.

— Essaie de m'aider, Brianne…, répondit-il en baissant la tête. Et puis, ne dis pas de bêtises : un homme digne de ce nom ne divorce pas de sa femme alors qu'elle est enceinte de lui.

— Enceinte d'un bébé dont tu ne veux pas, rétorqua-

t-elle sèchement. Toi, l'inconditionnel de la contracep-
tion ! ajouta-t-elle avec aigreur. Et si tu veux savoir, je
ne t'ai pas menti : j'ai juste oublié ma boîte de pilule dans
le tiroir de ma table de chevet. Je ne pouvais pas deviner
que nous ferions ce petit séjour imprévu sur Jameel, tu
en conviendras.

Elle détourna les yeux.

— Et vu la façon dont les choses se sont passées entre
nous, pourquoi t'aurais-je dit quoi que ce soit…

— Je comprends… Moi aussi, j'ai un aveu à te faire.
J'ai appris ce qui est arrivé à Sabon.

Brianne le regarda droit dans les yeux, affolée. Il eut
un geste pour la rassurer.

— Pas d'affolement, Brianne, je ne trahirai pas Philippe.
J'ai juste voulu comprendre son attitude inexplicable à
ton égard, compte tenu des rumeurs qui couraient sur
lui, et j'ai chargé Tate de résoudre l'énigme. Mais je ne
divulguerai jamais son secret.

— Si tu le faisais, c'est moi que tu trahirais, Pierce, car
j'ai juré le secret à Philippe.

— Ça me plaît, déclara Pierce en posant sur elle un
regard intense, de savoir que ma femme sait garder un
secret. Que je peux compter sur elle pour ne jamais me
trahir, si je lui fais une confidence.

— Sauf que tu ne te livres jamais à moi, rétorqua-t-elle
amèrement. Mais tant pis pour toi, après tout.

Pierce ne releva pas et sourit. Puis il frôla de la main le
ventre de Brianne.

— Est-ce que tu as un obstétricien ?

— Penses-tu ! Je compte sur la cigogne pour s'occuper

de mon cas… Evidemment, j'ai un obstétricien ! Tu me prends vraiment pour une idiote, Pierce.

— Donc, tu comptes garder le bébé…

Brianne se pencha vers Pierce et l'empoigna par le revers de sa chemise.

— Oui, déclara-t-elle, à un souffle de lui, les yeux dans les yeux. Que ça te plaise ou pas n'y changera rien.

Pierce posa délicatement la main sur le ventre de Brianne. Voilà de bien longues années qu'il n'avait plus envisagé être père un jour… Pourtant, certaines images prenaient progressivement place dans son esprit — des images de petit gosse qui aurait ses cheveux noirs et les yeux verts de Brianne, à qui il pourrait tout apprendre, avec qui il jouerait et taperait dans un ballon. Un petit enfant qui se jetterait dans ses bras, le soir, quand il rentrerait du bureau, et dont les sourires effaceraient toutes les traces d'une journée harassante. Et plus tard, Brianne et lui l'emmèneraient au théâtre, au musée, à l'opéra…

— Franchement, Pierce, murmura de nouveau Brianne à cet instant, avec la même colère, tu aurais mieux fait de rester où tu étais.

Pierce lui sourit. Quelque chose en lui lâcha prise et, dans un grand soulagement de tout son être, il avoua enfin :

— Le jour où je t'ai rencontrée, à Paris, ma vie a basculé. Elle s'est mise à tourner autour de toi, Brianne, même si j'ai lutté de toutes mes forces pour empêcher ça. Tu vois, poursuivit-il en lui prenant la main, j'étais obsédé par Margo, je cherchais par tous les moyens à la rejoindre, et pourtant je ne trouvais pas la force de mettre fin à mes jours. Je crois que…

— Que... ? demanda-t-elle, suspendue aux lèvres de Pierce.

— Je crois que je t'attendais. J'attendais sans le savoir que tu déboules dans ma vie. Seulement, quand je t'ai enfin trouvée, je me suis mis à crever de peur à l'idée de te perdre un jour, toi aussi.

— Et aujourd'hui ?

— J'ai toujours peur. Peur de ta jeunesse, de ta beauté, des regards des autres hommes qui voudront t'enlever à moi. Mais, ajouta-t-il avec humour, maintenant que tu es enceinte, je me dis qu'il me reste quelques belles années de répit avant que tu me quittes.

— Jaloux..., murmura-t-elle en lui caressant la joue. Je t'aime comme une folle, Pierce, pourquoi irais-je m'intéresser à qui que ce soit d'autre ?

— Redis-le-moi...

— Je t'aime, je t'aime, passionnément, répéta-t-elle en cherchant son regard noyé. Tu ne le savais donc pas ?

Pierce baissa les yeux sur leurs mains enlacées.

— J'avais besoin de l'entendre de ta bouche parce que je... Enfin, je ne t'ai pas donné beaucoup de raisons de m'aimer.

— C'est vrai. Je reste auprès d'un homme qui est toujours marié à une autre, lui rappela-t-elle tristement. Il faut vraiment que je sois amoureuse, n'est-ce pas ?

Il pressa plus fort sa main et ne chercha pas à fuir. Il était grand temps de faire toute la clarté sur ce chapitre — et de tourner la page.

— Ecoute, Brianne, j'ai aimé désespérément Margo, j'aurais tout donné pour qu'elle ne meure pas. Mais je crois que j'ai enfin pris le parti de vivre. C'est Tate, qui m'a ouvert les yeux le jour où il m'a dit que je faisais la plus grosse erreur de mon existence en te laissant à Paris.

Evidemment, dans un premier temps, je n'en ai fait qu'à ma tête et je suis parti en mer Caspienne. Seulement, là-bas, j'ai vécu l'enfer. Etre loin de toi, c'était... un cauchemar de chaque instant.

— Vraiment ?

— Si tu savais ! J'étais d'une humeur noire avec les gars. D'ailleurs, je suis sûr qu'ils se sont soûlés à ma santé quand je leur ai enfin débarrassé le plancher. Heureusement que je ne suis pas tombé sur Sabon : je lui aurais mis mon poing dans la figure. La prochaine fois qu'il passera te rendre visite, c'est moi qui lui ouvrirai la porte !

— Et possessif, avec ça, conclut tendrement Brianne.

Pierce porta la main de Brianne à ses lèvres, y posa un doux baiser.

— Je suis un homme qui ne partage pas, répondit-il. Pas même avec un prince.

— Et maintenant, que vas-tu faire ? Je suppose qu'il faut que tu repartes..., reprit Brianne avec un peu d'amertume.

— Les gars n'ont pas vraiment besoin de moi.

Elle leva vers lui des yeux incrédules. Son cœur battit soudain d'un espoir fou.

— Tu veux dire que... tu restes ?

— Pour quelque temps, oui. Disons... les cinquante prochaines années, si tu veux bien de moi si long-temps.

Le souffle coupé, Brianne ne savait plus que dire. Pierce l'embrassa, puis il caressa de nouveau son ventre.

— Je veux être là chaque jour pour te voir t'arrondir et grandir mon bébé. Mon bébé… Ça me fait drôle, de dire ça. Tu verras, je vais prendre soin de vous deux. Toute ma vie. Tu auras tout ce que tu veux.

— Je n'ai besoin que de ton amour. Et je fais le serment de prendre soin de toi, moi aussi.

Pierce déglutit difficilement. Il regarda Brianne avec une tendresse si poignante qu'elle sentit les larmes lui monter aux yeux. Puis il vint chercher un baiser ardent mais désespéré.

— Qu'est-ce qui ne va pas ? demanda doucement Brianne. Dis-moi, Pierce.

— Je… je ne veux pas te perdre, Brianne, murmura-t-il tout contre ses lèvres, luttant contre l'émotion qui l'empêchait de parler librement. Ça me fait tellement peur. Si tu mourais, je ne pourrais pas te survivre.

Elle le prit dans ses bras et l'étreignit de toutes ses forces. Comment pouvait-elle le rassurer, chasser ses démons ? A travers ses larmes, elle prit le parti de l'humour qui savait si bien attendrir Pierce.

— Je te promets de faire mon possible pour ne pas mourir tout de suite, Pierce, dit-elle. En échange, tu dois me jurer de renoncer à toutes les autres filles, même les belles.

Il rit doucement et resserra les bras autour d'elle à la briser. Puis il lui glissa à l'oreille les mots qu'elle espérait depuis le premier jour :

— Je t'aime, je t'aime.

Il l'aimait ! songea-t-elle, vibrante de bonheur. Non

seulement il l'aimait d'amour mais il le lui disait. Dans quelques mois, naîtrait le fruit de cet amour patient et difficile qui triomphait enfin. Et ils auraient la vie entière devant eux pour savourer ce qui leur arrivait.

Épilogue

Le lendemain, Pierce s'acheta une nouvelle alliance, la glissa à son annulaire, et rangea celle que lui avait offerte Margo dans un petit écrin qui resta précieux à son cœur mais ne sortit plus du tiroir où il l'avait placé, à côté de la photo jusque-là posée sur le piano.

Fou de fierté, il annonçait partout qu'il allait être père, si bien que personne ne fut surpris quand Brianne commença à révéler des formes qui ne trompaient pas.

Le hasard voulut que le bébé naisse le jour de l'intronisation de Philippe, et celui-ci, égal à lui-même en élégance et en délicatesse, fit porter des fleurs à Brianne, accompagnées d'une carte de félicitations à Pierce. L'enfant était un garçon ; il reçut le prénom d'Edward Lawrence.

A la maternité, on n'entendait et ne voyait que Pierce dont la joie éclatait. Quand il prenait son fils dans ses bras, son visage exprimait une pure fascination pour ce petit être qu'il se sentait prêt à accompagner très loin. Pour Brianne aussi, il se sentait capable du meilleur.

— Il est magnifique ! dit-il.

— Il est magnifique, en effet.

— Regarde, il a attrapé mon doigt avec sa petite main.

— Pas étonnant qu'il soit fort, il tète comme un petit tigre !

— Brianne, tu m'as fait le plus cadeau du monde. Jamais je ne pourrais rien te donner d'aussi beau en retour.

— Mais tu l'as fait, Pierce, ce bébé est aussi le mien. Et, bientôt, tu pourras me faire un autre cadeau du même genre. En rose, par exemple.

Il se pencha pour l'embrasser, et rit doucement contre ses lèvres pour lui murmurer :

— Tout ce que tu veux. Je t'aime.

— Je t'aime aussi, répondit-elle dans un rire.

La vie était devenue belle.

P R É L U D '

Le 1er février

─── Le 1er janvier ───

Noires visions - Heather Graham • N°274

Enquêtrice dans une agence privée, Darcy Tremayne possède le don de
« voir » des images du passé. Un don effrayant, qu'elle a toujours su maîtriser – jusqu'à son arrivée à Melody House, un vieux manoir en Virginie,
où ses visions la font assister à une série de crimes dont le coupable n'a
pas été retrouvé...

Expiation - Sharon Sala • N°275

Un homme décapité. Un cadavre déterré. Douze personnes portées
disparues.
Pour January DeLena, journaliste à Washington, il ne peut s'agir d'une
coïncidence. Surtout quand un prêcheur inquiétant hante les rues de la
ville, animé par un désir fanatique de rédemption...

A l'heure où la mort rôde - Laurie Breton • N°276

Ecrivain réputé, Faith Pelletier pensait ne jamais retourner à Serenity, la ville
du Maine où elle a grandi. Mais lorsqu'elle apprend que sa cousine Chelsea,
une journaliste, y a été retrouvée morte et que l'enquête a conclu à un suicide,
elle n'hésite pas un instant. Même si les années les ont éloignées, Faith sait que
jamais Chelsea n'aurait laissé seule sa fille de quinze ans. Et ses soupçons
se confirment lorsqu'elle découvre que sa cousine enquêtait sur une affaire
criminelle de nature à ébranler toute la ville...

Dans l'ombre du tueur - Stella Cameron • N°277

Lorsqu'elle découvre au bord d'une route le cadavre de Denise Steen, une
amie journaliste, Emma Lachance accuse le choc : comme elle, la victime
faisait partie d'un club d'émancipation féminine mal accepté par la société
conservatrice de Pointe Judah, en Louisiane. Et lorsqu'une autre femme du
club est retrouvée assassinée, la peur grandit en elle...

La promesse d'un été - Susan Wiggs • N°278

Venue passer l'été dans le cottage que possède sa famille au bord d'un lac idyllique, dans l'Etat de Washington, Kate entend bien se consacrer pleinement à son jeune fils, tout en réfléchissant à sa vocation de journaliste. Mais sa rencontre avec une adolescente en fuite et un nouveau voisin au passé tourmenté va bouleverser sa vie à jamais...

La princesse celte - Helen Kirkman • N°279

Angleterre, an de grâce 716.
Athelbrand le Saxon s'avança, superbe dans sa cape noire. Son regard capta celui de la femme qui lui faisait face. Alina était aussi belle que dans son souvenir... Dès leur première rencontre, la princesse celte l'avait fasciné. Son visage semblait celui d'un ange, mais sa chevelure et ses yeux noirs évoquaient le mystère de la nuit, la violence de la passion. Pour elle, il avait tout sacrifié – en vain, car Alina l'avait trahi, le condamnant au déshonneur et à l'exil. Mais à présent, rétabli dans ses droits, il était venu chercher son dû. L'heure de la vengeance avait sonné...

Miami Confidential - Christiane Heggan • N°175 *(réédition)*

Journaliste d'investigation, Kelly Robolo a su gagner le respect de tous, dans son journal comme dans la police. Mais tous lui tournent le dos lorsqu'un policier trouve la mort dans une affaire où elle s'était impliquée. C'est pourtant au meilleur ami du policier disparu, l'inspecteur Nick McBride, qu'elle fait appel, quelque temps plus tard, pour l'aider à retrouver le mari de sa meilleure amie mystérieusement disparu lors d'un voyage d'affaires à Miami. Celui-ci se trouvait dans un motel miteux quand une bombe a explosé. Règlement de comptes ou mise en scène macabre ?

Titres non disponibles au Québec.

Oui, je désire profiter de votre offre exceptionnelle. J'ai bien noté que je recevrai d'abord gratuitement un colis de 2 romans* ainsi que 2 cadeaux. Ensuite, je recevrai un colis payant de romans inédits régulièrement.

Je choisis la collection que je souhaite recevoir :

(☞cochez la case de votre choix)

❏ **AZUR** : Z7ZF56

❏ **BLANCHE** : B7ZF53

❏ **LES HISTORIQUES** : H7ZF53

❏ **AUDACE** : U7ZF52

❏ **HORIZON** : O7ZF54

❏ **BEST-SELLERS** : E7ZF53

❏ **MIRA** : M7ZF52

❏ **JADE** : J7ZF52

❏ **PRELUD'** : A7ZF54

❏ **PASSIONS** : R7ZF53

❏ **BLACK ROSE** : I7ZF53

*sauf pour les collections Jade et Mira = 1 livre gratuit.

Renvoyez ce bon à : Service Lectrices HARLEQUIN
BP 20008 - 59718 LILLE CEDEX 9.

N° d'abonnée Harlequin (si vous en avez un) ⊔⊔|⊔|⊔|⊔|⊔|⊔|⊔|⊔|

Mme ❏   Mlle ❏   NOM _____

Prénom _____

Adresse _____

Code Postal ⊔|⊔|⊔|⊔|⊔| Ville _____

Le Service Lectrices est à votre écoute au 01.45.82.44.26
du lundi au jeudi de 9h à 17h et le vendredi de 9h à 15h.